万岁，职场

WANSUI, ZHICHANG

芸香 著

北方文艺出版社

哈尔滨

图书在版编目（CIP）数据

万岁，职场 / 芸香著. -- 哈尔滨：北方文艺出版社，2022.3
ISBN 978-7-5317-5441-1

Ⅰ.①万… Ⅱ.①芸… Ⅲ.①长篇小说 – 中国 – 当代 Ⅳ.① I247.5

中国版本图书馆 CIP 数据核字 (2022) 第 019892 号

万 岁， 职 场
WANSUI ZHICHANG

作　　者 / 芸香	
责任编辑 / 富翔强	装帧设计 / 树上微出版
出版发行 / 北方文艺出版社	邮　　编 / 150008
发行电话 /（0451）86825533	经　　销 / 新华书店
地　　址 / 哈尔滨市南岗区宣庆小区 1 号楼	网　　址 / www.bfwy.com
印　　刷 / 湖北金港彩印有限公司	开　　本 / 880×1230　1/32
字　　数 / 204 千	印　　张 / 8.75
版　　次 / 2022 年 3 月第 1 版	印　　次 / 2022 年 3 月第 1 次印刷
书　　号 / ISBN 978-7-5317-5441-1	定　　价 / 68.00 元

目录
CONTENTS

第一章 / 1

第二章 / 11

第三章 / 15

第四章 / 23

第五章 / 35

第六章 / 43

第七章 / 49

第八章 / 55

第九章 / 61

第十章 / 67

第十一章 / 75

第十二章 / 85

第十三章 / 93

第十四章 / 99

第十五章 / 107

第十六章 / 113

第十七章 / 125

第十八章 / 129

第十九章 / 141

第二十章 / 149

第二十一章 / 157

第二十二章 / 167

第二十三章 / 175

第二十四章 / 179

第二十五章 / 185

第二十六章 / 191

第二十七章 / 203

第二十八章 / 215

第二十九章 / 229

第三十章 / 235

第三十一章 / 243

第三十二章 / 247

第三十三章 / 253

第三十四章 / 257

第三十五章 / 263

第三十六章 / 269

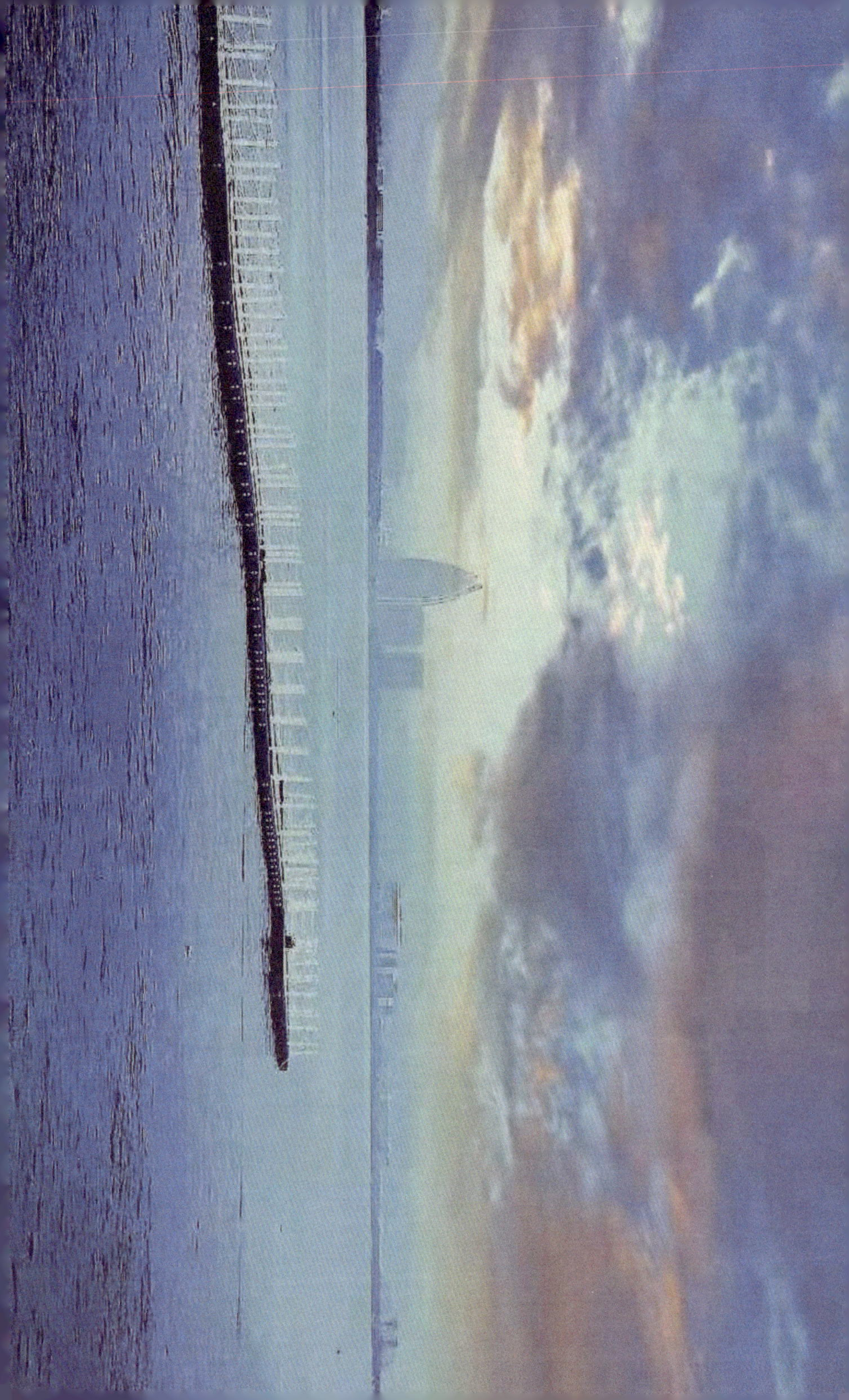

第一章

丽珊愤怒了！

她双手紧紧地握着方向盘，竭力地控制住自己颤抖的双臂。她用牙齿咬住下嘴唇，头微微上扬，极力地控制自己不要哭，可泪水还是不争气地在眼眶里打转，不一会儿就流下来了，模糊了双眼。

窗外，天渐渐地黑了，天空阴沉沉的，飘飘洒洒的雪花像羊毛毯覆盖在马路上，在街灯的照耀下闪着寒冷的银光。

由于路滑，路上的汽车行进艰难，许多车子时不时地在路上做着"漂移"。丽珊毫无目标，在湿滑的马路上开着车子，一会儿快一会儿慢，任凭后面的车子传来阵阵不满的鸣笛声。不知过了多久，她实在不想再往前开了，索性将车子停靠在路边。坐在车里的她倚靠在座位的靠背上，失神地望着车窗外，没有焦点。

窗外，繁华喧嚣的城市，高楼林立，马路两边商家的霓虹灯不停地闪烁着，将天空照耀得无比绚丽，但是，再漂亮的街景也无法驱散丽珊心中的阴霾。

此刻，她感觉很冷，且有点瑟瑟发抖，虽然车内的暖风已经调到最大，但是整个身体像是灌满了冰水，寒气侵入骨头，然后慢慢地在身体内扩散，好像马上会冻成冰块，她下意识地拽了下身上的披肩将自己裹得紧紧的。

这时，"吱"的一声，一辆红色的宝马车停在了她的车旁，开车的人在停车之后鸣笛。

丽珊扭头一看，是自己的闺蜜子璇。"珊，你在这里干吗？"子璇喊道。

听见子璇的声音，丽珊也拉下了车窗有气无力地回应道："我，我在这歇会儿。"她说话的声音不大，眼里却含着泪花。

"你，你怎么在这儿歇着，是不是有什么事啊？车子没事吧？"子璇望着丽珊的神情，有些紧张地问。接着，她慢慢地把车向前开了几米，在丽珊车的前面停了下来，停好车，拎着手包走下车来。

路面湿滑，子璇一步一步小心翼翼地挪到了丽珊的车旁，打开了丽珊的右车门坐在了副驾驶的座位上，有些紧张并着急地问："珊，你怎么了，把车停在这儿？"

看到子璇，丽珊再也控制不住了，泪水潸然而下，流过了白皙的面颊，她两眼直勾勾地盯着前方，心碎神伤。在子璇的再三追问下，丽珊诉说了三个小时以前发生的那一幕……

今天午饭后，担任亚信集团公司人事行政总监的丽珊正在整理员工年度绩效考评的总评资料，桌上的分机电话铃响了。

"你到我这儿来一下。"是公司董事长胡亚东的声音。

凭她多年对董事长的了解，从声音中听出肯定有急事，便立即放下手中的资料，并告诉公司的人事主管刘青青先把资料按照部门收集好，并将分数汇总，而后急忙奔向董事长胡亚东的办公室。

"坐吧。"胡亚东让丽珊坐在了单人沙发上，自己坐在了另一个单人沙发上。他没有说话，只是用手搓弄着手中的香烟，眼睛偷窥了一下丽珊，然后才将烟慢慢地点燃。

依照过往的习惯，胡亚东每当有重要的话要说时，就会不停地抽烟。看着胡亚东的举动，丽珊不禁心里紧了一下，她猜想：要有重大事情发生了。看着只抽烟不说话的胡亚东，丽珊忍不住问了一句："胡董，有事吗？"

停顿了片刻的胡亚东缓慢地说："嗯……是这样，经董事会研究决定让方哲重回集团做财务总监。"胡亚东吸了一口烟后继续缓缓地说："公司下一步准备收购B公司，你知道收购B公司是我多年的愿望，现在机会终于来了，而方哲是这方面的高手，所以我希望他能回来帮我完成这件事情。"

丽珊以为胡亚东是同自己讲方哲回公司的可能性或重要性，就随口说："好啊，要我找他谈吗？"

"不用，我前天同方哲谈过，他同意回来，但是有一个条件……"听到这里，丽珊想当然地认为胡亚东是要自己帮助他解决方哲回来的问题。

说到方哲，丽珊非常熟悉。两年前，是她将青年才俊方哲招聘到公司，并帮他坐稳了集团财务总监的位置，让这个初出茅庐的小伙子很快在公司有了根基，并得到胡亚东的重用。后来，方哲由于家庭原因离开了公司，丽珊还因为没能将他留住而惋惜。

"什么条件，要我去跟他谈吗？"丽珊随口问道。

"应该不用。"说到这儿，胡亚东忽然站起身，一边吸着烟，一边在沙发前来回地走着。

"他要什么条件？"丽珊问。

"他的条件就是……"说到这儿，胡亚东显得有些难以启齿。

"是什么？"丽珊追问了一句。

"就是……就是要你离开。"胡亚东非常难为情地说。

"为什么？"丽珊顿时睁大了眼睛问。

"因为方哲说他不想……不想和你在一起工作，他说与你在一起工作总有一种压迫感，嗯……我想了想，要不你就离开公司吧，我想……你应该能理解我的。"胡亚东吞吞吐吐地一边说着一边在沙发前来回地走着。他大口地吸着烟，眼睛胡乱地看着别处，不敢正视丽珊的眼睛。

听了这话，丽珊先是一怔，思维瞬间凝固了。开始，她怀疑自己是不是听错了，但看着胡亚东的表情，她相信自己没有听错。瞬间，她的全身好像在颤抖，脑子里也是一片混乱，她极力地控制自己的情绪，但没有效果。

她非常了解"丢卒保车"是胡亚东惯用的把戏，没有想到，同样的做法今天竟然也会在自己的身上应验。

此刻，她感觉自己要窒息了。缓了一会儿，她"呼"地站起身，愤怒地对胡亚东说："我拿的是公司的工资，与方哲有什么关系，我在这里工作与他收购工作关系很大吗？我哪里压迫他了？"她想继续往下说，却忽然停住了。此时愤怒、委屈、后悔……所有不良的感觉在瞬间充满了她的整个躯体，面对眼前这个被人称道的"高明"董事长，她不想再多说一句话，只是怒视了他一眼，转身快速地走出了胡亚东的办公室。

回到自己的办公室里，丽珊不仅愤怒而且伤心。伤心的是自己曾经给予方哲的帮助，简直就是"东郭先生遇见了狼"，她感觉自己太天真太可笑了；愤怒的是胡亚东居然会用如此卑劣的手段对待一个在公司工作十余年且有重大贡献的老员工。

作为一名资深的职场人士，虽然丽珊早已习惯职场的冷漠凶险，也亲眼见证过许多同事的沉浮生涯，但她做梦也没有想到，这样残酷的事情会突然地降临在自己的身上，而且是以这样荒唐的理由，这样无情的方式，她的心像是被一块巨石猛然地砸碎了。

此刻她唯一的想法就是快速地离开这里，因为她感到这里是那么的恶心，她更不想再看见胡亚东那张卑鄙无耻的嘴脸。事已至此，还有什么可留恋的呢？她开始整理自己的物品，决定马上离开。

她环视了一下自己的办公室，桌面上高高的文件、电脑、公司聚会的照片、养了多年的君子兰，最终把目光定格在办公桌的一个高级摆件上——一只古法琉璃的华尔街牛，这只精美的琉璃牛，让丽珊思绪万千。

几年前，公司第一次收购工作进行到白热化阶段的时候，丽珊每天披星戴月地加班，忙起来的时候连午饭都来不及吃。刚巧那段时间母亲病重，忙得不可开交的她，实在抽不出时间在家陪母亲，只好把母亲托付给朋友。后来，胡亚东知道了这件事情，为了表示赞赏和感激，就把这只精美的琉璃牛作为礼物送给了她。

十年来，丽珊拼命地工作着，就像一头老黄牛一样，兢兢业业，勤勤恳恳，时间紧、任务急、压力大的工作场景几乎是她工作的日常。十年来，丽珊作为公司"元老级"员工，帮助胡亚东度过了无数的难关，亲眼看着公司从弱小走向强大，她也曾充满了自豪感和成就感。

然而，这个曾经让她呕心沥血工作的地方，这个曾经让她获得无数赞誉的地方，这个曾经以为是实现个人价值的地方，却在这不到三十分钟的时间里将她无情地抛弃，一切都成了过去。

她忽然觉得，自己过去真的就像头牛一样工作着，勤勤恳恳地付出着，但这所有的付出与贡献，在胡亚东的利益天平之下，都显得那么脆弱、渺小、微不足道、不堪一击。只因为一个能帮他收购B公司的方哲，自己多年来付出的艰辛与努力，在他眼里瞬间化作成泡沫。此时此刻，丽珊感到无比痛楚，这种痛楚来自内心深处，且拉动着全身的每一根神经，每一个细胞，她想大声地把心里的愤怒诉说给全世界听，又想躲到一个没人的角落大声哭泣！

正在这个时候，董事长的秘书梁薇在门外小心翼翼地探头，之后走了进来，把一个鼓鼓的档案袋放在丽珊面前，并小声说："这是董事长让我转交给您的二十万元补偿金……"

"拿开！"没等梁薇说完，丽珊突然大声地喊了起来，而且有些声嘶力竭。她再也无法控制自己的情绪，一把将档案袋连同那头"牛"一起扔到了地上，档案袋破了，钱撒落了一地，"牛"也被摔成了两半，她趴在了桌上，周身战栗着，无声地悲泣着。见此景，梁薇小声地安慰了她几句，匆忙地离开了。

过了好一会儿，愤怒的情绪稍微平静了一些，她想透透气，便站起身打开了一扇窗户，顷刻间，刺骨的寒风夹带着纷纷的雪花从窗外吹进屋内，办公桌上的上文件哗啦啦地被风吹落了一地。

过了好一会儿，她转过身，拭去脸上的泪痕，整理了一下情绪，穿上了呢子大衣，披上披肩，拿起手包和汽车钥匙，头也不回地离开了公司。

子璇听了丽珊的诉说，眼圈也红了，她一边给丽珊擦眼泪，一边愤怒地说："我去找胡亚东，跟他理论清楚！真是太过分了。"

"不用了，子璇，我现在最大的想法，就是永远不要再见到他。"丽珊擦着眼泪，尽量让自己平静下来。

"离开也好，凭你的能力，到哪里找不到好工作？人挪活，何必跟这么一个小人怄气，你说是吧？"子璇继续安慰着丽珊。

一阵"茉莉花"的铃声，丽珊的手机响了，一看是胡亚东的电话，她犹豫了一下，接通了电话。"丽珊，我知道对不起你，希望你能原谅我，补偿金我让财务部打到你的工资卡上。"没等丽珊说话，胡亚东就说了起来，语速快且声音低沉，话语中充满着歉意和惭愧。

"我不会原谅你的，请你以后不要再打扰我。"丽珊愤怒地挂断了电话。

子璇不停地抚摸着丽珊的后背，好像这样会让丽珊舒服些。

"晓楠还不知道这事吧？"子璇说。

"不知道。"丽珊流着泪说。

看着丽珊如此悲伤，子璇也流下了眼泪。过了一会儿，丽珊擦了擦眼泪，平静地说："子璇，没事了，我现在好多了，想回家，今天是妈妈的生日，晓楠和妈妈还等我回家呢！"

"那好吧，路滑，你自己开车慢一点，我要去见一个朋友，已经约好的，不能送你了，晚上再给你打电话。"

丽珊含泪点了点头。

子璇下了车，又敲着丽珊的车窗说："路上一定要小心，到家给我电话，别让我不放心。"

丽珊又点点头，慢慢地开走了。

子璇站在原地一直望着丽珊的车子渐渐远去，直到看不见了，才回到自己的车上，开车离去。

丽珊回到家，男朋友林晓楠已经把给妈妈买的生日蛋糕及丰盛的饭菜摆满了餐桌。看到妈妈和晓楠，丽珊的心情似乎轻松了一些。她简单地向晓楠讲了今天发生的事情，晓楠没有过多安慰她，只是说："天下没有不散的宴席，刚好借这个机会调整一下身心。"丽珊觉得这话有道理，可以趁机多陪陪母亲，还可以给自己一个缓冲的时间，想到这，她的心情平复了许多。

时间过得好快，眨眼间，一个多月过去了。春节到了，丽珊在妈妈及晓楠的安慰和劝导下，逐渐走出了离职的阴霾，准备年后去找一份新的工作。可是，祸不单行，当人们还沉浸在新春佳节的欢乐之中，不幸的事情又发生了，丽珊的母亲由于心脏病突发，在正月十二这天的早晨溘然长逝。

母亲的去世对丽珊的打击太大了。在她的眼里，母亲就是天，现在母亲去世了，她的天塌了……

丽珊在十岁的时候，父亲因公殉职。父亲去世后，母亲独自将她拉扯成人，这其中遭受的艰辛难以言喻。母亲退休前是中学的一名高级语文教师，一生勤俭、和善、知书达理、心地善良、性格温婉，不管做什么事情总是先考虑别人；在她眼里，母亲的一生就像是一幅山水画，没有铅华的雕饰，只有清新和自然。

在丽珊的成长中，母亲就像是她的挚友、闺蜜和人生导师，教给她无数的知识和做人的道理，在她的生命中，母亲就是一缕烛光，时刻为她照亮前行的路，让她健康、快乐地成长；在她的心中，母爱就是一首温暖的歌，婉转悠扬，且音域辽阔；在她的人生经历中，母亲更像是一束暖阳，无论她走到哪里，都能得到她的照耀与温暖。母亲虽然走了，但母爱在她的内心继续延伸着，永远不会消失。

几天过去了，虽然母亲的后事在晓楠的操持和朋友们的帮助下料理完毕，并与其父合葬后入土为安，但是母亲的音容笑貌仍清晰地浮现在她的眼前。此刻的她呆坐在一个儿时的小板凳上久久地凝视着母亲的睡床，眼泪不住地流。

她曾多次想过，等自己的工作稳定了，一定腾出时间陪伴母亲外出旅游，领略祖国的大好河山。母亲是南方人，对江南的景色情有独钟，特别期待和女儿一起去走江南小镇那布满青苔的石板，去听古刹深沉的钟声，在烟雨的季节里漫步那长长且弯曲的小街，去吃一碗久违的杭州片儿川、上海的小笼包、扬州的狮子头……

丽珊曾向母亲承诺，一定和母亲一起尽情地游遍江南的山山水水。可如今母亲走了，这一切都成了泡影，"子欲养而亲不待"，母亲没有给她留下报答养育之恩的机会。想到这里，她的泪水像是断了线的珠子流了下来。

此时，尽管她泪满湿衣，却已是"白头无复倚柴扉"。她一边流着泪，一边双手合十，缓缓起身走到母亲的遗像前，跪地祈祷母亲在天国一切安好，再无病痛……

由于母亲的突然离世加之工作的不顺，让丽珊一度陷入抑郁之中，她不安、焦灼、伤感。为了疏解她的心情，晓楠及子璇他们想尽各种办法，化解她心中的郁闷。

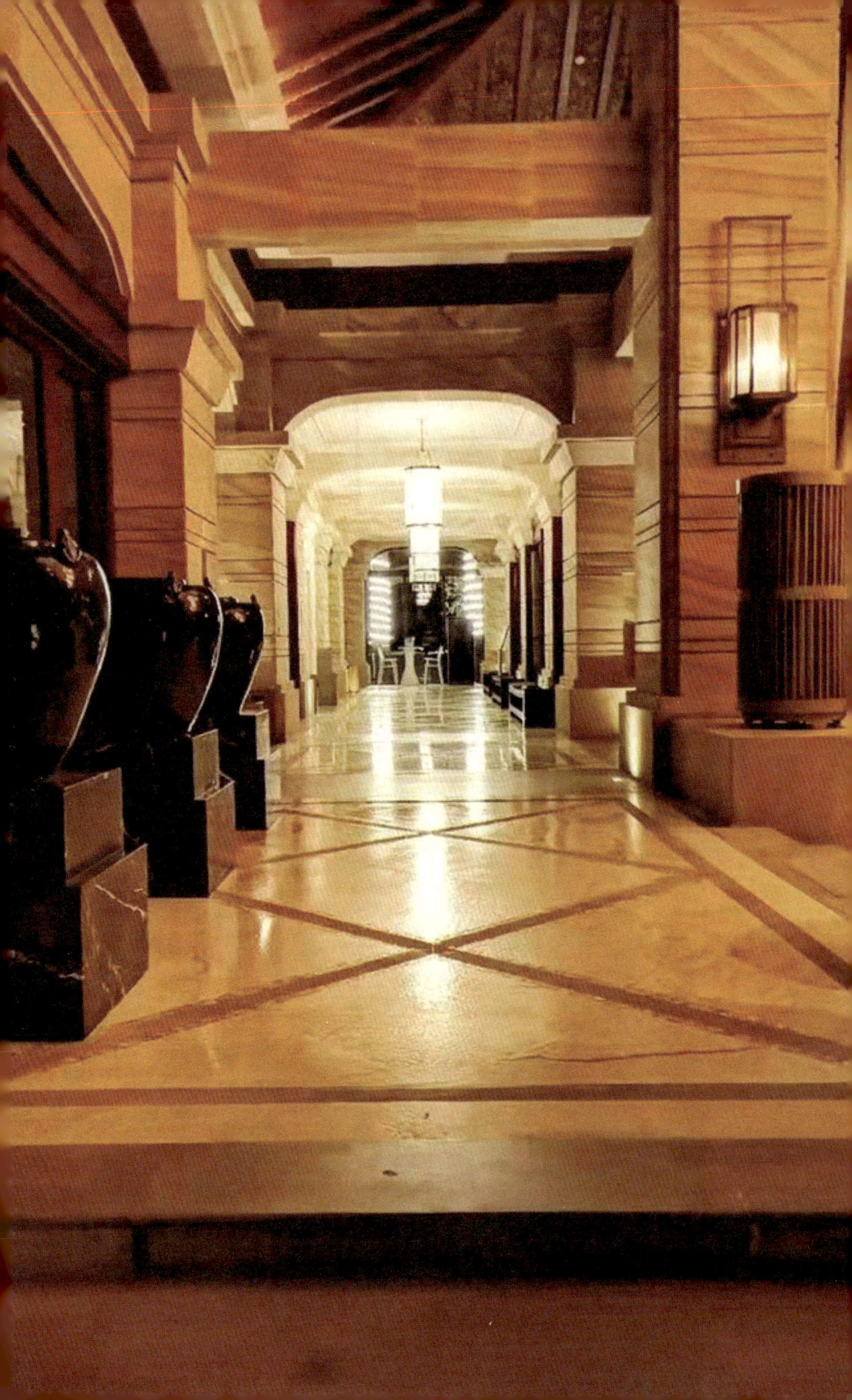

第二章

转眼间，几个月过去了，夏天已经来到。在晓楠和朋友们无微不至的关怀下，丽珊慢慢地从失去母亲的伤痛之中走了出来，在晓楠的鼓励下，她决定去找一份新的工作。

仲夏的海都，已是夏花盛开，大地被高悬在天空的太阳蒸晒着，空气里充满了甜醉的气息。小区里纳凉的人们在繁茂的树荫下，悠闲自在地拉着家常。

炎热是夏天的主旋律，盛开着的夏花将炎热的夏日勾勒出一幅色彩斑斓、绚丽多彩的图画；知了和小鸟在树上不时地叫着，声音有时低沉，有时高亢，像是在演奏一曲曲优美动听的歌。夏天是美丽的，它承接了春的生机，也蕴含着秋的成熟。

早上，吃过早餐的丽珊，来到了电脑前正准备浏览招聘信息，手机铃声响了，一看号码是子璇打来的，她连忙接通了电话。

子璇说:"珊,今天是你的生日,中午来茶社给你庆生吧。我可是张罗好一阵了,你一定要按时来呀!"子璇的话充满了热情,丽珊稍微想了想后笑着答应了。

昨天刚刚下过一场雨,空气清新怡人,被雨滋润后的夏花盛开得更加娇媚动人。丽珊驾驶着白色的奔驰 C200,混杂在川流不息的车流之中。她开着车窗,微风吹乱了她的头发,她一边听着车内音响放出的轻音乐,一边尽情地享受着大自然的气息。

十二点左右,丽珊走进了子璇茶舍。"哎呀,老寿星,你可到了,大家都到齐了,就差你了,嗯,不,应该说还有一位神秘人物未到。"子璇一边卖着关子一边高兴地对丽珊说。

"神秘人物,什么神秘人物?"丽珊不解地笑着问。

"你就等着瞧好吧!"子璇一边搂着丽珊一边高兴地说。

子璇是丽珊高中的同班同学,且同坐一桌,子璇高中毕业后,考取了市医学院的中医专业,毕业后她在市第一医院的医政科工作,后来辞职做了医药代表,前些年挣了些钱,加上离婚时前夫陈暮云给的钱,就开了这家茶社。由于子璇很会为人又很会经营,茶社的生意一直很好。

子璇牵着丽珊的手,走向茶舍最大的雅间——江南春,到了门口,子璇大声说道:"哎……丽珊,你等一下,我来开门。"子璇一边说着一边上前一步把丽珊拉到了自己的身后。

"你干什么?"丽珊笑着不解地问。

子璇一开门,屋内静悄悄、黑乎乎的,拉得紧紧的窗帘遮住了外面射进来的阳光,屋内的灯也没开。当子璇拉着丽珊迈进房间的那一刻,忽然灯亮了,房间内一片欢呼声。啊!望着眼前的场景,丽珊惊呆了。

房间布置得很漂亮,有气球,有拉花,一幅写有生日快乐的金色布作为背景墙,在灯光的照射下泛着璀璨的金光,餐桌上摆满了水果、鲜花、蛋糕和美食,到场的人员有舒凡、罗海亮、张雯、孙亚军、李丽、林薇薇,都是中学时代的同学和挚友,见到他们,丽珊兴奋得不得了。

"哇!你们都来了,怎么不早告诉我,让我提前高兴一下。"丽珊一边说着,一边雀跃着,一会儿抓抓张雯的手,一会儿拍着舒凡的肩膀,走到林薇薇跟前的时候,干脆就拥抱了起来。可以说自去年十二月那场离职风波至今,丽珊从未这样兴奋。

好朋友们热情洋溢地诉说着别后的境遇,丽珊笑着说:"这么多年过去了,感觉大家还是没变。好想念你们,也好想过去的中学时代。"

林薇薇接过话说:"可不,真是时光飞逝呢!就拿子璇来说吧,她从小就喜欢茶艺什么的,现在这茶社老板当得可是相当风雅呀!还有你,丽珊,上学的时候你能力就强,学习热情又高,我们就说你将来一定不简单。结果呢,果然是很厉害的人力资源精英吧!哈哈!"

"对了,丽珊,你现在做什么?"张雯问道。

"我最近赋闲在家呢!"丽珊笑着回答。

"赋闲?以后,不,马上就不赋闲喽。"子璇神秘地笑着说。

"你到底跟我卖什么关子?"丽珊也笑着问子璇,子璇笑着耸了耸肩,又歪了一下头,显得很神秘。

正当大家你一言我一语的时候,门开了,一位女服务员引进了一位男士,子璇立刻高兴地迎了上去。

进来的男士双手抱拳,操着一口南方普通话说:"李大小姐,抱歉抱歉,我来迟了!"

"哪里呀,潘大老板驾到,我的茶舍蓬荜生辉呀。"子璇笑着说。

"潘宁,来,我给你介绍一下。"说着子璇先把潘宁拉到了

第二章

13

丽珊面前，兴奋地说："潘总，这就是今天的主角，老寿星——孟丽珊；丽珊，这就是我今天跟你说的神秘人——潘宁，我准备推荐你到他的公司去工作。"

"你好，孟女士，祝你生日快乐！"潘宁礼貌地把手伸向了丽珊，她也伸出右手回应着。

"好了，这下人全部到齐了，我们开始用餐吧。"子璇一边招呼着大家，一边坐在了丽珊和潘宁之间的座位上。

"我来点蜡烛"舒凡一边说着，一边拿出了打火机兴奋地点燃了蛋糕上的蜡烛。

"珊，你先许个愿。"张雯一边笑着，一边把丽珊拉到了自己身边。

舒凡和张雯原来是班里的"金童玉女"，不管什么事情只要一有他们俩就会很热闹。虽然现在他们都差不多四十岁了，但是热情和风采依旧不减当年。听他们俩一喊，所有到场的人一起唱起了生日歌。"祝你生日快乐，祝你生日快乐……"

丽珊双手合十，闭上眼睛开始许愿，然后和大家一起吹灭了蜡烛……

这一天，丽珊异常高兴，她很久没有这样高兴了。

第三章

时针已指向早上七点钟，丽珊依旧睡得很香。"丁零零……"一阵急促的电话铃声，家里的电话响了，丽珊翻身看看表。"这么早，就有电话来。"丽珊只是起了个身，并没有起床去接电话。一会儿一曲"茉莉花"的铃声，丽珊的手机响了，手机就在床前，丽珊起身顺手抓起放在床头柜上的手机。"喂，你好！"虽然接听了电话，但她依然是闭着眼睛。

"喂，珊，你怎么样，没事吧，昨天回去还好吧。"是子璇打来的电话。

"哦，是你呀，子璇。还好，我没事，只是想多睡一会儿，不过你这电话一来，现在也该起床了，怎么？有事吗？"丽珊半靠在床头上懒洋洋地说。

"潘宁昨晚给我打了个电话，他希望你去他的公司担任人事总监，想跟你聊聊，不知道你什么时间有空。"

"嗯，是这样啊，我今天已经安排了事情，明天吧。不过，我对这人不了解，你给我介绍介绍好吗？"这会儿丽珊已经完全坐起来了。

"好，那我就现在跟你说吧。潘宁是我前夫陈暮云的好朋友，平日里，他经常和暮云一起打乒乓球，后来生意上也有些合作。他是江苏人，好像是八年前出过国，年龄嘛，大概四十四岁吧，结过婚，也离过婚，至于公司嘛，据他讲，他的公司现在是从贸易转向实体行业，目前他有想法将公司上市，基本情况就是这样。"子璇一口气把潘宁的情况介绍完毕。

"他的公司成立多少年了，企业有多少人？运营规范吗？"丽珊问。

"大概成立五年了，具体时间不详，至于企业有多少人我不知道，是否规范我也不知道，你只有问他了。"子璇说。

"那好吧。"丽珊说。

"我把你的电话告诉他好吗？回头让他给你打电话。"子璇又说。

"好，没其他事，那我挂了。"丽珊说。

丽珊放下电话，立即起床，一番洗漱后，用过早餐，换好衣服随手从门口的鞋柜上面拿了车钥匙，拎起手包走出了家门。

虽然没有化妆，她依然是风姿楚楚，好似夏日里一道迷人的霞光。丽珊，一米六八的身高，皮肤白皙，长而微卷的头发披在肩上，长圆脸，一双明亮的眼睛，透露出一股智慧，眉毛弯弯，高鼻梁，樱桃口。今天她上身穿了一件奶白色的亚麻抹袖上衣，下身穿藏青色的亚麻阔腿裤，清新、性感、别致、高雅，韵味不凡。

今天的天气不错，气温虽然有些高，但阵阵微风让人感觉不到夏天的闷热。丽珊车开得不快，一是没什么急事，另外也可以多享受一下新鲜空气，她索性打开了车的前窗和顶窗，尽情享受着阳光的沐浴。手机响了，丽珊顺手把耳机拿起放在右耳上。

"喂，你好。"

"是孟女士吧，我是潘宁。"

"您好，潘先生。"

"您现在讲话方便吗？"

"还好，我在开车，不长的话还可以。"

"孟女士，您看我们什么时候见个面？"潘宁非常客气地说。

"明天吧，下午两点，您看可以吗"

"好，在哪里方便呢？这样吧，您来我们公司好吗？"

"可以。"

"那好，我一会儿把地址发到你手机上，咱们明天下午两点见。"潘宁非常高兴地说。

"好的，明天见。"丽珊说完，关掉电话并顺手摘下了耳机。

中午时分，丽珊办完事情回到家，简单地用餐之后，打开电脑准备开始做"功课"。她想先了解一下潘宁公司的情况，为明天与潘宁的见面交谈做些准备。丽珊自从离职回家后，赋闲的日子也有近半年之久了，现在的她的确很想去工作了。

丽珊的本科专业是财务管理，毕业以后先到了一家国企工作，实习一年之后，她就被领导调去了企业的人事部门，从事人事管理工作，至今为止她先后在国企、外资、民企累计工作了近二十年，这些年来在企业的人力资源管理上积累了丰富的实践经验。在工作上，她不仅实干，还不断地学习理论知识，前年考取本市名校的工商管理硕士，现已毕业。通过理论与实践相结合，她总结了许多行之有效的企业管理经验，尤其在人才招募、甄选、人才培养及员工职业生涯开发等方面有很多的独到见解。

多年的工作历练，使得本来做事就不拖泥带水的她更是雷厉风行。在工作中，她态度严谨，善于谋划，头脑清晰，工作效率极高，执行力超强，是领导得意的左膀右臂。

都说经历能让人更快地成长，一点都不假。多年来，只顾埋头于工作的她，很少"跳出三界外"去旁观职场，经历了亚信公司辞职之事，她的心灵受到极大的震动，认知也发生了巨大的变化，从开始的满腔怨恨到慢慢地看淡、承受，今天的她对于职场反而有了更为深刻的认知与领悟。

经过半年多"疗伤式"的思考，她感觉自己的心态更加成熟了，她相信，现在如果再遇到"亚信事件"，一定会比半年前的自己多一份笃定、从容和宠辱不惊。

丽珊打开电脑开始浏览与潘宁公司有关的资料。从网上获悉这是一家民营的集团化企业，成立于2011年，注册资金为八千万人民币，子公司遍布国内多个城市，主要经营酒品、汽车，生产办公家具，国际贸易等，子公司中有三个是通过收购得来的。集团总部位于本市，下属企业分别位于不同省份。总部共有管理部门五个，有财务管理中心、运营管理中心、法务管理中心、人事行政管理中心，信息管理中心，各管理中心下设若干个管理部门，集团目前运转正常。

从获得的信息看，丽珊还是有些兴趣，子公司之间虽然业务跨度大，对她来讲这是学习新知识的好机会，况且这样的公司一旦在人力资源方面整合成功的话，也是很有成就感的。在职场，也许有的人追求安逸，但丽珊更喜欢这些具有挑战性的工作。她希望未来的这份新工作能够成为她事业的又一个新起点，让她忘记过去的伤痛，在一个崭新的天地里学到更多的东西，并施展自己的才能。

第二天下午两点钟，丽珊准时来到了慈安东道三十八号，泰东集团的总部。这是一幢极具现代感的建筑，大楼整体是灰色的，玻璃幕墙，外部装饰极具现代感，大堂内部的装饰有些奢华，一盏巨大的水晶吊灯悬于大堂的正中间，把整个大堂映衬的富丽堂皇。

泰东集团的总部位于该大楼的九层，当丽珊从电梯中走出的时候，一位漂亮的姑娘满面笑容地走过来说："您好，您是孟女士吧？"

"对。"丽珊笑着回答。

"请您跟我来。"姑娘走在丽珊的右前方，看得出来这位姑娘受过礼仪方面的专业培训。

丽珊一边走着，一边仔细地观察这里的环境。这层楼的建筑面积有一千多平方米，员工的开放办公区位于楼层的中心区域，四周有八间独立的办公室，南面的中间位置有一间双门的办公室，门上不锈钢牌上写着"董事长办公室"，这应该就是潘宁的办公室。

漂亮姑娘把丽珊引到了这间办公室的门口并敲门，"请进。"里面发出的声音是潘宁的。漂亮姑娘推开门请丽珊进入，刚走进房间，潘宁已经走到了门口，非常高兴地说："欢迎您的到来，孟女士。"潘宁一边说着一边伸出了右手，丽珊也非常礼貌地说："潘董好！"并同潘宁握手寒暄。

进了房间，首先映入丽珊眼帘的是在房间正中摆放的班台，这张班台超出一般班台的尺码，非常气派、抢眼。

"请坐，孟女士。"潘宁伸出右手示意丽珊坐到沙发上，随后潘宁坐在了丽珊对面的单人沙发上。

"孟女士，请喝茶。"漂亮姑娘用托盘端来两杯茶分别放在了丽珊和潘宁的面前。

"谢谢。"丽珊礼貌地说。

"孟女士，你品尝一下，这茶是我从杭州带回来的，绝对是上等的明前龙井，这茶可能子璇的茶社也不见得有。"潘宁操着南方的普通话非常兴奋地介绍道。

"那我真是有口福了。"丽珊笑着端起了茶杯，轻轻地吹了下茶面上没有沉下去的茶，然后细细地品尝了一口。"嗯，好茶。甘甜，清新。"

"孟女士，很懂茶嘛！"潘宁一边品茶一边说。

"算不上很懂，可以说略知一二。因为常去子璇店里喝茶，多少也了解一点。"丽珊委婉地说。

潘宁正想往下说，桌上的电话铃响了，潘宁说："不好意思，有个重要的事，我得先处理一下。"急忙走到班台前拿起了电话。

趁着潘宁接电话的机会，丽珊环视了一下办公室的其他陈设，这间办公室有一百多平方米，除了那张超级大的班台外，在房间的左侧是一排工艺品展示架，架上摆放了许多瓷器和紫砂壶，显得非常典雅。潘宁的班椅后面有一排书柜，里面摆放了许多书，有历史的还有其他种类的，再有的摆设就是丽珊坐的棕色的牛皮沙发，沙发是由两个单人和一个三人沙发组成，这套沙发也比一般的沙发大一些，沙发皮保养得不错，皮子很亮。房间的角落里放有一盆绿植，给房间增加了几分生机。

潘宁接完电话走了过来，又坐在了丽珊对面的单人沙发上。

"孟女士对我们的公司有了解吗？"

"有一点，但不多，我只是从子璇那里了解一些。"

"那我给你介绍一下吧。"潘宁端起杯喝了一口茶。

"公司自成立至今已有四年多的历史了，开始我们就几个人，只做国际贸易，后来慢慢地我们开始做代工，再后来我们把合作厂商给收购了，就这样从贸易发展到实体。后来，收购了几家企业后继续扩张，成立了现在的集团公司。现在我们的业务已经向投资领域转移，目前业务还好，但是企业规模扩大得有些快，人员也增多了不少，我现在觉得有些棘手了，尤其是在企业的管理方面。"潘宁非常认真地向丽珊介绍着情况。

"那下一步集团的工作方向是什么？"丽珊非常老练地问道。

"这也是我下面要和你谈的问题之一。下一步我打算在人员管理方面下大功夫，然后把我们的每一项业务做得更加扎实。就这两方面的工作我想听听你的意见。"潘宁不紧不慢地说着，他的眼睛直视着丽珊，好像是在全方位地考查她的水平和能力。

丽珊的思维没有丝毫的怠慢，潘宁的话一停，她就紧跟着把他的问话接了过来。她说："对于集团化企业的人力资源管理，我认为一方面要完善管理制度，并要对下属企业适当加强监督管理，同时着手企业文化的建设，因为企业现在规模大了，人员多了，企业的所有事情都是靠每一个人来完成的，如果没有行之有效的管理制度去约束员工，企业的一切工作将会陷于混乱之中。

丽珊喝了一口茶接着说："另外配合今后企业发展的战略目标，要加紧对各级员工特别是各级管理者的综合素质的提高，综合素质的提高包括业务水平的提升和管理水平的提升，绝对不能用管理三个人的管理方式管理三百人或三千人，如果是这样的话不仅会影响企业今后的发展，同时还会把企业拖回到原点，甚至毁灭。"

丽珊继续说："潘董，我说这话绝不是危言耸听或'站着说话不腰疼'，这方面我有足够的经验，甚至说是教训。人管好了，业务才能有所保证，围绕以上这些工作，我认为在人力资源管理上：一是完善企业规章制度，二是对全体员工进行素质及业务方面的培训或培养，让员工适应或者说跟上企业发展的步伐，三是配合企业今后投资方面的发展，我认为还要加强人才的储备，并且制定适合企业发展的激励机制，促进企业迈向更高的台阶……"

　　潘宁一边听着丽珊的谈话，一边思考着，还不时地提出一些问题，通过两个多小时的交流，丽珊了解了泰东公司的基本情况，丰富了她对泰东的认知，同时也让她感觉到能在这里发挥她的才干。而潘宁通过这次交流，确认了丽珊是他所急需人事总监的不二人选。他们在谈话的尾声，商定了下周一丽珊来上班的事情以及工资待遇，双方在非常和谐的气氛中握手告别。

第四章

今天是丽珊来泰东公司上班的第二天，本来应该昨天举行的入职欢迎仪式因公司出现了突发的事情而改到了今天，下午两点，泰东公司中层以上干部都来到会议室参加会议，会议由潘宁亲自主持。

丽珊按照名牌坐在了潘宁的右边，丽珊环视了一下会场，到会的大约有三十人，只有两名女士，参会的人中她只能说出两个人的名字，一个是常务副总吴子怡，另外一个是人事经理欧阳梅。这两个人一个是她的同级，一个是她的下级，她们已在昨天相识。

"我们现在开会。"潘宁说话了，"我们已经有段时间没有召开这样规模的会议了，今天的会议就一个主题，就是欢迎我们的新任人事总监孟丽珊女士，大家互相见个面，熟悉一下，以利于今后工作的开展。好，下面我先介绍一下孟女士。

孟女士曾经在大型的企业担任人事总监，有着丰富的企业人力资源管理经验，根据我们之前制定的企业发展战略，公司下一步的工作将要在人力资源管理上下大功夫，以适应我们企业的发展，跟上企业发展的步伐。各位都是我们泰东的中坚力量，今后大家在工作中要多支持人事总监的工作。下面大家互相认识一下，这样吧，孟女士你先跟大家打个招呼。"潘宁一口气把要讲的话都讲完了。

潘宁的话音刚落，到会的人员鼓掌欢迎。丽珊首先优雅地起身，微笑着向大家问好，然后接着说："首先我要感谢潘董给我这次机会，能与各位同仁一起工作，今后我会尽我最大所能，为泰东的发展做出应有的贡献，真诚期望大家在今后的工作中能帮助我、支持我。谢谢大家！"又是一片掌声。

下面是与会人员开始发言，首先是常务副总吴子怡发言，之后其他副总也先后发言，最后是中层干部发言。大家的发言也都热情洋溢，虽然丽珊知道大部分人都是在作秀，但心里还是有一丝的兴奋。这次会议上，潘宁给足了丽珊的面子。会后财务主管朴义对丽珊说："孟总，过去公司不论级别多高的员工入职，潘董从没有给过这样大的排场。"丽珊不知，在她日后的工作中，今天的排场，为她埋下了祸根。

丽珊来公司已经半个月了，通过十多天的观察和走访，了解了公司不少的事情，总体感觉是公司的业务发展得不错，只是感觉人际关系有些复杂。按照潘宁的指示，今后在人力资源的管理及发展要做些实质性的工作，所以打算与人事经理欧阳梅进一步交流一下，顺便给她布置一些工作。

丽珊用电话把欧阳梅叫到了自己的办公室。欧阳梅，二十九岁，在公司工作已有三年多的时间。欧阳梅敲门进入后，坐到了丽珊的对面，她把自己的想法以及近期的一些调查情况与欧阳梅做了沟通。听完丽珊的话，欧阳梅立刻一脸笑容地说："总监，我觉得您的分析非常准确，我过去一直想做一些这样的工作，总是找不到头绪，这下可好了，我终于有主心骨了，您说吧，下一步工作怎么做，我会坚决照办。"随后丽珊给她布置了工作，并告知完成工作的预期，对于欧阳梅的配合，丽珊觉得比较满意。

第二天早上，丽珊想找欧阳梅再聊一聊，因为她又有了一些新的工作思路。欧阳梅的电话没人接，她起身走到办公大厅，看见欧阳梅的座位上没有人，就问旁边的人事专员高婷婷，高婷婷说："今天早上没有见到欧阳梅来上班。"

丽珊回到自己的办公室，在电话表上查找欧阳梅的手机号码，"喂，欧阳梅，你怎么没来上班？"

"哦，不好意思，总监，我奉吴总的指示去湖南出差了。"

"出差？你跟谁打招呼了？"

"哦，不好意思，我忘记告诉您了。"

"忘记告诉我了，不应该这样说吧，欧阳梅，应该是你得到我的批准了吗？"丽珊说，这话音虽不大，让人听了却有不怒自威的感觉。

静默，对方没有回音。

"这样吧，回来后你就直接办交接手续吧，作为一个中层干部，这种明知故犯做法，我是不能包容的，你可以离开公司了，另寻新的出路吧。"丽珊的话具有很强的震慑力。

丽珊挂断了电话后，一股无名火直往上蹿。初来乍到，以这样的口吻对待一个下属好像有些过分，但是一向脾气直率且有点霸气的她，是不能容忍一个下属给她来这样的"下马威"，她觉得这是一种"侵略"式的挑衅，必须予以反击，否则以后的工作无法开展。

五天后，欧阳梅来上班了，她穿了一身职业装，此人虽然长得不漂亮，但是颇有些气质。她放下包就跑到了丽珊的办公室，"总监，我来了，这次是我不好，没有跟您打招呼，您就饶我这一回吧，我以后不这样了。"欧阳梅虽然一脸的懊悔，但丽珊知道她这是虚与委蛇。

　　"哦，你用不着到我这来了，直接去与高婷婷办理交接，之后，到财务办理财务清算手续，我已经和财务经理打好招呼了。"丽珊微微抬起头冲着站在面前的欧阳梅说。

　　"您能给我一次机会吗？求您了，我知道错了。"欧阳梅软磨硬泡地说。

　　丽珊没有回应，依然低头忙着自己手中的事情。

　　此时的欧阳梅，见求饶不行，便来硬的。她指着丽珊恶狠狠地说："你以为你一个新来的就可以决定我的去留吗？我告诉你，你等着，有人来收拾你。"说完，立即转身气呼呼地离开了丽珊的办公室。

　　丽珊若无其事一样，依然忙着自己手中的工作。

　　其实，欧阳梅这招她是想到的，但是没有想到的是，她的脸会翻得如此之快。随她去吧，对这种人不能怀有任何慈悲心。

　　事情远没有丽珊想象得那么简单，中午饭后，丽珊打算在沙发上休息一会儿，吴子怡却来到了她的办公室。

　　"孟总，你好。"吴子怡笑着跟丽珊打着招呼。

　　"吴总，你好，怎么，找我有事吗？"丽珊的话语有些冷。

　　"不好意思，你要休息呀？"吴子怡谦恭地说。

　　"嗯，想看会儿书。"丽珊依然坐在椅子上，没有起身。

　　吴子怡，五十六岁，身高一米七六左右，白胖的脸，小眼睛，一张上唇微翘的嘴巴，见人虽然总是笑，但是笑得让人感觉很不舒服。他是公司的常务副总，在丽珊来公司之前，他除了负责集团的日常管理工作之外也负责集团的人事行政管理工作。

丽珊有些厌恶这个人，一见到女孩，眼神总是具有侵略性。丽珊知道，欧阳梅之所以敢跟她对着干，一是有他出主意，二是有他做靠山，所以对他的造访，丽珊不仅少了几分热情，还多了些冷漠。

"没什么事，想跟你聊聊天。"吴子怡说。

"是这样啊，你请坐。"丽珊一边说着，一边从椅子上挪到了沙发上。

吴子怡坐到了另一个沙发上。

"孟总，这几天，我把工作捋了一下，觉得人事方面还有些工作没有交接清楚，想抓空跟你交流一下。"吴子怡一边说着，一边掏出了香烟，忽然他觉得这会儿抽烟有点不合适，又顺手将烟放进了口袋。

"好啊，你说吧。"丽珊也笑着说。

"是这样，咱们公司的人事工作一直都是欧阳梅在做，这个孩子来公司工作时间比较长了，也算是老员工了，工作比较踏实，成绩也不错，大家对她反映也都不错，原来一直归我领导，我想今后她一定也会成为孟总的左膀右臂。我跟他父亲很熟，她父亲让我给你带个话，一定要严格要求她。"吴子怡一边说着一边观察丽珊的反应。

丽珊没有立即回答，只有挂在墙上的钟表发出嘀嗒嘀嗒的声响，吴子怡一点都不着急，依旧假惺惺地笑着，看得出，他是有备而来。

丽珊不紧不慢地站起来，给吴子怡和自己各沏了一杯茶，然后坐下抿了一口茶，不卑不亢地说道："吴总，我本不想提及此事，因为她现在已经不是公司的一员了，我已经决定将她劝退，此事我已经上报潘董，他表示同意。今天，既然您找来

第四章

27

了，那我就跟您说道说道。您不觉得她这事情做得有点过分吗？一个招呼也不打，私自离岗，是，您让她去的，您可以给他证明，但是我就不明白了，一个做人力工作的，您让她出差去干什么？"丽珊的话太直白了，不仅伤了让吴子怡的自尊，也让他感到有些尴尬。

"这个……是这样，一直以来我负责集团的人力工作，所以她与我工作的交集比较多，再说她也能干，有些下属公司的事情需要她帮助协调一下。"吴在丽珊咄咄逼人的追问下，说话显得有些语无伦次。

"她一个小姑娘帮您协调工作？"丽珊冷笑着说。

"是呀，有时候，她帮我跑一下腿，虽然谈不上协调，她还是有用处的。"吴一边解释着一边掏出手绢擦着汗。

"我看，这样，孟总，此事您看在我的面子上，放她一马，可以吧。"吴恳求地说。

"吴总，您说到这儿，我就应该给您面子了，但是，她朝着我大声吼叫，想必您也知道了，您觉得，如果是您的话，您能容忍吗？太缺乏教养了。"丽珊十分严肃地说。

"是，是，我一定找她好好谈谈，让她向您赔礼道歉，以后要服从您的领导，您今天就给我这个面子，好吧！孟总，就这样，我还有事，就先告辞了。"他一边说着，一边作揖，此时的吴子怡一扫往日的威风，没等丽珊回复，就走出了丽珊的办公室。

吴子怡为了欧阳梅礼下于人，此刻他的内心不仅是烦闷的，而且是愤怒的，不，是极其愤怒的，因为到目前为止公司里还没有谁敢得罪他。他想：一个新来没几天的人，敢在我的头上"动土"，真是吃了"豹子胆"。他不仅不服，同时对丽珊更是恨得咬牙切齿。他想，以后的某一天我一定会报复的，一定要她知道我"吴王爷的三只眼"。

吴摆出了示弱的架势，俗话讲：穷寇莫追，丽珊只能将此事暂时画一个句号。此次虽然让吴丢了面子，但其能折能弯的能力不可小觑。丽珊看着吴子怡离去的背影，若有所思地摇了摇头。让她想不到的是，此事没有她想象得那么简单，泰东的"水"有点深，她初来乍到，却摆出势不可挡的架势，此事便是她日后离开泰东集团的序曲。

一阵"茉莉花"的手机铃声响起，丽珊拿起手机，一看是子璇的号码，心里很是高兴。"喂，子璇，你好，有一阵子没见面了，我都有些想你了。"

"什么想我呀，你白天忙工作，晚上回家会情人，是把我们都忘了吧？！哈哈。"子璇在电话中说。

"真的没有，你知道，我刚到新的工作岗位，忙点是正常的。怎么样李老板，您最近的生意可好呀？"

"还行，晚上来我这里，我们一起聊聊天吧，好吗？"

"好的。"

晚上八点钟，丽珊如约来到子璇的茶社。

子璇的茶社不是很大，却非常有格调，装修陈设都独具特色，有一种清新雅致的韵味。仲夏的夜，晚风吹拂，花影婆娑；走进茶楼，宁静舒适，优美的萨克斯背景音乐是那首经典的《绿岛小夜曲》，悠扬的旋律伴着袅袅茶香，让人感觉像是来到了一片净土，使那颗浮躁的心在瞬间就能安静下来。

今天是周五，茶社的生意非常好，服务员们穿梭于大堂及雅间之中，端茶送水，子璇也像"春来茶馆"的阿庆嫂招呼着客人。

看见丽珊来了，子璇急忙走上前迎接，并挽着丽珊的左臂一起进了雅间。这间雅间比较大，布置得典雅舒适，是专门留给子璇接待亲朋好友的。丽珊从普拉达的手包里把手机取出，

第四章

然后把包挂在了衣帽架上，随后两人坐在了沙发上，子璇让服务员送来一壶上好的龙井和小吃，两人一边喝茶一边聊了起来。

"怎么样，新的岗位还好吗？"

"还可以，稍微有一些累，新来的嘛，这很正常，怎么，潘宁是不是让你向我了解感受的吧？"丽珊故意把"新来的"三个字说得重一些，两人都会心地笑开了。

"哪有，就是想你了。怎么样，对公司了解得差不多了吧？"子璇说。

"这些天我一边熟悉工作，一边察言观色确实了解了一些公司的内部情况。这家公司业务发展得还不错，只是人际关系太复杂了。公司的高管们看似在潘宁面前俯首听命，而在私下里却拉帮结伙；比较有代表性的是以吴子怡为首的行政派，这个人典型的官痞作风，权力欲太强，强得近乎病态，谁要是看见他，没及时打招呼，他就会把谁视为眼中钉。前两天，在楼道的角落里，我看见他在训斥公司行政部的文员韩晴，那恶狠狠的样子，让人看了真是毛骨悚然。"

"这人是什么来路？"子璇问。

"据坊间传闻他来泰东之前，是税务局领导的秘书，因为领导退休了，他也就离职了，因为实在混不下去了，就辞去公职来到泰东。他这一派的跟随人物主要是人事经理欧阳梅，这小家伙还挺狠，前几天给我来个下马威，想试试我的耐心，今天吴子怡为了欧阳梅的事情，特地向我求情，希望对欧阳梅网开一面。"丽珊一口气说了很多。

"有这种事？"子璇说。

"可不是。另一派是业务副总李皓为首的业务派，可以讲在业务上潘宁将来会有失控的危险，因为这帮人无论什么事情都听李皓的，就连潘宁布置的工作，他们也要李皓点头后才去做。

"再有就是以张一平为首的分公司派,张一平是集团下属子公司的总经理,其办公地点在集团总部楼的第八层。公司继承了集团起步的主要业务——国际贸易这块大业务,目前做的生意主要是农产品和纺织品,子公司有四十多人,除了副总、财务经理、办公室主任是集团总部任命的人选外,其余人基本是自行招聘,而大多数人都是张一平的朋友推荐来的。"

"据财务部门的人说,张一平就像一个'山大王',每天公款吃喝不说,在外就餐的时候,房间外还要有保镖把守。公司里的员工个个都对他'感恩戴德',用素质低下的人话讲:'这个饭碗是张总赏的,所以要感谢张总,更要听张总的话。'据集团财务部的主管会计讲:楼下就是'张家庄园'。都说在机关里钩心斗角,我看这公司里,也是赤裸裸的利益相搏,各怀鬼胎,比胡亚东的公司内部的人事斗争还要厉害。"

丽珊一口气把话说完,不知怎的,说到这里她的心情忽然沉重起来,好像在担心着什么。

"潘宁知道这些事吗?"子璇也是若有所思地说。

"潘董又出差了,我还没来得及与他交流呢,不清楚他知道不知道。"丽珊说。

"我觉得他应该会知道,也许不知道全部,但也会知道一部分,领导嘛,都是顾全大局的人,也许现在还不是处理这些事的时候吧。哎!有些企业的老板就是这样,在当上老板之前从不知道老板长什么样,等到自己做老板了,举目四望,两眼一片黑,所面对的世界是那样的迷乱,做出的每一个决策几乎都是在跟自己赌博,赌对了,算运气好,赌错了,那就什么也别说了,只能是人生豪迈,不过是从头再来,像这种'公司政治'每家公司都会出现,也算是见怪不怪了。"子璇若有所思地说。

"珊,你与他们相处得怎么样?"子璇一边说着,一边端起

第四章

了茶杯。

"目前是相敬如宾，因为暂时还没有遇到什么事情。"丽珊回答后又接着说，"在这个问题上，我有我的想法，工作上我会把潘董的指示精神作为我工作的原则，毕竟一个公司只有一个领导人；在小的问题上，我不会与他们太斤斤计较，但是遇到大的问题我是不会迁就的。"

"这样处理还不错。"子璇说。

"哎，你找我不是就为这点事吧？"丽珊问。

"是的，就是这些，因为是我介绍的工作，要是让你受了委屈，你那'林大官人'可要与我算账了，哈哈。"子璇笑着说。

"怎么会呢？他感谢你还来不及呢。"丽珊微笑着回答。

子璇与丽珊就这样，你一言我一句地聊着。

"咚咚"有人敲门。

"请进。"子璇对外面敲门的人说。

"璇姐，外面有一位女士找您。"一位茶社的女服务员进来说。

"哦。珊，你坐下，我出去看一下。"子璇一边说着一边起身走出了门外。

"珊，你看谁来了？"不一会儿的工夫子璇兴奋地从外面小跑着进来，后面跟着一位女士。这位女士非常漂亮，高高的个子，看上去有一米七左右，瓜子脸，丹凤眼，柳叶眉，高鼻梁，樱桃口，皮肤白皙，典型的大美女。她穿了一身白色套装，白色的高跟鞋，手里拎了一个香奈儿的手包，尽显知性与高贵。

"嘉萍……"丽珊非常惊讶地说，她拉过嘉萍的手，两人拥抱起来。

"丽珊，我太意外了，想不到你也在这儿。"这位叫嘉萍的女士异常兴奋地说。

"嘉萍，你不是在国外吗？什么时候回来的？"丽珊兴奋地问着她。

"年初回来的。"嘉萍兴奋地回答。

"嘉萍,你回来了怎么也不通告我们一声,快跟我们说说你现在的情况。"子璇有些嗔怪地说。

"我出国近十年,中间回来过两次,但是时间都很短,没来得及和你们联系。"嘉萍不紧不慢地说。

"这次回来还走吗?"丽珊问。

"应该不走了。"嘉萍说。

"你这些年在国外干什么了?"子璇接着问。

"我先是读了两年书,毕业后,一直在国外的一家管理咨询公司工作。现在公司总部决定要在中国开展业务,我就被派回来工作。虽然是年初回来的,但是我一直忙,再加上照顾生病住院的妈妈,所以就没能和你们及时联系。"

"你们的业务要在哪里开展,具体做哪些业务?"丽珊又问。

"我们原本考虑只做管理咨询业务,主要为企业提供管理咨询、投资服务、战略策划,但经过了解调查,中国的大型企业,特别是那些发展中的大型企业非常需要高端人才,而我们刚好拥有这方面的资源,所以也打算开展高端人才的猎头业务,主要是从国外向国内的企业引进高端人才,我今后的业务重点就是这个。丽珊你在哪里工作呀?"

"我在泰东集团,是子璇介绍我去的。"丽珊说。

"泰东,这名字怎么这么熟呢……哎,我想起来了,这家公司的老总是不是叫潘宁?"

"对呀,你认识他?"丽珊问。

"嗯……算是认识吧,前些年我在国外见过他。"嘉萍说。

"他不会是你男朋友吧!"子璇说。

"别瞎说,只是认识而已。"嘉萍说着,脸上泛起了一丝红

第四章

33

润,并显示出一点紧张。

这一晚,分别多年的三姐妹聊得很开心,似乎忘记了时间,是丽珊男朋友林晓楠的电话才打断了她们的畅谈。

丽珊回到家中,一番梳洗之后,坐在了客厅的沙发上拿起了手机,看到潘宁在两小时以前发过来的微信,内容是:"我周一上午回公司,下午期望与你面谈一下。"她立刻回复:"OK。"

回复微信之后,她忽然想起嘉萍提到潘宁时的神态,不知怎的,丽珊有一种不踏实的感觉,她和潘宁只是认识而已吗?想着想着,她自己将思路打断,"想这些干什么,与我何干。"之后,她放好手机,回卧室休息。

第五章

周一下午，丽珊如约来找潘宁，她敲门获准进入后，看见业务副总李皓正在与潘宁交谈，丽珊急忙说："我过会儿再来。"欲转身出门。

"孟总监，留步，我已经汇报完毕。"李皓说完站起身，"潘董，那我先去忙了。"

"好"潘宁微笑着点头说。

"孟总，请坐。"他一边招呼着丽珊，一边端着茶杯坐在了丽珊对面的单人沙发上。

"最近辛苦了，做了不少工作吧！"潘宁笑着说。

"是，这段时间主要完善了一些人力管理的基础工作，也发现了一些问题。"丽珊说。

"哦，发现什么问题？"潘宁说。

"主要是公司的人力资源基础工作薄弱，比如说，许多员工的合同到期后没有及时续签；另外，集团对下属公司的人力资源管理监管也不到位，主要体现在人员招聘及考核，还有一些在薪酬制订方面问题比较严重，有些人不是依岗定薪，而是依人定薪。潘董，这一点非常不利于公司的发展，不利于员工积极性的调动。"说完，丽珊起身将打印好的纸质报告交给潘宁。

潘宁接过报告，翻阅后说："你说得对，这些确实是遗留问题，希望你能拿出解决方案。"

"哦，我给您的报告中后面内容就是我提出的解决方案。"丽珊非常自信地说。

"好，回头我仔细看一下。"潘宁点燃了一支烟后继续说："我今天找你是想问一下，你在市发改委有无熟人啊？我们公司有一个项目的立项需要发改委批准，虽然我们一直在设法与发改委联系，但是一直没有结果。"潘宁说到此便停住了，他只是看着丽珊，好像在等待她的发言。

"哦，是这样啊。嗯……我男朋友在市招商局工作，但是他是否能说得上话，我也不知道。您看这样好不好，要是方便的话，您把项目资料让我看一下，然后我回去问一下，可以吗？"丽珊的反应很快，她一边回复着潘宁，一边还有些疑惑，是谁把晓楠在市招商局工作的事情告诉潘宁的呢？

"那好，回头我让吴子怡找你。"潘宁有点兴奋地说。

"好，潘董，您没别的事情的话，我就先去忙了。"丽珊笑着说。

"好。"潘宁笑着起身说。

丽珊出了潘宁的办公室，走到大厅拐角处，听到了一阵抽泣的声音。顺着声音她来到了位于拐角处的小会议室，会议室关着门。走近会议室，抽泣的声音更加清晰，是行政部文员韩晴在哭泣。突然，吴子怡的怒骂声吓了她一跳。"我告诉你韩晴，你不是不愿意倒水吗？以后我就天天让你倒水，天天倒，我看你敢怎么样？反了你了，敢拒绝我，吃了豹子胆了。"

屋子里，一阵静默，只有微微的哭泣声。丽珊打算劝解，正当她要推门的时候，吴子怡开门气呼呼地走了出来，他看了丽珊一眼，"嘿嘿"笑了一下，之后"啪"的一声摔了下门，扬长而去。

丽珊赶紧走进去打算安慰下韩晴，还没等她开口，韩晴走过来抱住丽珊并趴在她的肩上，"哇"的一声大哭起来。看着韩晴悲泣的样子，丽珊的眼圈也红了。她打算找吴子怡评理，却很快打消了这个念头。因为她知道，依照吴子怡的人品，她评理之后的结果，可能会给韩晴带来更加严重的后果，或许是灭顶之灾。因为像韩晴这样的职场"小人物"，怎么能与野兽般凶猛的职场"大人物"吴子怡去抗衡呢？

在职场，韩晴之类的职场"小人物"有许多，他（她）们不仅每天要面对职场"大人物"的呼来唤去，还要时不时承受"大人物"们的无情漫骂或诋毁，他（她）们虽然柔弱，却依旧表现出隐忍、坚定、自信，因为在他（她）们的心中都有一个美好的梦。

如今，浩渺如海的职场确实给年轻人提供了更多发展的机会，但是机会中也充满着更多的挑战。当"小人物"们走出"象牙塔"的那一刻，人世间理想主义的面纱就已经被揭开，社会的复杂，工作的艰辛，人际关系的微妙，确实让这些刚刚出土的幼苗难以招架。

望着眼前哭泣的韩晴，丽珊一边心疼地抚摸着她的后背，一边小声地说："小韩，不要哭了，振作一下，职场是不相信眼泪的。"说到这儿，丽珊已经是泪眼婆娑，此刻，善良的她除了心疼还是心疼。

职场就是这样，有时是苦涩的，有时是甜蜜的，许多时候，

第五章

我们都是为着明天的甜蜜强忍泪水承受今天的苦涩。

安抚好韩晴之后,丽珊回到自己的办公室,心情非常不好,正当她要坐下来的时候,桌上的分机电话响了,她拿起了电话,还没等她说话,就传出了吴子怡的声音:"孟总,您看,我什么时候去您那里方便?嘿嘿。"

这声音令人作呕,想想刚才发生的那一幕,再听到此时发出的狡诈的笑,丽珊恨不得把电话扔掉。

"你找我有什么事吗?"丽珊冷冷地说。

"哦,孟总,是这样,潘董让我找您说说发改委立项的事情,您这会儿方便吗?嘿嘿。"吴子怡的话语很是虔诚。

"好吧。"丽珊依旧冷冷地说。

"好,那我现在去找您。"吴子怡依旧虔诚地说。

不一会儿,吴子怡抱着一堆资料笑眯眯地来到了丽珊的办公室,把上报发改委的项目资料交给了丽珊,并笑着说:"这个项目非常好,直接关系到集团今后的发展与盈利,如果您要是把此事办好了,那就是集团的大功臣呀!嘿嘿。"吴子怡笑着说。这笑猥琐、狡诈,好像还暗藏深意。

丽珊对他的笑讨厌之极,他此刻的笑和刚才的凶狠,简直就是天壤之别。望着那张白净且肥胖的大脸,丽珊恨不得狠抽上去,为韩晴出口气。

望着站在眼前,直勾勾地看着自己并等待回复的吴子怡,丽珊淡淡地说:"好吧,我先看下,有不清楚的再找你。"

"好,好,好。"连说了三个好字后吴子怡走出了丽珊的办公室。

望着他的背影,丽珊不知从哪里来的一股无名火涌上心头,她把资料往桌角的文件筐里一扔,站起身走出了办公室。

她离开办公室,来到了楼下的一家书店。她无目的地闲逛着，心里却盘算着如何将此事推出去。她先是给子璇打了一个电话，询问一下是否跟潘宁提过晓楠的事情，子璇说："从来没有。"她琢磨了一会儿依然没有头绪，索性给晓楠打电话。晓楠听后，觉得此事电话里不好说，便约丽珊晚上见面再说。

林晓楠，四十二岁，市政府招商局的副局长。在二十八岁的那年结过一次婚，但在结婚两年后，其妻不幸遭遇车祸去世，去世时已经怀有两个月的身孕。此事对晓楠的打击犹如晴天霹雳，他痛不欲生。

他与丽珊的相识虽不是一见钟情，但也颇有些戏剧性。前年的春节前夕，市里召开名企联谊会，晓楠和丽珊都因路上堵车而迟到，两人在上楼的时候偶遇。进入联谊会场，他俩怕打扰其他人，便就近坐下了，之后两人便相识了。两年多来，他俩由陌生到熟悉，又从熟悉到朋友，之后又成了恋人，这期间他们经历一些波折与磨难，现在两人互相依赖，互相习惯，彼此真心相爱。本来今年五一准备结婚的，可是丽珊母亲的突然去世，只好推迟了婚期。

时针指向六点三十分了，丽珊才匆匆忙忙地赶到与晓楠约会的餐馆，此时晓楠已经恭候她多时了，菜也被端上了桌。"不好意思，亲爱的，接了个电话，又赶上堵车了。"丽珊说。

晓楠笑了笑，先是把湿巾递给她擦手，然后又递上筷子，"快吃吧，我猜你已经饿了，所以提前上菜了。"

"嗯，真是知音，谢谢，亲爱的。"丽珊伸出了大拇指以示夸赞，此刻的她乖巧得像个孩子，接过晓楠递过的筷子大口地吃了起来。

饭后，回到家中，丽珊向晓楠详细地转述了潘宁委托的事情。晓楠想了想说："你打算管吗？"

"什么意思？能管吗？"丽珊反问。

晓楠笑着点了点头。"真的？"丽珊有点兴奋，一边说着一边将头依偎在晓楠的肩膀上。

"你跟发改委的人熟吗？"丽珊轻声地说。

"你们公司的这个项目，我早就听说过，本来就是一个不错的项目，但是听发改委的严副主任讲你们的报告写得不好，被多次驳回，这只能说你们单位负责这个项目的人能力太差。这样，我去跟发改委的领导说一说，然后争取让你们公司的人，做个口头申报，如果能批下来，那是你的功劳，如果口头论证通不过就和你无关了。"晓楠说。

"这招好，这招好。亲爱的，谢谢你。你知道吗？这一下午可把我烦死了。"

晓楠将她拥在怀里，唯美的爱情总会给人带来满满的幸福。

向发改委申报的项目由于吴子怡的项目报告内容瑕疵太多，不仅专业性不够，而且预算也不明确，被市发改委再次驳回了，且驳回意见写了满满一张A4纸。此事令潘宁非常恼火，好不容易找到的关系，却又被"推"出了门外，为此他大骂吴子怡能力太差，简直是无能。因为此项目的申报失败，意味着他之前两年多的努力将化为乌有，这不仅是金钱的损失，时间的成本是无法用金钱来弥补的。

在公司的办公例会上，就此事潘宁毫不留情地批评了吴子怡，并指出公司各级管理人员今后要努力学习专业知识，工作要专业化，今后如果再做不到位，就将面临降职、降薪。

当着这么多的人挨骂，吴子怡这下丢大人了！他回到办公室，扔下记录本，想想刚才的会议让他彻底颜面扫地。此刻的他愤怒、不安。愤怒的是，自从孟丽珊的到来，他就没过一天安稳的日子；不安的是，他今后的日子可能更不好过。

吴子怡内心阴暗地在思考着如何布下一个棋局。他认为向发改委申报项目的整件事情都是孟丽珊在捣鬼,诚心让他难堪。他咬牙切齿自言自语地说:"我一刻也不能再等了,一定要打败孟丽珊,并将其清除。"

他在屋里踱来踱去,秃脑门上淌着汗珠,本来"地方支援中央"的发型,此刻也是乱糟糟的。他恨死了丽珊,因为她的到来,打乱了他的"美梦"。先不说平日里那"高规格"的工作午餐没了,每月给他的"干儿子"——司机小孙虚报的加班费也没了……这一切一切,都让他恨得牙根疼。他这次下定决心,一定要将丽珊清除。

小人就是小人,不仅龌龊、执着,更是不留情面。他的内心不仅阴暗,而且丧心病狂;在伤害人的时候,他能产生足够的"快感",以发泄自己压抑的"仇恨"。

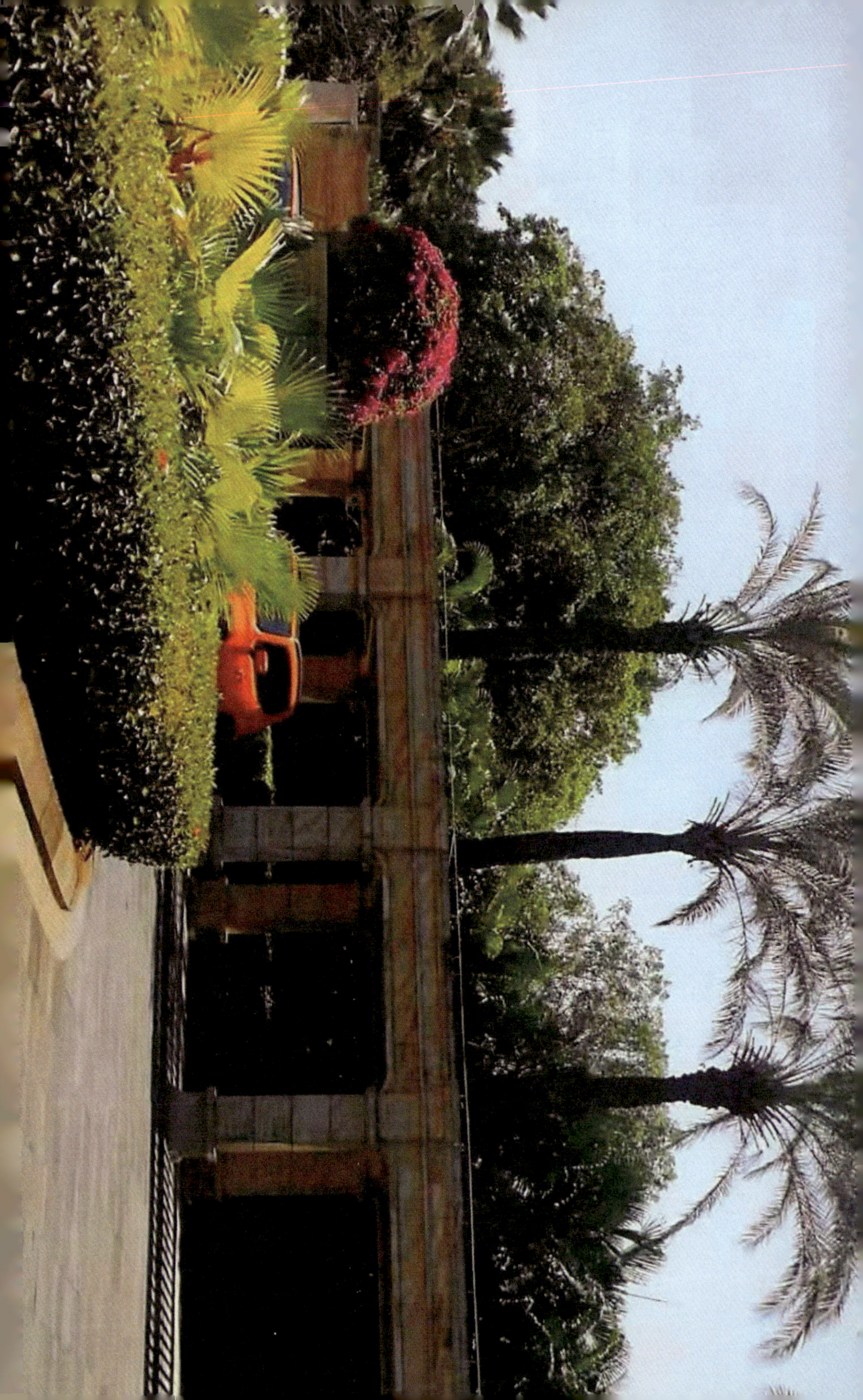

第六章

自从上次对欧阳梅教训之后，丽珊的人力资源工作开展得很顺利，一切都在按照她的计划进行，她期望潘宁能听她一次工作汇报，以进一步开展下属公司的工作。

她拿起电话，给潘宁的秘书打了个电话，打算询问下潘董何时有空，秘书的回答让丽珊感到意外。秘书说："潘董要您现在到办公室去一下。"放下电话，丽珊高兴地拿起手边的资料和本子，快步地向潘宁的办公室走去。

当她正准备敲门进入的时候，刚好遇见吴子怡开门从潘宁的办公室走出，两人差点撞个满怀。此刻的吴子怡脸涨得通红，脸上还流淌着两行泪水，头发凌乱，嘴也噘得老高，低着头，一脸狼狈，从侧面看背都有些驼了。丽珊意外地见到他这副模样，一时没控制住，"扑哧"一声笑了出来。

"笑什么？有这么好笑吗？"吴子怡极其恼怒

地说。

丽珊哪里想到，她这一笑，不仅让吴子怡更难堪，也让他更愤怒，此时的他"杀"了丽珊的心都有，"新仇旧恨"使他再次下定决心一定除掉丽珊，而且是立刻、马上。

望着吴子怡离去的背影，丽珊立刻控制住自己的情绪，走进潘宁的办公室打算汇报工作。此刻的潘宁好像还没有平静下来，他忍不住将吴子怡的事情向丽珊讲了一遍。

原来，吴子怡以潘宁的名义向客户索要回扣，潘宁获悉此事后震怒，将吴子怡叫到办公室对其大骂，被大骂后的吴子怡当着潘宁的面自扇耳光，求得饶恕，那份奴才相就像是汉奸见了鬼子。

潘宁说了一会儿吴子怡的事情，渐渐平息了自己的情绪，转入了正题。听了丽珊的工作汇报及今后的工作计划，他频频点头，并说："对于下属公司的管理，我在前两年就有这样的想法，但是苦于没有人去做，所以对他们的管理一直处于搁置状态，当下他们的管理方式很粗放，现在从集团整体的发展来看，此事已经势在必行，而且有你这样的专家来做这个事情，我也非常放心。我觉得，就按照你的方案进行吧。"

"好，感谢您的信任，我会努力工作的。"丽珊说。

此刻，脸上泛着红光的她，再想起刚才吴子怡的样子，心里还有点小兴奋，她感觉体现自己价值的时候到了，也庆幸潘宁能给她这个工作的机会。

丽珊接受了任务，回到办公室，马上通知欧阳梅、高婷婷等人开会，布置工作，并利用休假日对她们进行一些专业方面的培训。

集团共有五家下属公司，其中一家为制造企业，一家为科技企业，两家为销售公司及一家贸易公司，丽珊根据业务的不同制订了不同的改革方案,她打算通过一年的时间见到效果。

此刻,她越想干劲越足,这是自离开亚信公司之后个人能量的首次释放。说老实话,上次的离职对她打击真的挺大,几乎丧失了自信,现在好了,一切都过去了,从头开始了,她坚信,未来泰东的发展历史中也会有她的成绩。

下属公司其中有两家与集团在同一个办公楼办公,丽珊决定先从这两家公司开始。这两家公司一家是张一平任 CEO(首席执行官)的贸易公司,另外一家是酒品销售公司,CEO 是莫然。她吩咐欧阳梅与 HR(人力资源)的绩效专员李豫去张一平的贸易公司,招聘专员高婷婷和培训专员赵子涵去莫然的酒品销售公司。

前期整合的主要工作是调查现有规章制度是否完整、人员结构、薪资结构以及有关劳动合同签订等基础性工作,并规定每三天对她进行一次专项汇报,然后她根据具体情况调整计划的实施。一切布置妥当,丽珊又以集团公司人力资源管理中心的名义,向各下属公司发文,要求各子公司配合集团的 HR 全面改革工作。

时间过得挺快,一个月过去了,改革基本完成了前期的基础调研工作。丽珊对已有的人员结构进行了评估,并提出了人员精简的计划草案,并分别与两家下属公司的 CEO 莫然和张一平进行了简单地沟通。在整个沟通中,二人虽没表示赞同,也没明确表示反对,人事工作就是这样,不论怎样完美的方案,总不会让所有人都满意,丽珊对这点是有心理准备的。

不过,丽珊对自己的工作还是满意的,她认为这样精简以后,不仅减少了成本,同时利于管理,她准备过段时间再向潘宁汇报她的工作成果。

今天是周末,丽珊约晓楠去看电影。正当他们看到一半的时候，丽珊的电话响了。电话是 HR 专员赵子涵打来的。她说："孟总，刚才酒品公司的人事专员打来电话，说他们公司的一个销售员由于公司要给他降工资，导致服毒自杀，现在正在医院抢救，莫总说让您去一趟。"

"啊，有这事？好，你把医院地址发给我，我这就过去。"丽珊一边说着，一边和晓楠一起急匆匆地走出了电影院。

晓楠开车，好在医院离电影院比较近，他们很快就赶到了。"楠，你回去吧。"丽珊一边说着，一边快步走进医院。

刚到急诊部，只见一个六十岁上下的妇人，跑了过来，大声地喊道："你就是孟丽珊！"没等丽珊开口，扬着手朝着丽珊打来。说时迟，那时快，晓楠一个箭步走过来将那妇人的手拦住了，并呵斥道："你有事说事，不要动手。"原来晓楠担心出事，怕丽珊吃亏，没有走，他停好车一直跟在丽珊的后面。

那妇人见没有打到丽珊，一屁股坐到了地上，哇哇大哭。一边哭，一边骂："都是你给我家孩子降工资，他想不开才自杀的。"

此时的丽珊如梦初醒，她知道了自杀的缘由是降工资，但这是谁给降的呢？因为她的整个计划还没有开始实施，目前还在基础调查和完善阶段。

她回头看了一眼晓楠，晓楠对她摇了摇头，意思是别多说话，一切都在不明之中。

丽珊找到了莫然，询问情况。莫然没有说什么，但脸色很难看。好在人已经抢救过来了，家属稍微安静了一些。

由于家属报案，警察也及时来到了现场，并将莫然、丽珊带到了派出所了解情况。

从派出所出来回到家里，已经是凌晨四点多了，丽珊虽然疲惫不堪，却一点困意都没有。晓楠给她做了一碗面，并拉她坐在了餐桌前。她看着晓楠，再看看这碗面，眼睛一热，顷刻间，她泪流满面。

晓楠把她搂在怀里，轻轻抚摸着她的背部，并安慰她说："不要怕，有我在……一切都会过去的。"

"我怎么总是这么倒霉，刚安静些日子又出事情，我真是承受不了了，晓楠……"她在晓楠的怀里委屈地说着、抽泣着。

窗外，不知何时下起了绵绵细雨，好像是丽珊太过悲伤，连上帝也忍不住陪着哭泣一样。此时的她，心里凉凉的、乱乱的……

第六章

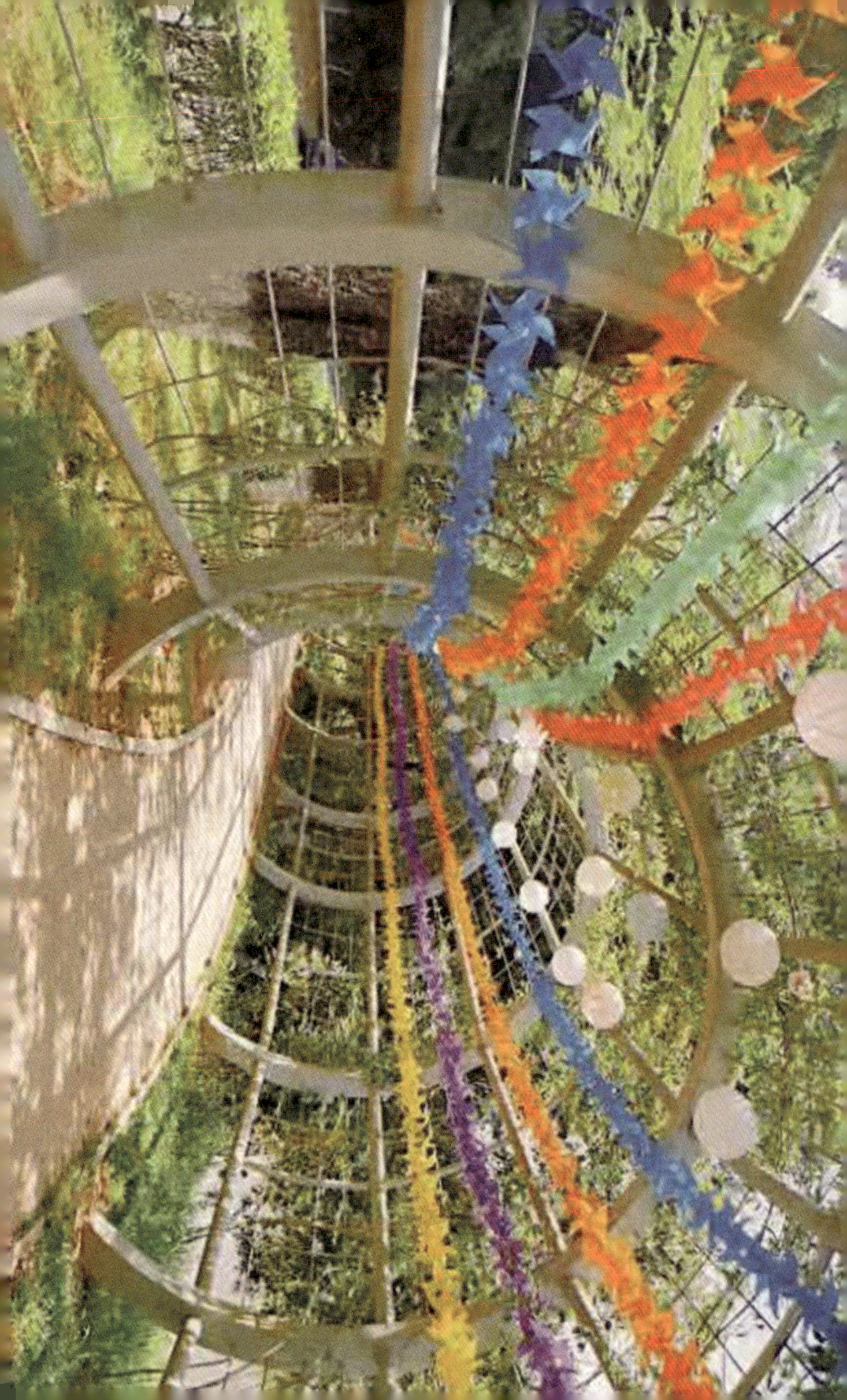

第七章

灾难是躲不掉的,该面对的总会让你别无选择。

周一的早上,丽珊早早地来到公司,她已经做好准备面对那些饶舌者。她深知,这应该又是一场"硬仗",晓楠已经嘱咐过她,无论发生什么事情,首先要冷静,并告诉丽珊这件事情背后肯定有主使人,一切要小心,不要误入别人设好的圈套。

令丽珊意外的是,都上午十点钟了,不仅没有任何人找她,也没有听到办公大厅有谁在议论此事。她感觉不解,想给晓楠打个电话,犹豫了一下又放下了,等等再说吧。

下午两点左右,办公大厅出现了一阵脚步声,丽珊透过玻璃门一看是自杀员工的母亲,在前台员工方方的引领下,她直接来到了潘宁的办公室。丽珊已做好准备,等待潘宁的召唤。

令丽珊意外的是,潘宁没有找她,大约四十

分钟之后,这位母亲走出了潘宁的办公室,手里多了一个鼓鼓的档案袋,丽珊判断应该是钱。

一天就这样过去了,丽珊的心头又增添了几个未知。为什么没有人找她?为什么没有议论?为什么这么快就给家属钱了?她一头雾水。

下班回到家,她扔下手包,一屁股坐在了沙发上,静静地发呆。天黑了,屋里也暗了下来,此刻,她感觉好累,连起身开灯的力气都没有,偌大的客厅只借助着鱼缸里的灯射出来的光线,显得有些昏暗。

晓楠因公出差了,今晚注定她要一个人度过了。此时,她想起了已经去世的母亲,望着墙上母亲的遗像,她想起了母亲常说的一句话:"时间能解决一切问题。"想到这,丽珊的内心稍微平静了一些,她起身将客厅的灯打开,瞬间,客厅在灯光的照射下,变得温暖了许多。

几天过去了,一切依旧。丽珊前天将 HR 部门派往两家下属公司的人员全部召回,并宣布暂停改革事宜。今天她打算主动找潘宁谈谈 HR 改革的事情,正当她要拿起电话询问潘宁是否有空的时候,前台的员工方方通知她上午十点钟到会议室开会。

时钟已经指向九点五十分,丽珊拿了记录本和笔直奔会议室。开会的人员基本到齐了,只等潘宁的到来。此时,楼道里一阵喧闹,人们赶紧走出去观看,原来是酒品销售公司的副总范大强在公司的大门口吵闹。

"我跟随老板打天下,现在不用我了,就想赶我走,没门。潘宁,潘宁,你出来,我要问问你,你还有良心吗?没被狗叼去吗?"他一边骂骂咧咧,一边向潘宁的办公室走去。

酒品销售公司的总经理莫然见这场景,紧走几步,一把搂住了范大强。"老范,你这干吗,有话好好说,别发这么大的火。"

莫然说。

"别发火？我告诉你我火大了，我来公司的时候还没你呢，现在你想让我走，没门！"范大强依旧不依不饶。

此时，潘宁已经站在了办公室的门口，"莫然，你别管他，让他来找我。"

"找你怎么了，找的就是你。"范大强大声地吼叫着。

他走进了潘宁的办公室，潘宁随后也进去，并关上了门。

开始还能隐约地听到屋内大声说话的声音，过了一会儿就听不见了。人们又回到会议室等候。此时人们你一言，我一语地议论开了。

吴子怡先发话了："我说莫然，你也真是，你惹谁不行，偏惹他，他跟老板打天下，没有功劳也有苦劳呀！我跟你说，做事不能只看眼前，要考虑大局，公司当下正处于新的发展阶段，正是用人之际，你怎么能这样做事呢？"

"吴总，你这样说，真的冤枉我了，我哪敢把他裁掉，吴总，这事您别找我，您还是问问集团人事部吧。"莫然显得非常委屈。

莫然一个"70后"，一米七八的个子，精瘦精瘦的，貌似很帅，但是他的面相属于不耐看的那类人，尖鼻子，尖下巴，尤其是那双小眼睛眯起来的时候，让人感觉背后发凉。他来公司已经四年了，虽说酒品销售的业绩不是很好，但也支撑到了今天。在潘宁的整个发展规划中，他的酒品销售公司主要起到了维持现金流的作用，因为有他的现金流作为支撑，集团从银行贷款容易了许多。

莫然的话让人们把目光都移向丽珊，此情此景，丽珊还真有些不太自在，不过她依然保持镇静。她稍微调整了一下说："大家别看我，我只是在执行集团的工作安排，而且我从来没有说把谁裁掉。"

吴子怡接过丽珊的话说道:"当初,这个所谓改革的计划我就不同意,集团成立这么多年,人事工作从来没有出过任何问题;什么改革,我看就是整人。前几天,出现自杀的,这两天就有找上门的,过几天还不知出什么事。"他的话不仅刻薄,而且极具挑战性。此刻的吴子怡,望着丽珊,一脸的得意。

"吴总,你说话要有证据,你如果污蔑这次改革的话,咱就去潘董那理论一下。"丽珊有些愤怒地说。

"还去潘董那理论?孟总,您还不嫌潘董那儿乱嘛!"莫然在一旁敲着边鼓说。

一直沉默的贸易公司的总经理张一平说:"我那里现在也是麻烦,老杜和杨涛意见也很大。"

"为什么?"吴子怡打断张一平的话,反问道。

"不是要降工资吗?"张一平一边摆弄着手中的笔,一边歪着脑袋眯缝着眼睛非常不快地说。

张一平,也算是集团的元老级人物。此人能力一般,但心胸狭窄,能得到潘宁的重用是因为他有银行的关系。贸易公司的业务虽然挣钱不多,但是其贸易背景给集团贷款带来了许多的方便。

此时此景,对丽珊非常不利,因为她不能和在场的每个人作对,舌战群儒,她没有胜算的把握。她稍微冷静了一下说:"我来这里是工作的,不是来打架的,我期望大家有不同意见的时候,与我进行交流,不要冷言冷语。"说完,她拿起桌上的本子,走出了会议室。

之后的情况有些糟糕,范大强不依不饶,可潘宁又不能过分地批评他,毕竟他是公司的元老级人物,只能劝解。会议室的这帮人在丽珊走后,各种指责全部针对丽珊。

下班了,员工基本都回家了,丽珊打算与潘宁进行交流,她不时地看表，并注视着潘宁的办公室，打算在方便的时候去找他。

潘宁好像很了解丽珊的心思，他直接来到了丽珊的办公室，一屁股坐在了丽珊办公桌对面的沙发上。潘宁的到来，丽珊先是有点惊讶，又有点喜出望外。她从办公椅上起身坐在了另一个单人沙发上。"不好意思，潘董，这几天给您添麻烦了。"丽珊有点不好意思地说。

"谈不上什么添麻烦，不过有些事情我也有责任，应该多听听别人的意见就好了。"丽珊从潘宁的话中听出了有些嗔怪她的话外音。

不知怎的，听了潘宁的话后，她本想与之沟通的念头在逐渐地消散。她想，既然如此就开门见山地说吧。

"那，您打算怎样处理此事呢？"丽珊问道。

潘宁停顿了一会儿，说："没什么难的，事情既然已经做了，就做下去，该裁的人还得裁，该降得工资还得降。"

丽珊有点发蒙，一时反应不过来他真正的意图，本想继续聊下去，可潘宁已经站起身，丽珊知道，他要离开了，随后也站起来，并说："那您有什么吩咐再找我吧。"

潘宁点了点头，头也不回地离开了公司。

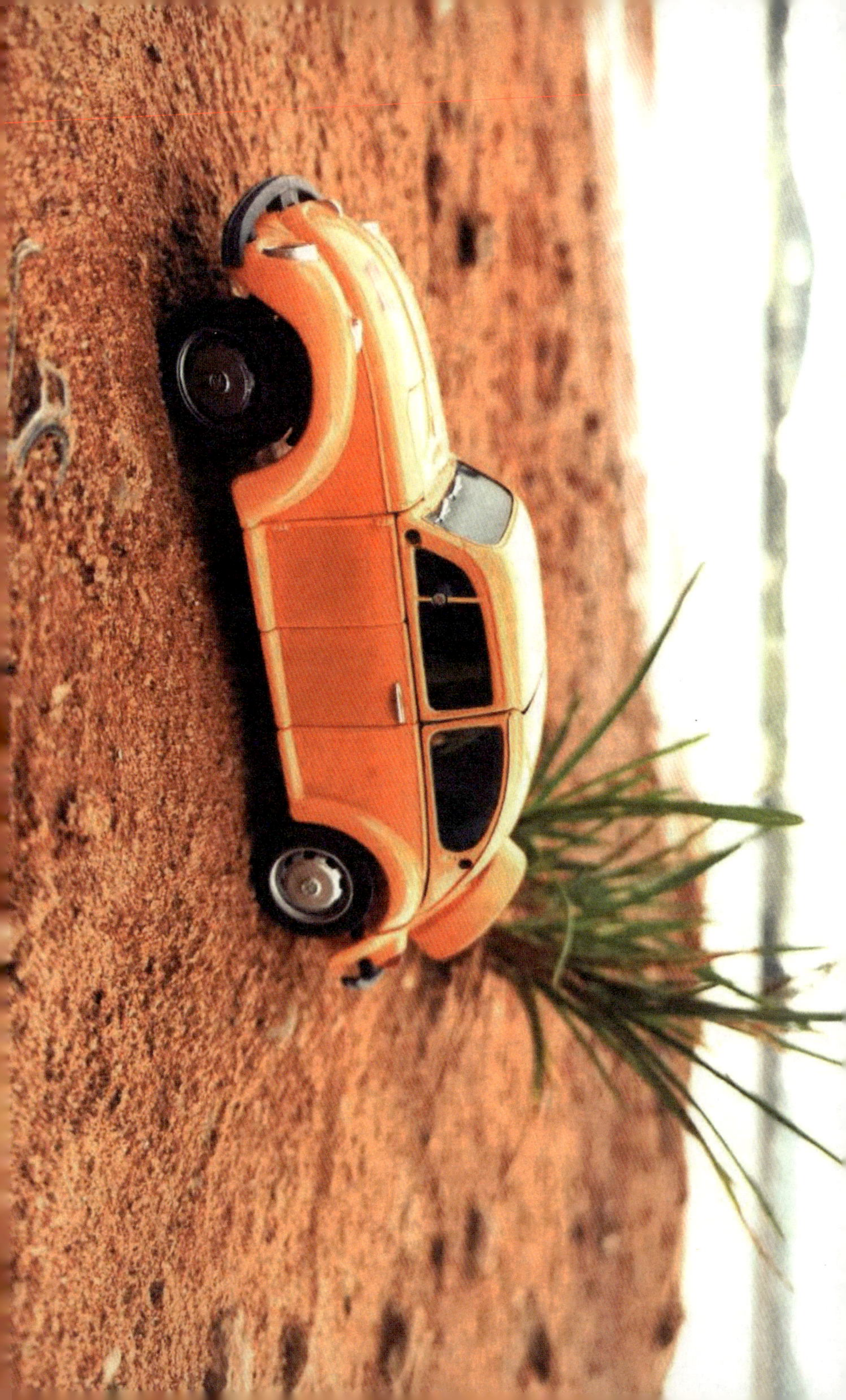

第八章

丽珊的日子不太好过了,从一个骄傲的"公主"直接掉落神坛,不仅人设崩塌,而且面临绝境。

吴子怡重拾那不可一世的架子,李皓、张一平、莫然之流基本上对丽珊也是拒之千里,连欧阳梅也蠢蠢欲动,丽珊给她安排工作,不是拖延,就是不做,丽珊当下的局面可谓是四面楚歌。

她想恢复以往的自信,可是找不到动力源。晓楠曾帮她分析过当前的形势,并告诫她:"此时此刻只有少发言,因为目前一切的解释都是多余,不仅没有人接受,更有可能成为别有用心之人新的话柄,只有让时间去消化一切。"可是,要多长时间才能把问题和矛盾消化,她心中无底。

此刻,她的心中极其烦闷,而且这种烦闷比起胡亚东让她离去的时候要有过之而无不及。因为当时面对胡亚东的时候,一切都在明处;而此时的她面对的都在暗处,她深知整个事件有人操纵，但是谁，单纯的她一概不知，也许这就是她烦闷的缘由。

烦闷的时刻，最思念亲人与故交，她又想起了闺蜜子璇，是呀，有一段时间没有见到她了，不知她最近过得怎样。她最了解子璇，从来都是把光鲜的一面展示给外人，而在光鲜亮丽的背后经历了多少辛酸，只有她自己知道。

子璇确实像丽珊想象的那样，整日操劳着自己的生意，赶上客人少的时候，心里也是空落落的。虽然她和丽珊一样，一人吃饱，全家不饿，但是她得把自己养老看病的钱挣出来。离婚以后，不知是看破了红尘，还是看透了世态炎凉，她没有打算再向前迈一步，她觉得单身的日子挺好，没有束缚，自由度极高。

晚六点，丽珊驾车来到了子璇的茶舍，看到了丽珊，子璇很高兴，但是，今天客人出奇得多，她无暇照顾丽珊，只能让她自己先待一会儿。

过了一阵子，丽珊见子璇太忙了，就告辞回家了。最近晓楠出国招商，没有陪她，受了"冷落"的她感觉异常寂寞。

回到家，她打开窗户通通风，只见窗外的树叶已经开始泛黄了，秋天到了。看着满地的落叶，她的心不自觉地紧了一下，悲秋的感觉油然而生，她不敢看下去了，怕再勾起自己的烦恼，因为近日来公司里接连发生的事情，令她郁闷不已。

由于前日的忙碌没有照顾好丽珊，子璇自感惭愧，周末便约丽珊到一家私家菜馆去吃饭。她和这里的老板很熟。

私家菜馆的主厨手艺不错，淮扬菜做得很地道，来用餐的客人也不少。丽珊和子璇一边品尝美食一边聊天，不知不觉到了晚上九点，她俩便起身与饭馆老板告辞。走到饭馆的厅堂时，丽珊和子璇不约而同地愣住了。

只见从对面的雅间走出了两个男人，一个是胡亚东，一个是潘宁，他俩说笑着，满面春风地从雅间走了出来。看到他们，闺蜜俩愣住了，他们认识吗？肯定的，不然怎么会在一起吃饭。

"你们？""你们？"双方不自然地僵持了一会儿，同时发出一样的声音。

还是潘宁的反应快一些，"你们也来这里吃饭呀！"

"你们俩认识？！"丽珊惊讶地轻声问道。

"是的，我俩是表兄弟。"胡亚东笑着说。

"你，你们！"丽珊简直不敢相信自己的眼睛，此刻，她好似被晴天霹雳当头一击，又好像被人从头到脚浇了一盆凉水，全身感到麻木且冰冷，她惊呆了，张着嘴，半天说不出话来。忽然，她一把推开子璇，拎着包急速地向外走去。

"珊，珊，你等等我。"子璇在后面一边追一边喊。

丽珊不顾一切地向前走着，路上行驶的汽车险些将她撞倒。

走着，走着，在一棵大树前停下了。此时的她眼含泪水，她知道自己被耍了！屈辱、愤怒是她此时心情的全部，如果不是还尚存一点理智，她都要崩溃了。

子璇追了过来，一把拉住了她。

"你是我最好的朋友，我相信你胜过相信我自己，你怎么能骗我，耍我，你走开。"丽珊挣脱了子璇的手，一把将她推出去老远。

"珊，我不知道，真的不知道。"子璇蹲在地上哭着说。

"不听，不听，我不听。"说完丽珊又快速地向前走去，不一会儿就消失在茫茫的夜幕之中……

丽珊把自己关在家里已经三天了，挥之不去的愤怒与屈辱时刻扎着她的心，令她痛苦不堪。这突如其来的打击真是太大了，尤其是对于一个书香之家培养出来的理想主义女子来说，这种打击是致命的。

第八章

她憎恨那些龌龊人的所作所为，也嗔怪自己的无知和单纯。此刻，她坐在沙发上搂着母亲的遗像，任自己的眼泪流淌，内心充满了凄凉与悲伤。

子璇这几天也没好过，已经关店三天了。此时她能做的、想做的就是尽快找到潘宁问明事情的原委。

两天来，她一直给潘宁打电话，但电话总是处在无人接听的状态。无奈之下，她找到了前夫陈暮云，并说了事情的原委。在前夫暮云的帮助下，她终于找到了潘宁，三人在一家咖啡馆见了面。当着陈暮云的面，子璇质问潘宁这一切究竟是怎么回事。

面对子璇的质问，潘宁没有什么反应，只是不停地吸烟。在子璇的再三追问下，他缓缓地说："胡亚东是我的亲表弟，丽珊在胡亚东公司工作的时候，就听胡亚东不止一次地提起过她，也知道她的能力。丽珊的离去，表面上是由于方哲的回归，其中还有胡亚东更深一层的意思。因为丽珊的才干以及侠气仗义的人品，在公司里享有极高的威望，这让心胸狭窄的胡亚东非常嫉妒，他认为一个老板在员工心中的位置却拼不过一个打工的。虽然他不止一次地暗示过丽珊，要注意自己的身份，可处事单纯的她却从没有想过胡亚东的感受。"

潘宁喝了口咖啡继续说："无奈之下，胡亚东便借方哲不愿与丽珊一起工作，劝离了丽珊。但是，面对丽珊的离去，胡亚东又有些不甘心，因为他骨子里是非常喜欢这个女人的，不仅欣赏她的能力，更欣赏她的美貌。在丽珊从胡亚东公司离开的时候，胡亚东特别找了我，希望我能够让丽珊到我的公司工作，以满足他的心愿。对于表弟的请求，我不得已答应了。"

停了片刻，潘宁继续说："胡亚东向我提供了子璇是丽珊闺蜜的信息，希望我通过这条渠道接近丽珊，并以提供工作的机会，来完成这件事情。世界真是太小了，在我对子璇的背景调查之后，意外地发现你的前夫是暮云。我和暮云是多年的好朋友，就这样，我很容易完成了这件事情，而且一切都在按照计划进行。"潘宁特意在最后加重了一下"一切都在按照计划进行"。

听到这里，子璇好像已经有些坐不住了。原来他们借着她的手，将丽珊控制在股掌之中，太阴险、太可恶了。在憎恨潘宁、胡亚东的同时，子璇也非常自责。由于她的简单，被龌龊之人所利用，给丽珊带来了这么大的伤害。

对于丽珊到泰东之后的工作以及出现的问题，潘宁吸了一口烟后说："我一直想解决一下集团的遗留问题，但是苦于没有合适的人选，刚好丽珊提出了改革方案，我也就同意了。"

潘宁缓了一下继续说："至于改革出现的负面效应，是我预料之中的，但员工自杀的事情，是我意料之外的事情，也令我很是郁闷。此事不仅让公司在社会上曝了光，还让我花了不少钱。碍于社会的压力，我向自杀的员工支付了三十万元的补偿金才将此事平息。后来我获悉集团因人事改革出现的局面，都是吴子怡在背后操纵时，很是震怒。但是考虑到在创业初期时，为了能尽快淘得第一桶金，我让吴子怡帮我做过许多见不得人的事情，没有办法我只能选择了隐忍，但我会把此账记在他的头上，处理此事只是时间的问题。"

潘宁继续说："关于范大强等人的激进表现，虽然也是吴子怡人为操纵的结果，但让我安心的是，这个'锅'可以甩给丽珊，由她替我去背，我不仅借此机会裁掉了范大强也降了一些元老级人物的工资，范大强仗着自己跟我一起吃过苦，如今骄横跋扈，我早就想将他裁掉。此次刚好借丽珊的手，了却了我的心头之患。至于对丽珊的不公平，我并没有多想，我相信一条真理：是能人，总能度过此劫，不是能人，便是自生自灭。"

潘宁在整个的谈话中一直是一边吸烟一边讲，不仅没有任何愧疚之意，而且还极其自然。

听到这里，面对潘宁的不屑置辩，子璇已经怒了。只见她脸涨得通红，甚至有些发青，手也在颤抖，眼里闪着一股无法遏制的怒火。她站起身怒不可遏地大骂潘宁、胡亚东的卑鄙无耻，那样子就像一头被激怒的母狮。

在场的陈暮云也有些听不下去了，他今天才知道，多年以来一直信赖的朋友，原来是这等无耻之人。他起身一把拉住近乎疯狂的子璇说："潘宁，我想这次是咱俩最后一次见面了，我死也想不到你是这种人。你不仅落井下石，而且人品也是如此低劣……好了，对于你这种人，我也不想再多说了，但我请你记住，出来混总是要还的。"说完，他拉着子璇说："子璇，我们走。"

回到家，子璇一夜未眠，她觉得此事太对不起丽珊了，她想负荆请罪，可是，多次给丽珊打电话，不是关机就是无人接听，无奈之下，她只好给在国外出差的晓楠打了电话，将丽珊的情况全盘托出并致歉意。

晓楠在电话中没有说什么，只是说尽快赶回来，但子璇知道他肯定是归心似箭。

第九章

晓楠回国了，下了飞机，离开机场直奔丽珊的家里，当他打开丽珊的房门看到她时，他的心都要碎了。

只见屋内拉着厚厚的窗帘，没有一丝阳光射入，丽珊坐在客厅沙发上，面容憔悴，头发也稍有些凌乱，两眼望着墙上母亲的遗像，好像在思考什么。看到晓楠的到来，内心坚强的她，刹那间眼泪就像决堤一样夺眶而出，晓楠扔下行李大步走过去一把将她拥入怀中。

此刻，房间里没有其他声音，只有丽珊痛苦而悲泣的哭声。这哭声虽不是哭天喊地，却令人肝肠欲断。几天来，一直萦绕在她的心头的是无尽的痛苦、屈辱和愤怒，这悲愤的心情好像麻木了她的手脚，凝固了她的血液，停止了她的心跳。她曾经想过，一个人失忆是件多么幸福的事，它可以让人忘记屈辱和伤害，令人的身心像天空的白云一样轻盈与自在。

晓楠将她紧紧地拥在了怀里，心疼的泪水在他的眼里打着转，此刻他不知用何种言语去安慰丽珊，他轻轻地抚摸着她的后背，就像一位慈爱的父亲，不仅要安抚她受伤的心灵，更要理解她、保护她、体恤她，给她家的幸福与温暖……

几天过去了，在晓楠无微不至的关爱、呵护和劝导下，丽珊近乎逝去的魂魄重返了人间。亲人的关爱好似沙漠里的一泓泉水，使濒临绝境的她重新燃起生活的希望，也像是一首飘荡在夜空中的歌谣，使孤苦无依的她重新获得了心灵上的慰藉。

清晨，餐桌上摆放着白粥、蒸蛋、面包、果酱、牛奶还有自制的小咸菜，这是晓楠为丽珊准备好的早餐。数日来晓楠都是精心地制作每一道餐食，基本上做到不重样，期待丽珊能尽快恢复。

洗漱完毕的丽珊走到了桌前，看到摆放好的美食，她真的感觉到饿了。"晓楠，晓楠"，她喊了两声没有应答，她知道这会儿的晓楠一定是去菜市场买菜了，便独自一人坐下来一边用餐，一边翻看着晓楠给她放在桌上的时尚杂志。

四十分钟过去了，晓楠还没有回来，正当丽珊拿起手机要打电话的时候，门开了。"大姐，您请进。"

听到晓楠的声音，丽珊急忙将目光转向了门口。此时与晓楠一起走进来了一位约莫五十岁的女士，适中的身材穿着一件黑色风衣，脖子上系着宝蓝色系的金边丝巾，手里拿着一个香奈儿的手包，笑容可掬地走了进来。

"云姐……"丽珊大声且兴奋地喊了出来。

"丽珊，好久不见呀。"这位被称作云姐的女士，快步地走到了丽珊的面前，两个人紧紧地拥抱在一起，此时的丽珊就像见到了亲人一样，已是泪眼蒙眬。

"珊，让大姐坐下吧。"在晓楠的提醒下，丽珊松开了拥抱云姐的双手，她一边抹着眼泪一边请云姐在沙发上坐下。

"珊，我是在菜市场看见云姐的，云姐说特别想你，便来看你了。"晓楠说。

云姐笑着说："是呀，是晓楠眼尖看见了我，不然我们就擦肩而过了。"

"云姐，喝茶。"晓楠将一杯茶放到了云姐的跟前。"好，谢谢。"云姐回应着。

此时的丽珊，对云姐的到来感到异常惊喜。她说："云姐，我们差不多一年多没见了，今天看到您真的很高兴。"

"我也是，丽珊。前些日子我去胡亚东那里，他说你离开了，本打算跟你联系的，可是最近我一直在国外，这不，刚回国几天。你的事情我大概听说了一些，今天恰巧遇到晓楠，便决定来看看你。"云姐微笑着温情地说。

"其实，云姐，我真的想去找你，但是我不知道怎么跟您说，从哪儿开始说。"丽珊依旧眼含泪水且有些委屈地说。

"珊，我坦率地说，你在泰东的整个事件中，你处理事情有些不够周全，你怎么能做这种裁完别人再裁自己的事情呢？珊，我曾经提醒过你：做事情不能太认真，而且不能让自己陷入其中，否则不仅解决不了问题，自己还受伤害，那是划不来的。有些事情是'船到桥头自然直'，千万不要勉为其难；无论做任何事情，进场一定要想好退场。你也是职场的'老戏骨'了怎么能如此想不开呢？"云姐的话虽然老辣，但语重心长。

"对于胡亚东和潘宁我都很熟悉，他们兄弟俩请我做他们的法律顾问已有多年了，两个人相似的地方是商人气息很浓，但道德水准和文化水准都不高，其实这些问题你是能想清楚的。我特别相信你母亲曾经说的一句话：时间能解决一切问题，珊，

第九章

过去的事情就让它过去吧。"云姐很是慈祥地说。

云姐，五十一岁，一名资深的律师界大咖。她不仅人品好，能力强，且为人厚道，在本市的律师界、商界和政界都有极高的威望，与她熟悉的人都称她为"云姐"。她以打经济案件在本市著名，不仅收入颇丰，而且名声响亮，现担任政府部门及多家大型企业的常年法律顾问。在律师界，人们一提到云姐名字，都会有种肃然起敬的感觉。

丽珊与云姐相识已经多年，她们的相识，源于丽珊在胡亚东的公司工作的时候，由于负责法务方面的工作，与云姐接触的机会很多。多年的交往中，丽珊不仅在法律知识方面得到了很大的提升，而且在做人做事方面都得到云姐不少的指点与帮助。多年的交往，她们早已成为挚友，在丽珊的眼中，她不仅是一位值得信赖的大姐，也是一位人生导师，甚至像她的母亲一样。丽珊曾经对晓楠说："做女人做到云姐那样，应该是成功了。"

晓楠在政府部门工作，人脉比较广泛，也在多年以前就与云姐相识，所以云姐是他们俩共同的好朋友。

听了云姐的话，丽珊感觉轻松了许多。是的，当初许多事情她都应该多想几个"为什么"就好了。虽然胡与潘是表兄弟的事情不可预见，但是在泰东集团的工作中，依她的智商本不该出现这样的局面。

见丽珊笑了，晓楠也如释重负，多日来悬着的一颗心终于有了着落。他笑着说："云姐的话千真万确，我们不能用别人的错误来惩罚自己，一切都会过去的。在我们的一生之中，其实要牢记和要忘记的东西一样多，尽管摧毁记忆，相当于玉石俱焚，但是，有些事情我们必须学着忘记，忘记痛苦，忘记伤害，这对我们的身心来说也是一种救赎。"晓楠一边说，一边看着丽珊的表情。

云姐的到来，真是雪中送炭！因为，晓楠不可能像云姐这样去批评丽珊，因为角色不对，他对丽珊只能呵护而不能指责。说老实话，作为男人，对于胡亚东及潘宁的所作所为，以及对丽珊的伤害，他不可能忘记，也不可能忘记，因为，他不是圣人。

为了更快地让丽珊走出阴霾，晓楠邀请云姐和他们二人一起共进午餐，云姐欣然答应。

席间，云姐以她律师的经历竭力地开导着丽珊，这让丽珊开心了许多，就像古人所说：云开方见日，潮尽炉峰出。是夕清风兴，烦云豁然开。

饭后，他们送走了云姐。晓楠提议，一起到外面走走，接受一下午后阳光的沐浴，丽珊欣然同意。

他们走在小区内蜿蜒宁静的石子路上，丽珊紧紧地挽着晓楠的左臂，幸福感十足。初秋时节，冬青树依然碧绿，不时还能看见一些在杂草中绽放的小野菊随风摇摆，好像在默默地祝福着他们。走着走着，丽珊的头依偎在晓楠那宽大的肩膀上，她还不时地哼着小曲，他们那幸福的背影在阳光的映照下，显得格外的清晰和甜蜜。

爱，就像秋日里的阳光，温暖着彼此的心灵。

第九章

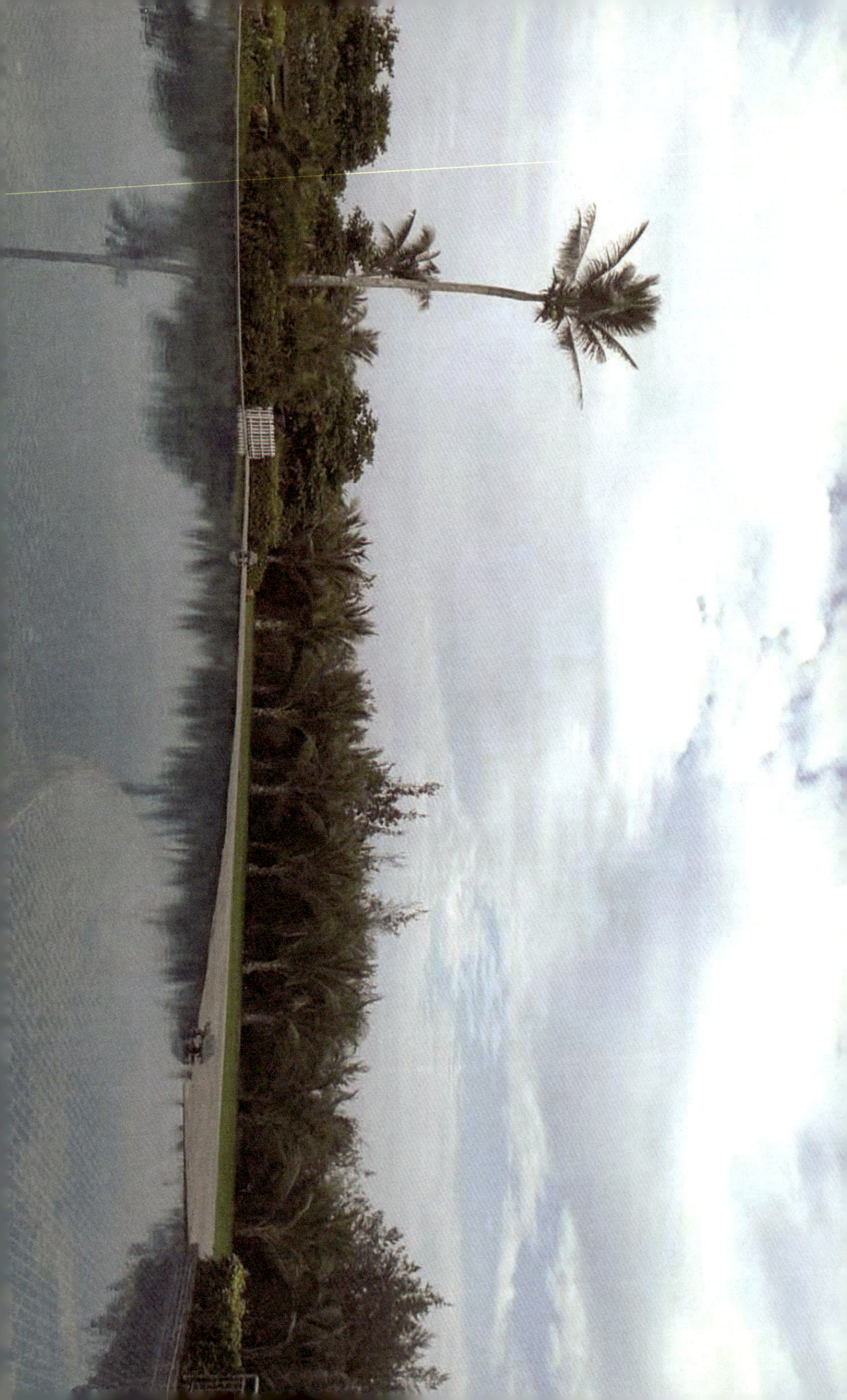

第十章

一晃，一个多月过去了，丽珊已恢复了原有的状态。一周前，她将泰东集团的工作做了移交后，便与泰东再无任何瓜葛，这一篇算是翻过去了。

有些意外的是去泰东办理工作移交的时候，丽珊看到了公司前台的布告栏内张贴着吴子怡和欧阳梅被辞退的告示。虽然这些事情已经永远与她无关了，但内心依然有些快意，毕竟是无德之人得到了应有的报应……

早上，丽珊接到云姐的电话，准备介绍她到一个朋友的公司去工作，丽珊想了想后拒绝了，她不是担心上次的事情重现，只是想到一个陌生的地方工作，她不想让人家过多地了解她，而她却对人家一无所知，她希望凭借自己的能力再闯出一片天地。

这就是丽珊，虽然容易伤感，但她内心依旧坚强。一次次的职场磨难，并没有将她击垮，反而让她更加自信。她相信，尽管人生有太多的磨难，但是，只要自己不倒，未来就有希望。

云姐认可了丽珊的想法，便说有事情就找她，丽珊非常感激。

丽珊看看时针已经指向上午十点半了，她今天想去拜访子璇，因为经过上次的事情，她们已经有些日子没见面了。丽珊知道，子璇非常惦记她，只是不知道怎样开口，因为她不知道丽珊现在状态如何，不过丽珊想，晓楠应该与子璇联系过。

丽珊驾车来到子璇的茶舍门前，因为是上午，茶舍没有晚上热闹。丽珊拎着包，进入茶舍后直奔子璇的办公室，正要敲门时，门开了，子璇走了出来。

"丽珊，你终于来了，想死我了。"子璇兴奋地拥抱着丽珊。

"子璇，你好。"丽珊欢快地说。

此刻的姐妹俩眼中都含着泪水，犹如久别后的重逢，相泣相拥。多日来，她们虽未见面，但彼此挂念。泰东的事情，让子璇一直心存内疚，觉得愧对于丽珊。

子璇与丽珊两人相识于高中时期，至今已二十余年了，虽然她们之间没有血缘，无论谁遭遇困难、挫折，对方都会在第一时间向对方伸出援手，她们之间不仅亲如手足，且肝胆相照。

"璇姐，有人找你。"茶舍女服务员小艺的话将这温暖的画面按下了"暂停键"，她俩擦了擦泪眼不约而同地向屋外望去，定睛一看来访的客人不是别人，而是好友嘉萍。三位美女一阵寒暄之后，坐在了沙发上，尽情地聊了起来。

三位美女自仲夏时见面后，一直未曾谋面，此次相见，都是话题不断。丽珊和子璇关心的是嘉萍在本市的事业发展如何，嘉萍兴奋地说："事业发展与预期比较吻合，现在公司的主营业务是线下高端人才的猎头服务及线上的企业招聘网络服务，近半年时间线上及线下收入已经到了八千多万，目前正在打算开展个人的职业生涯开发及个性化的咨询服务工作,只是太忙了,所以一直没有联络你们。今天来子璇这里是告诉你们我将于本月二十六日结婚,邀请你们来参加我的婚礼。"

"结婚啦!"子璇和丽珊几乎是同时开口。"太好了,这是我最近一段时间听到的最好的消息了。"子璇高兴地都快蹦起来了。

"新郎是哪位?"丽珊高兴地问道。

"美国人,我过去的生意伙伴。"嘉萍说。

"珊,你也要抓紧呀。"子璇说。

"好的,我尽快。"丽珊笑着回答。

"丽珊,你今天没有上班?"嘉萍有些不解地问丽珊。

"我……刚刚失业,正在准备找新的工作,目前是自由之身。"丽珊微笑着说。

"失业了?"嘉萍有些不解。"嗯,丽珊,我这里刚好有一家大型民营企业让我们帮助寻访一位主管行政、人事、法务的副总,我觉得你再合适不过了,怎样,珊,可否考虑一下,让我们再赚一笔。"嘉萍有些风趣地说。

"别逗了。"丽珊有点不好意思。

"真的,这家企业是一家国企刚刚改制完成,企业正在上升期,而且薪酬也不错。我真的看好你,丽珊。"嘉萍依旧滔滔不绝地说着,尽显她的猎头功底。

"你考虑一下,丽珊。"子璇说。子璇非常希望她能够尽快找到新的发展方向,但是一想起上次的事情,她的话语明显缺乏自信。

"珊,不是我推销业务,这家公司真的不错,主营业务是开发绿色能源,正是当下国家发展战略之中的项目,以后的发展会很好。再说,这家公司的管理班子比较年轻,他们的营销副总就是我们推荐过去的,我回访过,目前发展得还不错。"

嘉萍的话,对丽珊还是有一定的影响,她目前的确需要工作,只是此事来得有点仓促了,她还没有准备。

子璇非常了解丽珊,望着丽珊的神态,知道她在思考,随手将泡好的茶,放到了丽珊、嘉萍的跟前。丽珊拿起茶抿了一小口,是的,她需要思考。

嘉萍毕竟是生意人,一边喝茶,一边说:"这样,丽珊,我安排你和这家公司的CEO见个面,你觉得可以就去工作,觉得不适合就算了,怎么样?"

"好吧。"丽珊说。

"好,那就下周一,行吗?"嘉萍兴奋地说。

"好。嘉萍,我想你不要跟公司的CEO说太多关于我的事情,让我们自己了解好吗?"丽珊的话说得有些慢。

子璇知道,丽珊有些犹豫,因为泰东的事情对丽珊的打击太大了,她祈祷这次的工作能够顺利达成,让丽珊完全走出阴霾。

周一上午十点,丽珊如约来到了嘉萍推荐的这家刚刚改制的民营企业——普氏生态能源有限公司。

厂院很大,一进门是一个大型花坛,中间是一个喷水池,池中红色的锦鲤游来游去;往里边走是一个操场,操场上十几个保安人员正在训练。操场的四周,种了许多花卉,因为已经临近深秋时节,花卉已经开始凋零,只有冬青树依然挺立,在保安的指引下,丽珊走过了操场,看见一座三层小白楼,保安用手指了一下说:"这就是我们老板办公的地方。"

到了小楼的门口,一位衣着整齐且时尚的年轻女士笑容可掬地走到了丽珊的面前,笑着说:"您是孟女士吧,我叫杨澜,张总让我在这里迎接您,请您跟我上楼,张总在三楼办公。"

"谢谢你。"丽珊礼貌地说道。

到了三楼，一位身着灰色西装，四十岁左右的男士站在电梯口，一边说着一边伸出右手，"你好，孟女士。"

"这是我们张总。"杨澜介绍说。

丽珊急忙走过去，并与张总握手，"您好，张总，我是孟丽珊。"

"我叫张宇新。"张总自我介绍说。

之后，丽珊随张总走进了他的办公室。办公室不小，室内摆放的物品比较整齐。班台、沙发、艺术柜，一张大大的班台占据了办公室三分之一的地方，室内摆放的几盆花卉让整个房间显得生机盎然。

"孟女士，这边坐。"张总很客气地让丽珊坐在了沙发上。

"好，谢谢。"丽珊礼貌地回应并坐在了单人沙发上，茶几上放着一个茶海，茶海上放着茶盏和茶道的用具。

张总坐在位于中间的三人沙发上，开始泡茶。只见他拿起红木制成的茶匙舀上茶叶放进盖碗，用烧开的水淋过盖碗后开始泡茶，蒸汽携带着茶香袅袅上升，再看看他的神态，淡定而从容，仿佛置身于南山之中，悠然自得。此刻，丽珊被他娴熟的泡茶技艺所折服，一直浮着的心也安静了许多。

"请喝茶，孟女士，这是今年秋季刚刚上市的铁观音。"张总说。

"谢谢张总。"此时的丽珊已被张总绅士般的举止所打动。

"我是西北人，我本不喝铁观音的，可是生意场上要应酬，久而久之也被铁观音这迷人的香气所陶醉，这不，现在它成了我的最爱，离不开了。"张总笑着说。

听了张总的自我介绍，丽珊以微笑做着回应。

"不知付嘉萍女士有没有跟你介绍过我们这家公司，这样，我先跟你介绍一下，好吧。"说着，张总放下了手中的茶道用具，

第十章

侃侃而谈。

"我到公司快三年了,这家公司原先是国企,是在两年前通过收购而来的,目前业绩还可以,比较稳定。企业要发展,要有新的观念,新的企业文化,新的管理方式,所以去年一开年,我就向董事会打报告,招募有能力的管理者。这项工作,我们委托了付嘉萍的公司来帮助我们完成。"张总的话讲得不快,且句句清晰。

"目前公司的工作已经基本进入轨道,就是缺一位主管人事、行政及法务的老总,孟女士,您看我介绍得清楚吗?"张总说。

"张总,我在听,非常清晰。"丽珊礼貌地回复。

"张总,我来介绍一下我自己。我今年三十八岁,工商管理硕士,从事企业人事、行政、法务差不多二十年了。我的特长是沟通、协调,在人事工作方面主要专长是人员招聘、绩效、薪酬设计,在员工培训方面也是颇有心得;在法务方面,我熟悉有关经济、劳动方面的法律法规,前年我作为企业的法务代理人,多次出庭,为企业挽回了不少经济损失。我过去任职的企业主要是制造业、贸易行业,基本都是集团化的公司。我想知道贵公司目前在人事行政管理方面需要哪方面的提升?"丽珊的话直率且带有些书卷气。

"目前,主要是完善制度,就像你说的员工的薪酬及绩效考核方面有一定的欠缺,不能适应企业今后的发展战略,另外在法务方面就是一些管理流程及具体实施方面还存在很大问题,员工做业务的时候,缺乏相应的法律知识,有的合同签得漏洞百出。我们也聘请过专业的律师,就是衔接得不够好,好多事情需要我出面才能跟律师讲清楚,可是我什么都管,相当于什么都管不到位,毕竟我一个人的精力有限,况且我不能什么都管。"张总也很率直地说。

随后，丽珊又了解了目前公司的人员结构以及现行的管理模式，张总一一做了解答，并提出了对人事行政方面工作的一些希望以及需要改进的部分。近两个小时的谈话，双方都感觉非常愉悦，当张总问丽珊能否来公司就职时，丽珊欣然应允。

从张宇新的办公室出来后，虽然丽珊的心情还算愉快，但是她没有期待过高，多年的职场历练已经令她理智了许多，因为职场充满了苦涩与艰辛。

对这位CEO——张宇新，她了解甚少，一个西北人独闯江湖，并能在两年多的时间内立足，可谓不是等闲之辈，她要小心谨慎，不可再重蹈覆辙。想到这里，她的心又有些发紧。

丽珊开着车子行驶在路上，已经是中午了，路上行驶的车辆明显减少，飘落的树叶似一只只金黄的小鸟，上下翻飞，枯黄的落叶，一片、两片……轻悠悠地飘落在路面上。看着这些落叶，一种莫名的悲秋感觉，刹那之间又涌上了心头，瞬间，她感觉有些压抑。

她开着车，望着正午的太阳，祈祷上苍，在今后的工作中能平安顺利。

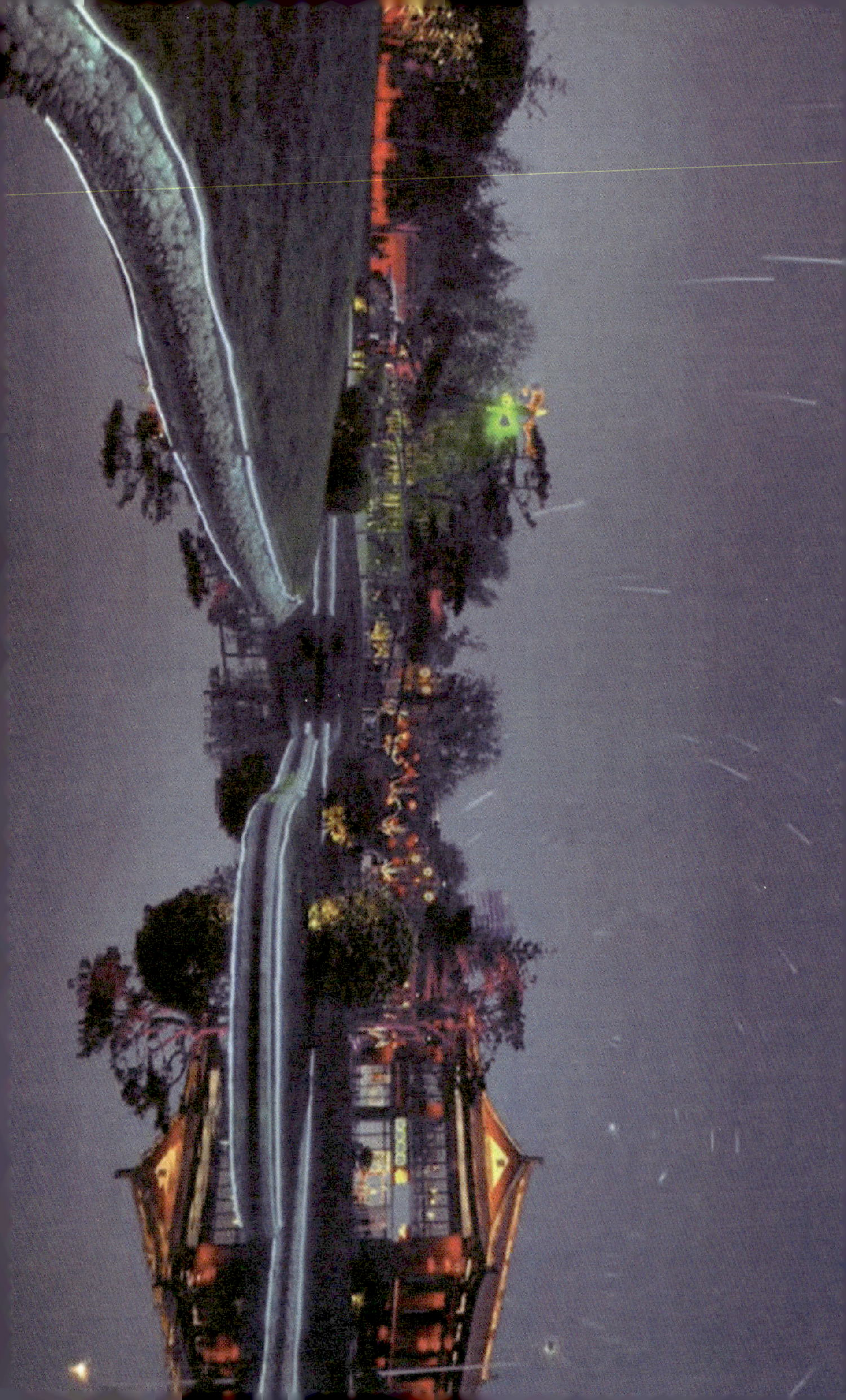

第十一章

十天以后，丽珊如约来到新东家——普氏生态能源有限公司上班。这天是周一，丽珊在杨澜的引导下，来到了二楼。

登上二楼，首先映入眼帘的是六七间用金色的铝合金作为框架，然后镶着玻璃的简易办公室，每间办公室没有任何装饰和遮挡，人们在房间内的一言一行，外面的人都会一目了然，她猜想这里的办公室是由厂房改建的。

再看室内之后她笑了，这里的办公家具依然是20世纪80年代国企的摆设，桌子还是那种左边五个抽屉，右边一个门的老式写字台，椅子也是"清一色"的木板椅，四周白墙上悬挂着办公室纪律及守则，俨然一个"国企的博物馆"。

在杨澜的引导下，丽珊走进了自己位于二楼阳面的办公室。这是一间大约十平方米的玻璃房，办公家具是全新的，一股淡淡的油漆味道直面扑来。她稍稍松弛了一下，环视了一下房间，还好，这里的办公家具是现代版的，班台、皮椅、沙发和电脑，与那些老式的办公家具相比，着实感觉有些"鹤立鸡群"。

杨澜像是看出了丽珊的心思，说："这是张总关照过的，他说，您是在大公司工作过的，要准备得好一些。"

丽珊笑了笑随即将手包放在办公桌上，她抬头向窗外看了一下，楼下一堆垃圾土映入她的眼帘。望着这"原生态"的办公环境，她自问：我就在这样的环境中工作吗？没等她回答自己，便听杨澜说："孟总，请您现在到张总隔壁的会议室去开每周一的例会。"来不及多想，她拿起杨澜给她准备的笔记本和笔并在她的指引下，来到了会议室。

会议开始了，主持人是张宇新，参会的人总共六人，只有丽珊和杨澜两位女士，杨澜负责会议记录。张总先是介绍了丽珊，并让丽珊和其他人打了招呼。这种近乎约定俗成的模式化见面方式，丽珊再熟悉不过了，虽然她不喜欢这样的过场，可是张宇新已经提出了，只能硬着头皮撑下去了。

"大家好，我叫孟丽珊，从今天起我就是普氏的一员了，非常感谢张总给我这个工作的机会，也希望大家以后在工作中给予多多的关照。谢谢大家！"丽珊微笑着说着开场白，之后大家便鼓掌欢迎。

按照应有的模式，鼓掌后就应该进入会议主题了，而一位自称李亚的副总说着一口西北方言接过了话题。他说："我昨晚就听张总说今天我们公司要有一位漂亮的女士来公司工作，作为公司的老员工，我在这里表示热烈地欢迎。同时我有个希望，希望孟女士在今后的工作中，能将过去的经验更好地发扬光大，也将新的管理理念和方式带进我们的公司，为企业的发展做出应有的贡献。"

李亚讲完，会议室鸦雀无声，会场出现了短暂的空白。十几秒之后，营销副总霍南说："好，大家鼓掌。"

一片掌声之后，张宇新说："下面我们进入今天会议的主题。"说这话的时候，他看了李亚一眼，明显感到他对李亚所说的话有些不悦。李亚看到张宇新不满意的眼神，赶紧低下了头，并拿出笔在本子上写着什么。

会议持续了近三个小时，丽珊对这次会议的主题感到有些迷惑，迷惑的不仅是李亚的讲话，让人摸不着头脑，还有张宇新对李亚的不悦，再有就是近三个小时的会议，没有解决任何问题。

丽珊现在特别想了解一下公司的发展历史，想了解参加会议的每一个人，因为这关乎她今后工作的开展，她不想再打无准备之仗。

正当丽珊思考未来工作的时候，楼下的一阵喧闹声打断了丽珊的思考。"孟总，您快看下，楼下打起来了。"行政部经理——三十多岁的路政气喘吁吁来到她的办公室并急切地说。

"在哪儿？谁和谁打起来了？"丽珊一边说着，一边随着路政一路小跑到了楼下。

"在财务部。"路政一边跑一边说。

"快去叫保安。"丽珊说。

"好。"路政飞快地朝楼外的保安室跑去。

丽珊快步地来到财务部门前，此时这里聚集了不少看热闹的人。"大家都来听呀，他就是这样逼我离婚的。"此时，一个女人的声音从屋内传了出来，随后便是噼里啪啦摔东西的声音。

丽珊拨开看热闹的人群，挤进了财务部。只见财务部里满地都是纸张和账簿，键盘、鼠标被砸烂并丢在了地上；一张办公桌面上更是杯盘狼藉，水杯倒在桌面上，一些财务的账簿已

第十一章

77

经被水浸湿。看着这一切，丽珊冲着又哭又闹的年轻女子说："您是哪位？有什么事情咱们慢慢说。"

"你是谁？"年轻女子抹了一把眼泪不屑一顾地问。

"哦，我是公司主管行政工作的副总，我姓孟。"丽珊一边回复女子的话，一边打量着她。女子大约三十岁，一米六左右的身高，偏瘦，长相一般，气质稍差。

"好，我姓罗，我丈夫是你们公司的财务总监李翔，他是个大骗子，在外面乱搞女人，逼我和他离婚。李翔，你出来，你这个大骗子。"女子愤怒地讲述着，然后号啕大哭起来。

听了女子的讲述，丽珊暂时没有更好的办法，只能是劝。不过，这种事，让第一天来上班的她来解决，确实有点困难。一，这是家务事；二，她对李翔一点不了解，只是在刚才的会议上见过一面而已，且没说过一句话；三，这件事是否李翔愿意由她来处理？没办法，赶上了，只有硬着头皮上了，丽珊一边想一边快速地思考解决方案。

经过了大约十分钟的劝导，丽珊将女子劝到了她的办公室，又让保安将现场的其他人员劝离。她知道，让女子来她的办公室有些不妥，可是第一天上班的她，对这里的一切都不熟悉，突如其来的事情，确实让丽珊有点手足无措。

办公室里，丽珊努力地劝导着罗姓女子。就在她尽力劝导的时候，发现对面副总李亚的办公室里，李亚和霍南一边笑着一边窃窃私语。这画面让丽珊很不是滋味，不用想都能知道他们的谈话内容，一是肯定与这事有关，二是肯定没有好话。

此刻，丽珊想：必须尽快将女子劝离公司，有事情让他们回家自己解决去。在谈话中，丽珊获悉罗姓女子是幼儿园的老师，丽珊采用诱导的方式，先是让她冷静了下来，然后费了九牛二虎之力，终于将女子劝离了公司。

女子走后，丽珊坐在办公桌前，一边假意浏览电脑里的工作内容，一边思考如何处理李翔的家事。因为她与李翔不熟，主动找他，不好，这毕竟是人家的私事；不说吧，有点揣着明白装糊涂，也不妥。思考了一下，她觉得不理是不可以的，关键是方式问题。

丽珊找行政部经理路政要了公司高层管理人员的通讯录，找出了李翔的电话。她决定通过短信给李翔发个信息告知一下。在手机短信上她写道："罗女士已离开公司。孟"过了五分钟左右，李翔回复："OK。"

之后，丽珊给行政部路政打电话，告知以后罗女士再来公司，保安坚决不能让其进入公司。处理完此事，丽珊觉得如释重负。虽然这种突发性的事件，丽珊在她过往的职业生涯中，处理过不少，但类似涉及个人私生活的事件还是第一次，而且是在她入职的第一天，真是令人不爽。

入职第一天就这样在忙乱中度过了。

走马上任后首要的工作是调研，丽珊主管的部门共有三个，行政部、人事部、法务部。行政部有三个人，一个是经理路政，还有两个文员，李娜与江珊，李娜负责文件及档案，江珊负责行政后勤工作；人事部也是三个人，一个是经理张俊梅，另外是两个男孩，一个是杨军，一个是罗平；法务部有一个人，叫李梓航，负责公司的法务文件管理及与公司法务顾问联系。

丽珊利用十天的时间与三个部门的所有人员进行了一次面谈，主要是了解他们的工作内容及状态，大部分人还是比较配合的，只有人事部经理张俊梅一脸的霸气，与其沟通的时候总是很别扭。

丽珊又用了大约一周的时间将公司现有的人事与行政方面的制度、规定进行了翻阅，然后她让人事经理张俊梅将公司员工的花名册及签订的劳动合同、薪资表拿来，可是她等了一个上午张俊梅都没有送来，索性她下楼到人事部去了一趟。

走进人事部，只见三个年轻人有说有笑，一看到丽珊走进来，赶紧收敛。小胖罗平伸了伸舌头，做了个鬼脸，回到了自己的位置上。

"俊梅，我要的材料准备好了吗？"丽珊说。

"哦，正在弄，因为资料多，所以慢了一些。"张俊梅下意识地说。

"明天上午能给我吗？"丽珊追着问了一句。

"能。"张俊梅低着头说着，眼睛却没看她。

"如果你忙不过来，让他们两人搭把手。"丽珊说着走到了罗平的桌前。

罗平，一个刚进入职场的小白，戴着一副眼镜，稍胖的身材，长相很讨喜。"你在干什么？"丽珊问罗平。

"我在看《劳动法》。"罗平有些紧张地说。

听了罗平的话，丽珊走过去看了看他的电脑，的确是有关劳动法规的网页。"好吧，你们忙吧。"说完，丽珊转身出门。

第二天上午，张俊梅如约将所有的材料交到丽珊的手上，并说："有事情您招呼我。"

丽珊拿起资料认真地翻看着，经过一天的查阅，她发现公司的人事管理存在太多的问题。首先是员工的劳动合同不规范，有的员工甚至还没有签；再有员工的薪资计算都违规了，没有缴纳个人所得税，这属于违反国家法律，偷税漏税；另外就是员工的花名册与员工薪资表的人数不符。

丽珊在思考，查出的问题如何向张宇新汇报。她决定明天先向张俊梅了解一下。

不巧，张俊梅第二天请假了，因家中有事没来上班。丽珊有些急躁，她急于了解事情的缘由。依照她多年的经验，完全可以等张俊梅上班来再问，可是她的急脾气上来了，她想先向人事部的其他两个人了解一下。

她先后叫来了杨军和罗平，试图从他俩那里了解一些情况。可是谈话之后，有点让丽珊失望。这两个年轻人，罗平刚来时间不长，接触的事情不多；杨军只负责缴纳员工社保的工作，至于签订劳动合同的事情，杨军说："我一切都听张姐的，让我和谁签，我就和谁签订。"

虽然丽珊想要的东西没能了解太多，但是她从侧面了解到张俊梅是人事部的一霸，她判断，今天张俊梅没来上班，应该属于消极怠工。最近张俊梅的表现，让她非常郁闷，不知不觉她的脑海里已经冒出了必须将张俊梅开除的想法。

虽然这个想法有些冒险，尤其是对一个刚刚进入陌生地方的人来讲，更是不妥；但是，这就是丽珊的性格，不仅疾恶如仇，且眼里不揉沙子。虽然她能力超强，甚至强到同事不愿与其共事，这性格在成就她事业的同时，也让她一次次地败走麦城。

下午丽珊找行政部的路政谈话，名义上是聊今后行政部的工作改进，比如：保安管理、食堂卫生及菜品改进，然后她向路政了解了一些张俊梅的情况。

经过了解，她大概知道张俊梅没什么后台，只是在这里工作时间比较长，此人性格有些怪癖且霸道，人缘也不好。让这样的人做人事经理怎么可能将工作做好呢？想到这，丽珊无奈地摇了摇头。

为了能弄清更多的疑惑，丽珊来到了销售副总霍南的办公室。这是入职近一个月来，首次与公司的高管接触。

霍南见到丽珊，很是热情，急忙起身接待。丽珊也与霍南寒暄着，并说明来意想了解一下销售部的人员情况，有无招聘意愿等，霍南礼貌地回复丽珊提出的问题。

近半个多小时的交谈，气氛非常友好。正当丽珊欲告辞出来时，霍南笑着说："孟总，我很佩服您的工作能力。"

"怎么讲？霍总。"丽珊微笑着且有些不解地问。

"那天，李翔的事情你处理得非常妥当，了不起。"霍南说着还竖起了右手的大拇指。

"哦，'赶鸭子上架'，让您见笑了。"丽珊依旧笑着说。

从霍南办公室出来，丽珊没有直接回到办公室，她想去下保安室，问一下保安李翔的妻子有无再来过。其目的确实是想了解一下李翔的妻子是否来过，再有就是满足一下自己对八卦事情的好奇心。

在去保安室的路上，她看到李亚与行政部经理路政在篮球场交谈，只见两人有说有笑，还挺热烈。当两人看到丽珊时，再想分开已经来不及了，只能与丽珊笑着打招呼。

"孟总好。"路政说。

"孟总这是要去哪儿？"李亚说。

"去保安室。"丽珊礼貌地回复着，径直朝保安室走去。听说丽珊要去保安室，懂事的路政紧随其后。

经了解，李翔的妻子最近没来过。丽珊想：这还不错，千万别再遇到这样的事，实在是令人挠头。

转眼之间，丽珊入职两个多月了。这些日子的工作看似平静，但她深知平静的下面是暗流涌动，现在刚刚开始，难题还在后面，过往的经验提示她处事要谨慎小心。

面对比自己资格老的部下及同事，面对他们投入的新奇、陌生的目光及抵触的心理，张俊梅嚣张的态度，李亚与霍南的窃窃私语、诡异的笑容，李翔短信后面的真实含意……这一切，对丽珊来说都是新的课题和未解之谜。

过往的职业经历，已经让她习惯了这种境遇。本来主管公司人事工作就是最难的工作，因为与人打交道的工作是最难做的。更何况，她是一个"空降兵"，对于先她入职的部下来说，就像是一个"后妈"。面对一片陌生的领域，面对陌生的人群，陌生的企业文化，要想把"后妈"变成"亲娘"，不仅考验她的能力、耐力，还有她的适应力，否则，其下场就会昙花一现，瞬间凋谢。

　　在职场，"空降兵"就相当于半路出现的程咬金，会令许多人不习惯，不适应，但这更能彰显一个人的能力及处事的水平，丽珊坚信自己，一定能平安度过。

　　几天过去了，她按照张宇新的意图，将下一步企业人事薪资、绩效、激励、培训等方面的改革内容做了出来，准备向他汇报。其实，丽珊本可以写一些具体的书面计划上报给张宇新，但是，她不，她汲取了上一次在泰东的失败经验，决定先与张宇新交流之后提交，防止"阴沟"再翻船。

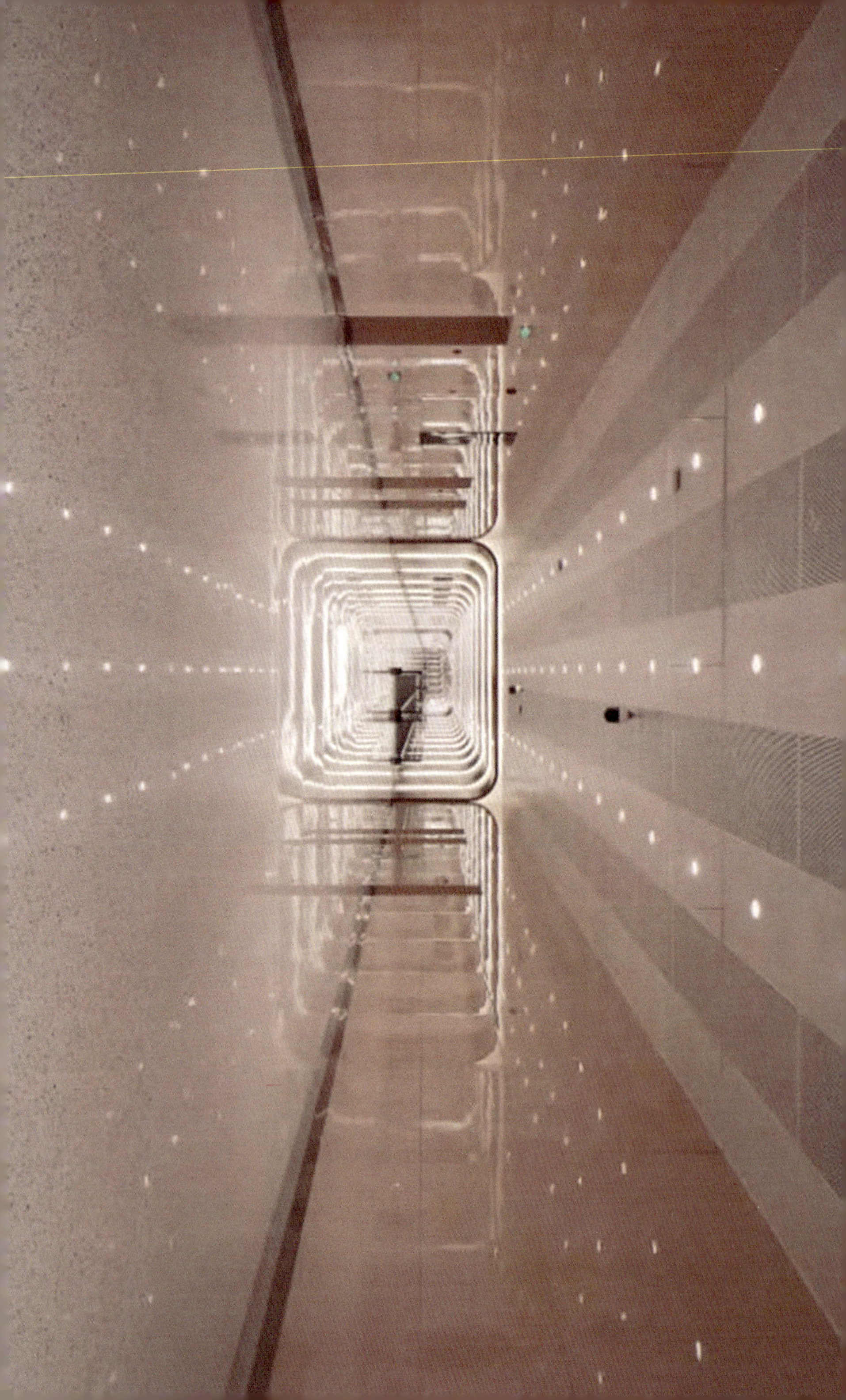

第十二章

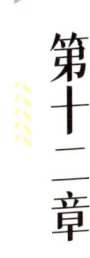

周末到了,丽珊携晓楠去参加嘉萍的婚礼。婚礼是半西式半中式的那种,参加婚礼的嘉宾中差不多一半是中国人,一半是外国人。

婚礼很感人,尤其是向父母奉茶的环节,新娘对父母的感恩之语令丽珊落泪,此刻,她想到了自己的母亲。

坐在一旁的子璇看到丽珊泪眼蒙眬,她一边拉着丽珊的手,一边说:"我哪天吃你们的喜糖呀?"说着,她把目光又转向了晓楠。

晓楠笑了笑,并说:"听丽珊的吧。"

丽珊用纸巾擦了擦泪眼,强颜欢笑地说:"很快,到时你可别忘了随个大份子哟!"

子璇兴奋地说:"瞧好吧。"

大约七点三十分,婚礼结束了。由于参加婚礼需要喝喜酒,丽珊他们没有开车。正当丽珊要挥手打车的时候,晓楠一把拦住了,并说:"今天天气挺好，我们散散步吧。"

"好。"丽珊愉快地答应了。

城市里初冬的夜景真的很美！道路两边高楼林立、错落有致，初放的华灯，照亮了城市的夜空；道路上，川流不息的车辆在路上奔驰；路口的红绿灯，不停地交替闪现，护佑着行驶的车辆安全抵达目的地；晴朗的夜空，璀璨的群星，似颗颗珍珠，点缀着单调的夜空；月亮弯弯像小船，行驶在天海之上。城市的夜，是何等迷人！

两人十指紧扣，有说有笑。晓楠说："珊，我们什么时候举行婚礼？"

丽珊稍微有些脸红，她低下头说："春节前吧，你看怎样？"

听了丽珊的话，晓楠异常兴奋地说："太好了，我终于等到这一天啦！"欣喜之余，他在大庭广众之下轻轻地亲了一下丽珊的脸颊，丽珊有些不好意思了，红着脸，低着头，像是怀春的少女。

此时，他俩的手挽得更紧了，仿佛是在说：我们要执子之手，与子偕老……

又到周一了，例会如期地召开了。

对于这样的例会，丽珊已经开始厌烦了，因为它就像"老太太的裹脚布又臭又长"，不仅浪费时间，关键还不解决任何问题。今天的会议内容依旧是各部门汇报自己上一周的工作和本周的主要工作，之后，张宇新讲话。

在今天的会议上，张宇新没有对各位副总的工作汇报进行点评，只是讲了下一步公司的发展规划，涉及丽珊工作的内容时，他说道："目前公司的人事、行政方面的工作正在设计之中，期望今后的人事部门要成为真正意义上的人力资源部门，目前员工的工资计算及发放涉及财务及人力资源两个部门，下一步财务部门的工作会非常多，会有更多的融资工作，再往后还有配合集团上市的工作要做，从本月起员工的工资计算及发放全部由人力资源部负责。"

对于这样的决定，丽珊不明白其用意为何？因为工资由人事计算，财务发放没有什么不妥，再说，每月就一次，能给财务带来多大的工作压力呢？不过在会上丽珊没有提出异议，并表示服从。

散会后，丽珊将张俊梅叫了过来，向她布置了工作，并借此机会将人事部的工作进行了重新分工。新的工作分工是：杨军负责员工社保及劳动合同签订；罗平负责新员工招聘、员工月度绩效考核；张俊梅负责员工薪资计算以及对杨军、罗平工作进行指导；其他薪资结构设计、激励机制的设计、培训方案设计等重要事项留给自己来完成。

下午，丽珊将人事改革方案的框架内容与张宇新进行了汇报并与其交流。张宇新对丽珊的方案没有提出任何反对意见，只是督促尽快完成，丽珊答应两个月之后可以进行实施，并告知具体改革方案将在一个月之内完成。工作汇报完毕后，张宇新说："咱们轻松一下，喝杯茶吧。"丽珊笑着说"好呀，那有劳您了。"

泡好了茶，张宇新请丽珊品尝，而后自己点燃了一支香烟，同时望了一下丽珊，意思是：我抽烟可以吗？

丽珊依旧笑笑说："您随意。"

张宇新一边抽烟一边与丽珊聊了起来，他语速很慢地说："上次李翔老婆来闹事，是你处理的？"

"嗯，赶上了，没办法。"丽珊说。

"这件事情我狠狠地批评了李翔，影响太不好了，一个大男人连家里的事情都处理不好，怎么能干好工作呢！"张宇新显

第十二章

得有点生气。

"俗话说：清官难断家务事，我也不知道上次的处理结果李总是否满意？"丽珊借机试探着说。

"还行，你第一天上班，也难为你了。"张宇新一边倒茶，一边轻声地说。

"算了，不说这件事了。你来这里工作有段时间了，还满意吗？有什么要求吗？"张宇新认真地说。

"挺好的，非常感谢您给我这个工作的机会。"丽珊放下手中的茶杯，双手合十，表示感谢。

"那就好，你有什么要求或者需要我帮助的，尽管提出来，我的要求是把工作做好。接下来我们的工作还很多，期望合作愉快。"张宇新一本正经地说。

"一定，我会努力的。"丽珊说着站起来，并说："您如果没有其他事情，那我就忙去了。"

"好。"张宇新点头示意。

丽珊离开了张宇新的办公室，刚才的对话，让她觉得不太舒服，觉得张宇新好像在暗示她什么。

人们都说职场布满荆棘，而作为一名"空降兵"要想做到软着陆，更是艰难，丽珊虽然有着丰富的工作经验，但是不同企业之间的文化相差甚远，要想成功推行管理变革依旧是步履维艰，否则，一旦失误，又将会面临一场"血雨腥风"。因为太多的人关注你，不仅关注你的能力，也关注你的为人，更有甚者想将你早日"驱逐出境"。

想到这里，丽珊有些许的烦躁，但又立马控制住了。她深知，职场尽管充满着痛苦与无奈，但依旧需要职场人砥砺前行。正像诗中所说：宝剑锋从磨砺出，梅花香自苦寒来。

日子过得真快，转移之间到了周四，一周又快过去了。今天是发工资的日子，按照之前办公会议上的安排，工资要由人事部负责发放。

早上一上班她给财务部打了个电话，询问工资款项是否已经从银行取出。财务部接电话的是出纳胡佳佳，她是一个非常清纯的女孩，之所以与她熟悉是因为每次报销的事情都要找她。胡佳佳一听是丽珊的电话，非常兴奋，并说："孟总，今天要发工资啦，我就喜欢这日子。"

"好，一会儿点完工资先给你。不过，你别着急，这工资得点一会儿，哪天咱们也转到银行发工资就好了。"丽珊说。虽然有些应付，不过她挺喜欢这个小姑娘。

"孟总，您以后别总提让银行发工资的事，让别人听见不好。"胡佳佳有些神秘地说。

"哦，好，有什么事吗？"丽珊不解地问。

"以后再说吧，您来我这里领款吧。"胡佳佳没有多说什么。

丽珊放下电话，就给张俊梅打电话，要她一起到财务部领款。

五分钟后，丽珊到了财务部，可张俊梅还没有到，她一个人核算着工资总额。这种工作虽然应该由人事部的张俊梅负责，可是她不放心，领取几十万的款项是一点差错都不能出的，所以她必须亲自来做。

大约过了十分钟，张俊梅才到，此时丽珊已经核算完款项，并打算取走。

"你来了，咱们一起拿吧。"丽珊对张俊梅说。

丽珊和张俊梅一起到了丽珊的办公室，开始点数员工工资。整整忙了几个小时，近二百人的工资已经点好，此时，已临近中午，丽珊正打算将钱放进抽屉里锁好，打算下午让各部门的同事来领工资。

"您先把我的工资给我好吗？"张俊梅说。

"等会儿吧,等一起发吧。"丽珊说。

"不行,你现在给我。"张俊梅一边说着,一边抢丽珊手里的钱。

丽珊被这突如其来的举动弄蒙了,她本能地护着钱袋,并大喊:"来人呀。"

说时迟,那时快,十几秒的时间路政就闯了进来。太巧了,他刚好来找丽珊,一上二楼就听见丽珊的喊声。

看见路政来了,张俊梅推了一把丽珊,转身离去了。路政有些紧张地说:"孟总,没事吧?"

"没事,有事就坏了。这是什么人呀?"丽珊非常气愤地说。

"张俊梅,今天的事情不说清楚,你别想拿走工资。"丽珊严厉地对张俊梅说。

"不拿就不拿,公司又不是你一个人说了算。"张俊梅恶狠狠地说完转身下楼去了。

"好,你找到哪里我都奉陪。"丽珊这次是真的急了。

入职普氏两个多月了,她没少给丽珊出难题,给脸子看,知道的她是下属,不知道的以为她是领导。此刻,惊魂未定的丽珊内心唯一的想法就是一定要将她清除出公司,以绝后患,否则,不知道她今后还会干出什么令人恶心的事情来。

俗话说,没有不透风的墙,何况还有好事之徒,与张俊梅的摩擦,在一小时之后几乎传遍了整个公司。对门玻璃房间的李亚就属此类人,张俊梅抢钱的一幕,李亚看得一清二楚。

一时间公司里沸沸扬扬,不仅将整个事件演绎,还将事情神化了。有的说两人动手了,钱撒了一地,有的说警察都来了……

有些人就是这样,你越是不让他关注的事情他就越关注,尽管事情的真相已经被"妖化",但丽珊的内心没有任何的躁动,因为她已经是"老江湖"了,什么"花脸狗熊"没见过;而且这件事令她很庆幸,终于将张俊梅托出水面,否则一个老员工,在她来公司不久,就被离职,恐怕好说不好听,这样,可以名正言顺地将她驱逐。

为了安全,丽珊将路政叫到办公室,让他帮忙将工资发完。她本应去叫人事部的杨军和罗平,但是她没有,因为人事部的事情她知道甚少,又怕两个年轻人为难,领导吵架,他们不知道听谁的,反正,张俊梅的"大限"已到,后面的事情处理起来就简单了。

距离下班还有大约三十分钟,丽珊拿起电话,她觉得该向张宇新报告了。

获准来到了张宇新的办公室,她顺便将张宇新的工资交给他,然后向他汇报了整个事件的经过,也将张俊梅过往的工作表现讲述了一遍。她说张俊梅的工资已经被锁进了财务部的保险箱,她不想在事情没解决之前将工资发给她。张宇新同意了丽珊的想法,并说:"张俊梅的工资我给她吧,后面的事情我来处理。"

丽珊说:"好,如果您没什么事,那我就下班了。"

张宇新说:"好吧。"

丽珊驾车奔驰在回家的路上。初冬已过,凉意尽显,此刻夕阳西下,红艳的晚霞,好似正在燃烧的火焰,绚丽、动人、明亮且色彩浓烈。丽珊将车内的音响打开,音乐响起。

　　心中那自由的世界
　　　如此的清澈高远
　　盛开着永不凋零
　　　蓝莲花
　　　　……

这是歌手许巍演唱的歌曲——《蓝莲花》，这是丽珊最喜欢的一首歌。尤其是那句："没有什么能够阻挡，你对自由的向往。"不止一次地激励着她，让她在困难与挫折面前砥砺前行。

　　丽珊，就是这样一个人，她追求成功，追求自我。在近二十年的职业生涯中，从一个职场小白，成长为一名职场精英。多年来，她经历了，承受了，磨炼了，提高了。在如同战场的职场，她不断地充实自我，不断地提升自己的知识和技能，因为她知道，在当今的职场，不会有谁给落伍者颁发奖牌。为此，她努力着，奋斗着，终于在今天的职场"一览众山小"。她渴望宁静与美好，可在人生的道路上，总是有崎岖与坎坷，好在老天是公平的，在每一次磨难之后，总会赐予她更多的收获与美好，让她更成熟，更坚强。

第十三章

半个月的时间过去了,张俊梅的事情已经处理妥当,在张宇新的干涉下,张俊梅被劝退。

丽珊对人事部另外两个人的工作也进行了重新分配,出乎她意料的是在张俊梅走后,两个男生工作积极肯干,尤其是罗平的工作简直是令丽珊喜出望外,不仅分配的工作都能很好地完成,还将他过去的一些工作心得及想法与丽珊进行了几次交流。

真是后生可畏呀!与他们的交流中,丽珊了解了他们的许多想法,比如:以后公司的培训工作应当如何去开展,如何在工作中调动广大员工的积极性,他都从年轻人的视角提出了新的想法。面对两个可爱的职场新人,丽珊萌发出了带徒弟的热情和想法,她愿意将多年的工作经验传授给他们,让后来者居上。

这天上午罗平来找丽珊,"孟总,刚才生产部的李总对我说,让我帮他招一名调酒师,我觉得这事跟我说,有些不太妥当吧,虽然我负责招聘,但是也得您同意呀。"

丽珊被这突如其来的事情搞得有点蒙,没听说公司里有制酒的业务呀,她稍微想了一下,对罗平说:"好的,这事你暂时别管了,我来处理。""好的,孟总,没什么事,我先回去了。"罗平说完转身出去了。

丽珊抬起头看了看,李亚在办公室,她便站起身来到了李亚办公室的门前。这玻璃房子也有好处,因无遮挡,所以明了,来去方便。

李亚听见敲玻璃的声音,一脸笑容地起身,打开门,说:"孟总,难得您这会儿清闲,咱俩这对门住着,这么长时间了,您也没光顾过,今天我这寒舍必定蓬荜生辉呀,哈哈。"

丽珊走了进来,笑了笑说:"李总,您不也一样嘛,还是我先来看您。"

"哪里,哪里,坐,请坐。"李亚说着拿起一个陶瓷盖碗就要倒茶。丽珊忙说:"李总不用忙,我坐坐就走,别耽误您办公。"

"孟总,找我有事呀?"李亚坐在了丽珊对面的老式单人沙发上笑着说。

"是这样,人事部的罗平跟我汇报说您要招聘一个调酒师?"丽珊说。

"哦,是的。您不知道,孟总,我还负责咱们普氏另外的一个酒业公司的生产业务,现在急需一名调酒师,本来打算跟您说的,这不,还没来得及。"李亚说。

不知道李亚是紧张还是口音的问题,发音有些含糊不清,所以丽珊听得不是很清楚,便以询问的口吻与其核实着谈话的内容。

"您是说,咱们集团还有生产酒的公司?"丽珊说。

"是的，而且酒业公司也是咱们集团的主营业务，我们公司的生态能源业务也与酒厂有一定的关系。"李亚说。

此刻，丽珊的大脑高速地运转着，因为这对她来说简直是一个大新闻，入职几个多月了，没有任何人与她提起过。

"哦，李总，您能说说您要招的调酒师，需要什么样的条件吗？"丽珊问道。

"没什么条件，能招到就行。"李亚说。

"怎么能没条件呢？比如年龄、性别，外地人可以吗？"丽珊似笑非笑地问。

"您看吧，您说行就行，反正我也不懂。"此时的李亚装出了一副无赖的样子，让人看了又可恨又可气。

此时，丽珊快速地打量着他。约莫五十岁，中等个，微胖，最大的特点是嘴唇有点厚，眼睛有点小，皮肤黑黑的。

"李总，您老家在哪里？"丽珊问。

"西北，来这里快两年了，我跟张总算是老乡。"李亚带着憨憨的口吻说。

"哦。这样，李总，这个人呢，我先跟我的同行寻访一下，有消息，我会及时告诉您，好吧。"丽珊说。

"哦，可以，不过我用人有点急，您给抓点紧。"李亚非常客气地说。

"好，我抓紧。"丽珊说完，转身告辞。

回到自己的房间，她坐在电脑前，思考着这件事情如何处理。说老实话，她负责招聘工作多年，还是第一次招聘这样的岗位，她打算向嘉萍取取经，便拿起了手机。

"珊，亲爱的，怎么想起给我打电话？"没等丽珊开口，嘉萍先打开了话匣。

"亲，你的新婚生活愉快吧！"丽珊问道。

"还好,咱俩是心有灵犀,我正要给你打电话呢,我老公希望答谢一下你和子璇,怎么样,孟女士您哪天能赏光呀?"嘉萍说笑着。

"你这一提你老公,我还有点不好拒绝,那就看你的时间吧。"丽珊爽快地说。

"要我看,择日不如撞日,就今晚吧,好吗?"嘉萍说。

"好,那你通知子璇,把用餐地址发给我。"丽珊说。

"地址还是我们办婚礼的那家五星级酒店。"嘉萍说。

"好。"丽珊说。

之所以答应嘉萍的邀请,一方面是调酒师的寻访,另一方面她是想跟嘉萍了解一下这个公司,因为最近一段时间,她有太多的疑问。

晚上丽珊如约来到了用餐的地方,嘉萍夫妇和子璇已经在等候她了。见面后,几个人一阵寒暄之后,便落座吃饭,因为是西式套餐,酒店早已备好,所以上菜较快。

他们一边聊着,一边吃着,嘉萍首先询问丽珊工作是否顺利。丽珊想了想说:"总体还可以,就是觉得这个企业有点神秘。"

"神秘?"嘉萍不解地说。

丽珊将入职以来发生的事情简要地叙述了一下,并提到了酒厂的事情和要招聘的调酒师。

嘉萍听后说:"对于张宇新我不是很了解,与我联系的是一位姓霍的副总,此人之前也是由我们推荐给普氏的。在与我们沟通招聘事情的时候,他讲了公司目前的状况,以及被寻访人员的情况,其他的,我觉得与这个岗位无关,我也就没有问。至于你说的酒厂,压根就没听说过。不过我想告诉你,调酒师的招聘难度是很大的,因为此类人才属于稀缺人才,而且地域性比较强,你若想找,应该到四川、贵州这样制酒的地方去找。"

听了嘉萍的话，丽珊心里有点底了，因为她的想法在嘉萍这得到了验证。之后，他们便岔开话题聊起了家常。

也许是当了新娘，嘉萍今晚的话特别多，小到何时生子，大到公司的业务与发展，连当下的国家经济结构都成了她的话题；她还关心着丽珊的生活与工作，并劝丽珊最好在年内完婚。

嘉萍的话丽珊还真听进去了，她告诉子璇和嘉萍，她已经决定在春节前与晓楠完婚。

子璇听了，异常兴奋，她说："嘉萍说得对，你这个年纪了不结婚，是要成为话题的，过去潘宁就问过我多次，你怎么还不结婚？"

"潘宁？"嘉萍的老公用不太正宗的中文说，"你认识潘宁？"

听了嘉萍老公的询问，子璇捂了下嘴，觉得自己说错话了。

嘉萍接过话题对她的老公说："丽珊曾在潘宁的公司工作过，不过时间很短。"

嘉萍继续说："子璇、丽珊你们都不了解潘宁，说老实话，丽珊离开泰东是非常正确的，且不说他的公司有无发展，就是他这个人就不值得去搭理。"

听了嘉萍的话，子璇和丽珊均有些好奇。子璇问："怎么了？嘉萍你能说得详细点吗？"

"若干年前潘宁随妻子出国，本来是陪妻子读书的，他为了挣些钱供妻子读书，便设法在当地找了份工作。一开始，还好，比较本分地工作着，后来他妻子毕业了，在当地找了一份不错的工作，也就是我老公工作的公司，之后潘宁认识了这家公司的老板，这家公司的老板是一位外籍华人，不知怎么的就成了朋友，还做起了生意。"嘉萍说。

"后来，外籍华人老板在潘宁的介绍下，与潘宁老乡开的一家制造业企业做贸易业务。听潘宁说这家企业不仅有发展，而且产品质量也非常好。这位外籍华人由于相信了潘宁的话，便未进行实地考察，异地签了合同之后，便支付了预付款。可谁知，款打过去不到一周，这家公司便宣告破产倒闭。这位外籍华人老板非常恼怒，但是货款很难追回，之后，提起了诉讼，至今此事由于主体缺失仍未解决。"

嘉萍继续说："由于此事，他妻子也丢了工作。由于他为人不善，之后其妻便与他离婚了。由于潘宁的劣迹，他已无法再在国外待下去了，只好选择回国。后来听说，他回国以后，筹集了些资金，之后便开了现在的公司。"

听了嘉萍的话，子璇和丽珊都感到异常惊讶，只是丽珊在惊讶之余多了一份不快，因为那个伤痛对她来说，是破坏性的。不过，她极力地克制自己，不会为鸡鸣狗盗之徒做出的丑恶之事来伤害自己。

晚上九点三十分，他们结束了晚餐，之后各自回家。丽珊因为赴宴，没有开车。她一个人慢慢悠悠地走在街头，她在思考，今晚的信息量太大，而且与她有关的内容不少，她要好好地梳理一下。

此时，电话铃响了，丽珊拿出电话一看，是晓楠打过来的，担心丽珊这么晚还没有回家，并问是否需要来接他。丽珊告知晓楠："马上就到家。"

挂掉电话，她便打车回家。是呀，自从没有了母亲，晓楠便是她唯一的亲人，在他们相处的日子里，虽然晓楠没有太多华丽的语言，但他为丽珊所做的一切，都会让她感到温暖与感动，在未来的日子里，他们将相濡以沫，慢慢变老。

第十四章

日子过得太快,转眼一个星期过去了,又到了例会的时间。

丽珊拿着本子,早早地来到了会议室。会议室里只有霍南在,丽珊礼貌地与他打招呼。

"霍总早。"

"早,孟总。"霍南礼貌地回应着。

"孟总最近挺忙呀。"霍南说。

"还好,按照张总的指示,事情做得差不多了。"丽珊说。

此时,张宇新和李翔、李亚及秘书杨澜走了进来。

"人到齐了,咱们开会。"张宇新说。

"今天我先说。"丽珊说。

"好,杨澜做好记录。"张宇新说。

"本周的主要工作是按照张总的指示将公司的人事及行政的各项规章制度做了修订,并将下年度工资计划进行了测算，现在基本完成，会后，可以交给张总审阅。下一步的工作难点是李亚李总提出的招聘计划，因为调酒师属于稀缺人才，为了找到符合要求的人员需要在全国范围内寻访。"说到这儿，张宇新打断了丽珊的话题。

"你说什么？孟总，招调酒师？谁让招的？"张宇新满脸不愉快地说。

还没等丽珊说话，李亚红着脸说："是我，我让招的。"

"你哪根弦搭错了，招调酒师干吗？你没病吧？你那两个调酒师不是还闲着吗？"张宇新非常恼怒地对李亚说。

"孟总，你也是，招人的事情不得跟我请示一下吗？"张宇新冲着丽珊说。

对于此问题，丽珊是可以解释的，可今天的她故意没有解释。自从和嘉萍沟通之后，她觉得招聘的事情是李亚给她出的难题，如果直接怼回去，会有失自己的水准，由此她想出在例会上以汇报的方式，让张宇新来处理此事。她推测：张获悉此事，必定会对自己提出批评，但这种批评只能是嗔怪，不会有伤大雅。果然，这个难题顺利地转移到李亚的身上。

面对张宇新的质问式批评，丽珊赶紧说："是的，我应该向您请示一下，主要是李总要人太急，您又出差，所以没及时请示，我检讨。既然李总已经有可用之人，那我就不着急了。"丽珊不紧不慢地说。

李亚这次有点丢人了，张宇新的严厉批评令他无地自容，连解释的空间都没有。本以为是给丽珊出了一道难题，却万万没想到她会以这样的方式将自己推上了"断头台"，他后悔低估了丽珊的能力，此次较量算是输得彻底。

散会了，丽珊将人事以及行政改革的材料交给了张宇新，他拿过资料先是翻了翻并说："孟总，你将改动大的地方以口头的形式先和我说一下，否则，一页页看，太慢了。"

"好的，张总。"丽珊说着坐在了张宇新班台对面的椅子上，并开始讲述起来。

"这次在人事管理方面调整大的主要是薪资及绩效考核部分，培训与激励部分依照公司未来的发展规划是重新制定的，因为过去的考核内容国企的痕迹太多，我觉得不适应企业今后的发展；薪资变动的地方主要是对现有岗位进行归类及调整，重新修订了薪资架构和标准，标准修订主要是参考当下人才市场的薪资水平，当然我们使用的是下线标准；另外我依照去年的企业利润，对未来一年的薪资进行了测算，我们可以采用发放十三个月的薪资形式，这样对员工也是一种激励……"丽珊总共讲述了四十多分钟，张宇新一边听一边频频点头，说明他认可丽珊的修改意见。

只是在个人所得税的代扣代缴事宜，他说这个事情以后再说。丽珊再次强调了一下此事的重要性，张宇新表示近期一定将此事汇报集团董事会。

丽珊汇报后回到了自己的办公室，刚坐下，听见李亚在敲玻璃门。"请进。"丽珊说。

李亚一脸笑容走了进来。

"有事，李总？"丽珊假装温和地问道。

"不好意思啊，孟总，我本来想扩大下酒厂的生产规模，还没来得及和张总汇报，您看，真的不好意思，您千万别误会。我这人，没什么文化，有口无心，您千万别计较。"李亚有点语无伦次地说。

"哦，没事，以后您该汇报还是得汇报，千万别误了大事呀！"丽珊故意装作若无其事地说着。

虽然丽珊的语速不紧不慢，但是李亚能听出其中的锋芒。

他连忙表示:"是,是,是,以后我会注意的。"

丽珊听着李亚说话,忙着收拾着班台上的东西。李亚见自己有点不招人待见,就说:"孟总,您忙,我就不打扰您了。"说完,便走了出去。丽珊望了一下他离去的背影,感觉有点恶心。"无耻小人,怎么哪里都有。"丽珊轻蔑地说。

在忙碌的职场,谁不希望平安、祥和。曾有人说:"相识是上天安排的最美际遇。"是呀!茫茫人海,一旦相识,不管相处多久,都是缘分。大千世界,如果人们都能像古诗中写的那样:"人生若只如初见",将是何等惬意之事呀。可是,多年的工作经历,不仅事难如愿,还时不时地被卷入波澜,有时还被弄得遍体鳞伤。为此,她苦闷过,烦恼过。但郁闷之后,她想:这也许就是工作,这也许就是生活吧。我们只有得知坦然,失之淡然,争之必然,顺其自然吧。也许人生的魅力就在于此,哪怕今日暴风骤雨,电闪雷鸣,依然会相信明天阳光普照,百花盛开。

时间过得好快,眼看就到了年底,修订后的改革方案也在高管及中层的办公会议上基本通过,只有个别条款暂时搁置。比如员工社保的缴纳标准还是按照当地政府制定的最低标准;关于绩效考核由于执行问题,暂时采取半年考核一次,每年发十三个月的薪水,对员工的鼓舞是极大的。

新的一年来到了,员工们如期拿到了第十三个月的工资,大家奔走相告,兴高采烈。丽珊也被员工的兴奋之情感染着,此时的她感到了自己的价值。

春节快到了,按照约定与晓楠在节前完婚,丽珊最近在准备结婚的事情,收拾新房,购买生活用品,建立他们的爱巢,他俩忙得不亦乐乎,沉浸在幸福之中。

今天是周五,丽珊正在思考周末需要购买的用品及房间的修饰事宜,此时手机响了,电话是晓楠打来的,丽珊兴奋地拿起了电话。

"丽珊,局里下午刚开完会,决定这批援疆由我带队,并在下周出发,时间是两年。"晓楠的话有点急。听了晓楠的话,丽珊幸福的心情一扫而光,眼里泛起了泪花。

"怎么能这样呢?你,你没跟领导说你要结婚吗?你走了,我怎么办呀?"丽珊带着哭腔说。

"你别急,珊,我现在去找你,其实我也感到意外,也非常着急,可是没有办法,身不由己,对不起。"晓楠非常焦急地说。

此时,丽珊的眼泪已经顺着脸颊滑了下来,刚刚那兴奋、愉悦的心情,刹那间变得沮丧、失落。

晚上,晓楠来找丽珊,两人简单地用餐之后,晓楠对丽珊说领导让他带队援疆是想在援疆之后提拔他,对于领导的良苦用心,作为下属的他除了感谢,绝对不能有任何推辞的语言,这也许就是做官的苦;而面对自己心爱的女人,他也不想有太多的解释,只有说声"对不起",因为她是家人,能理解他的苦衷,只是需要时间接受。

这一晚上,丽珊很郁闷,本来幸福的时刻即将到来,顷刻间却烟消云散。此刻,她的情感世界已是一片灰色,悲伤充满了她的心头,接下来如何承受相思之苦?她不敢想。

晓楠想尽办法来安慰她,可是再好的语言也抵不过分别的忧伤。他想了想后说:"珊,我们俩周一去登记吧,这样,我可以多享受一点假期,你看好吗?"

丽珊充满泪水的双眼望了望晓楠,而后便扎进了他的怀抱,抽泣起来。此刻,晓楠将怀中的丽珊搂得更紧了,不仅如此,他的泪水也顺着脸颊滑落下来。都说男儿有泪不轻弹,只是未到伤心时。

第十四章

人生总会有太多的无奈，相遇又分别，归帆又离岸；尽管离别是暂时的，但离别会让人变得孤单和凄凉。

正当这对恋人为分别而陷入极度痛苦的时候，丽珊的手机响了，可她却置之不理，依旧依偎在晓楠温暖的怀抱之中。"是云姐的电话。"晓楠说。

听晓楠说是云姐的电话，丽珊慢慢地直起身来，擦了擦泪眼，打起一点精神，接过了电话："喂，云姐，你好！"她的声音有些低沉。

"珊，你在家吗？"云姐说。

"在。"丽珊说。

"好，这样，我一会儿到你家。"说完，云姐挂断了电话。

听说云姐要来，一对恋人稍微平复了一下情绪，准备迎接云姐的到来，他俩知道云姐应该是为晓楠援疆的事情而来，云姐作为他俩的好友，总是在默默地关注着他们。

过了四十多分钟，云姐风尘仆仆地到了。一进门看到呆坐在沙发上的两人，云姐就明白了。

云姐开门见山地说："我就知道会这样，你俩谁都不离不开谁，可是你们要想一想，我们的人生不光有生活，还有工作的。"云姐有点嗔怪地说。

"你俩都是成年人了，又都是精英阶层的人物，不要太儿女情长了。虽然要分开一段时间，但是两年的时间很快就会过去。你们有没有想过，这次援疆之后，晓楠的事业也许会有另一番天地，会有新的机遇出现呢。男人嘛，家重要，使命更重要。"云姐短短的几句话，让充满忧伤的一对恋人打起了精神。

"你们想想，当你们活到八十岁、九十岁的时候，在人生的长河中两年的时间不就是一瞬间嘛，太短暂了。但这短暂的时光，却能让我们日后的征途变得通畅，何不是一件幸事呢？"

云姐继续说着。

"我爱人是个军人,刚结婚的时候,我们生活在一起,就在我要生孩子的时候,他被调到外地工作,当时我又无法随军。怎么办,我也难受过,可是,生活总得继续,我总得把孩子生下来吧,总得把孩子带好吧。你们"70后",没有经历我们过去的那些苦,所以总是以简单的态度去面对人生。我跟你们说,不要太伤感,人活着要有格局,要知道进与退。"听着云姐的话,丽珊和晓楠的脸上慢慢地挂上了笑容。

晓楠充满感激地说:"大姐,您来得太及时,说得太好了,否则,我们都无法自拔了。"

此刻,丽珊也有些不好意思了,她小声地问:"云姐,您怎么知道这事的?"

"是这样,我下午在市政府参加一个会议,会议中途休息时,我在楼道里看见了晓楠的领导——管局长,他和我说了晓楠要去援疆的事情。就你俩的性格,我一下就能想象出你们的反应。一个是小鸟依人,一个是宠妻狂魔,正是如胶似漆的时候,那境况不用想,就知道你们是在哭天怨地了,所以吃过晚饭我就奔你家来了。"云姐的话说得云淡风轻,却尽显她的老成持重、精明豁达。

都说,人生难得一知己,而云姐不仅仅是知己,就是他俩的贵人。只要他们有困难,云姐总会在最需要的时候出现。今天云姐的到来,更是犹如拨云见日,驱散了这对恋人心头的阴霾。

三天以后,晓楠带着援疆的队伍启程出发,丽珊和云姐一起去送行。分别时,晓楠拥抱着丽珊,含着泪说:"我会很快回来的。""嗯,等你。"丽珊泪眼蒙眬地说。

望着这难分难离的场景,站在一旁的云姐,走过去一把拉住丽珊说:"快要过安检了,让他走吧。"

第十四章

此时，晓楠的领导管局长也走了过来，与丽珊握了握手说："感谢你对晓楠工作的支持。"

"应该的。"丽珊含泪回复着管局长。

送别的场面是感人的，分别的人们个个都是惜别难舍，情深无限，沾襟的泪水像缠绵的细雨，此情此景，饱经风霜的云姐也被感动了，她紧紧地拉住丽珊有些颤抖的手说："珊，克制一点，两年很快过去的，给晓楠一个微笑，不要让他太挂念。"

"嗯。"丽珊答应着，眼泪却像喷泉一样涌出。此刻她虽没有千言万语，却一切尽在不言中。正像古诗所写的那样：执手相看泪眼，竟无语凝噎。

第十五章

由于晓楠援疆的事情，丽珊请了两天假。今日来上班，简单清理办公室后，拿出手机打算浏览新闻，可烦乱的心情令她有些坐立不安，她想到厂区走走，晒晒太阳，舒缓一下心情。

她慢悠悠地下楼，刚到一楼，就听有人在背后喊"珊姐"，丽珊回头一看是张宇新的秘书杨澜。还没等丽珊有所反应，杨澜就把她拉进了位于一楼的秘书办公室，之后，关上门，趴在丽珊的肩膀上哭了起来。

丽珊蒙了，不知发生什么事。她一边抚摸着杨澜，一边安慰着她。"杨澜，你怎么了，别哭，慢慢说。"

杨澜哭了好一阵，总算稳定了情绪。丽珊扶她坐下，并问："怎么了？"

"他们太龌龊了。"杨澜说。

"他们？谁啊？"丽珊关切地问。

"就是李亚他们。"杨澜非常气愤地说。

"他们怎么了？"丽珊继续问。

"珊姐，他们就是一群恶狼。我老公开了一家包装纸箱厂，前不久，张总告诉我准备将今年厂里的包装盒全部交给我老公来做，为了做好这笔生意，我老公进了许多材料，连我家准备买房的钱都垫进去了，可今天李亚对张总说，他已经和别的公司签完供货合同了，就不能再与我老公签合同了。珊姐，你说这不是欺负人吗？这帮人太龌龊了。我知道这都是李亚搞的鬼，这个小人将来会遭报应的。珊姐，你说我怎么跟我老公交代呀。"说完，她趴在桌上又哭了起来。

这事听起来有点像童话故事，如果真是杨澜说的这样，还真是麻烦。可是这事丽珊又无法表态，因为这不是一句话就能安慰她的。

"珊姐，你知道他们有多龌龊吗？你第一天上班，遇到李翔的事情，本来路政都去处理了，李亚却拦住他说：'你跑什么？这事应该是新来的行政副总处理的呀！快去找新来的孟总呀，我看她怎么处理？哈哈，摊上事了。'"

"之后他又找霍南去看你的笑话，你把李翔的妻子叫到你的房间，他在办公室里看了个一清二楚，然后他就告诉李翔：'新来的孟总在挑拨是非，看你的笑话。'李翔听了他的话非常气愤，说迟早要报复你。"杨澜的话，让丽珊不敢相信，同时又感到特别可怕。

这时，门开了，张宇新走了进来。看到丽珊也在，他说："孟总，你好好劝劝她吧，有些事情，别太感情用事了。"

张宇新的话，让丽珊感到无奈和尴尬，本来与自己无关的事，却无端地找上门来，这次是真摊上事了。好了，此刻解释什么都没用，张宇新肯定明白她已知晓事情的全部了，这次跳进黄浦江都洗不清了。

在丽珊的劝说下,杨澜的情绪好了一些,但是她决定立即回家与老公商量此事。

丽珊回到自己的办公室,大脑一片空白,刚才晒太阳的想法已经荡然无存。怎么总有事情让我遇上,真是流年不利!

两天之后,杨澜的老公来到了公司找张宇新理论,可恰巧他到集团开会去了。张宇新给丽珊打电话,让她与霍南接待一下杨澜的老公。

丽珊把杨澜的老公请到了公司的小会议室,并找霍南一起接待。

杨澜的老公见张宇新没到场,非常气愤,说:"霍总、孟总,这事你们解决不了,我和你们谈也没有任何意义,这样,我改天再来。不过请你们转告张宇新,这件事如果没有结果,我会让他好看。"说完,与杨澜离开了公司。

小会议室里,霍南和丽珊无言相对。

几天过去了,杨澜一直没来上班。

又过了几天,霍南告诉丽珊杨澜已经提出辞职了。关于供货的事情,杨澜的老公通过关系找到了集团的董事长吴璞,吴璞对张宇新大发雷霆,并呵斥他改变供货商的事情为什么不报告集团?真是山雨欲来风满楼,丽珊不知道下面还会发生什么事情。

快到午餐时间了,丽珊觉得饿了,站起身打算去餐厅看一看,有什么可以吃的。走到一楼,秘书室进入了她的视野。她下意识地向里面张望了一下,从玻璃门望进去,屋内除了桌椅和靠墙摆放的文件柜,其他物品都没有了,她判断杨澜曾经来过,已经把私人物品拿走了。

杨澜是她来这里遇见的第一个人,她清纯,做事严谨,虽

第十五章

然她们之间交流不多，唯一的长谈就是前些天杨澜对她的哭诉，现在看来这哭诉或许成为她们之间的"绝唱"，不知以后她们是否有缘再次相见。

丽珊想：为何杨澜临走之前没有与她告别呢？是不信任她？还是怕连累她？此刻在她的脑海里，浮现出杨澜含泪收拾自己物品的场景。这场景是那样的熟悉，在她的职业生涯中也不止一次地出现过。此刻，她想起了白居易的两句诗："同是天涯沦落人，相逢何必曾相识。"想到这里，她的眼圈红了。

经历了杨澜的事情，霍南与丽珊的关系走近了许多，他偶尔会来到丽珊的办公室坐一坐，聊一聊近日的新闻和公司发生的事情，丽珊通过他对公司有了更多的了解。她知道了普氏早期以房地产开发起家，之后通过市里的关系以超低的价格对老国企进行收购，之后又收购了一家酒厂。张宇新也是在第一次收购的时候，来到了公司并被董事长吴璞委以重任。

对张宇新委以重任是因为吴璞曾经的妻子是西北人，后因故吴璞与妻子分道扬镳，他总觉得对不起对方，便一厢情愿地对遇到的所有西北地区的人总是多一份痴情和厚爱。

张宇新毕业于西部地区的一所名校，毕业后一直在国企工作，因得罪企业领导，被迫辞职。由于老家的经济不太发达，便南下来到海都，正好赶上企业招聘，被董事长吴璞看中，在公司做了总经理的位置。

现在的普氏集团依然是以房地产开发作为主要业务，目前正在闹市区开发了一个公寓的项目，据说由于地理位置的优势，房产销售得不错。

时间过得飞快，转眼之间，就要开始春节的假期了，可在本周一的例会上，张宇新宣布了一项重要事情——集团副总姜志要在年前莅临公司检查指导，希望大家都把各自手头的工作做好，以迎接领导的检查。

为了迎接姜总的到来，自上次例会布置工作后，大家已经连续四天加班了。最忙的当属生产部，因为最近几天接连出现问题，主管生产的李亚也不知被张宇新骂了多少次。下午，按照张宇新的安排，丽珊正在抽查生产车间的一些台账，李亚敲门走了进来。

不知道是否因为有求于丽珊，今天他摆出了一副笑脸说："孟总，台账有问题吗？有的话，请您多指教。"

丽珊头也没抬地说："正在查。"

面对丽珊的冷漠，李亚好像没有看见，他不仅没有离开的意思，反而坐在了丽珊班台前的椅子上。瞬间，丽珊闻到了一股汗臭味，她把椅子往后挪了挪，尽量离他远点。

此时的李亚好像什么都看不出来，依旧坐在丽珊面前，那厚厚的嘴唇夹杂着臭汗的味道，简直令人作呕。

李亚说："孟总，我知道，你对我有意见。我也知道，我确实得罪过你，可是你看，我现在也在改变自己。你有文化，能做事，你知道吗，孟总，其实我有时也是很痛苦的，没办法，如果仅凭实力，我拼不过你们这些人，那我将得不到我想得到的一切。但是你不知道，我每天要有多大的忍耐力吗？我不仅要奉承张总，还要哄他高兴。他一旦不高兴，就骂我，我就成了'垃圾桶'，他所有的不满都会朝我发泄，谁愿意挨骂呀！我不仅要听着他的批评，还要使出吃奶的力气，找出他最爱听的话，拼命让他高兴。有时我还得装'奴才'，因为张总知道，你们这些人，是不会听他骂的。孟总，我知道你好，你千万不要跟我一般见识，我也，我也愿意交你这个朋友……"

听着李亚的表白，丽珊瞬间无语。望着他的窘态，一丝怜悯之心油然而生，但是转念之间，丽珊迅速调整着自己，这种

第十五章

小人的嘴脸千万别信。

　　此时，丽珊就好像没有听见他说话一样，"李总，这台账我查完了，基本没有问题，你拿回去吧。"丽珊一边冷冷地说一边将账本推给了李亚。

　　李亚见丽珊对自己说的话没什么反应，先是尴尬，而后有些气急败坏，他拿起丽珊递过来的台账，头也没回地走了出去。

　　两天以后，总算盼来了的姜总，令人啼笑皆非的是，领导只在车间里转了一圈就急匆匆地离开了。

　　集团领导走马观花式的莅临，让张宇新非常失落，本打算在领导面前彰显自己的能力，却未能如愿。为了挽回面子，他随即召开了一次中层及以上管理人员参加的扩大会议，在会上对这次检查进行了总结，同时选出了年度先进员工，并宣布了物质奖励。与会人员可谓是喜怒参半，得到奖励的喜形于色，没有奖励的怒气冲冲，此时的张宇新也是无奈，哪有一碗水端平的时候呀！

第十六章

春节到了，奔波了一年的人们都在以各种形式庆祝着新春佳节，因为晓楠刚到新疆不久，全体援疆人员没有休假，因为假期要轮流值班，丽珊只好独自一人利用假期去了趟新疆，看望他的心上人。晓楠工作的地方位于和田地区，由于天气寒冷，加上假期的时间有限，他们只能到和田周边的地区游览风景。

新疆，真的好美，天高、地广、云淡、水静、山秀，只有走进新疆，才会感觉天外有天，山外有山。正向唐代诗人李白所描绘的那样：明月出天山，苍茫云海间。新疆的美粗犷、豪放、深沉、悠长。

几天的假期很快结束了，分别的时候，他们依旧情意缠绵、难分难舍，正所谓自古多情伤离别……

节后上班的第一天，公司的高管们去车间给员工拜年。车间里热闹非凡，挂着灯笼，贴着福字，显得格外喜庆。由于新制度的推广，给员工带来了实在的好处，人们看见丽珊，也都争着与她握手、打招呼、拜年。

一场走马观花式的拜年很快结束了，张宇新让高管们到会议室开会，布置工作。新的一年工作的重点依旧是扩大销售，力争回款达到百分之九十；管理方面，加强对员工的培训，以提高企业的发展活力。在会议上张宇新首次提到了酒厂的工作，一定要在新的一年有新的气象，不仅要扩大生产，关键是扩大销售，争取进入本市酒品的前列。在酒厂的管理方面，张宇新破天荒地提出让丽珊参与人事及行政方面的管理工作，以保证企业的正常发展。

对于新的安排，丽珊有些不悦，她不愿意与李亚这样的人有任何的工作交集。会后，霍南给丽珊打了个电话，他说："张宇新之所以这样安排，是因为年前在集团被董事长骂了一顿。因为酒厂在他手里已经差不多三年了，到现在一点起色都没有，所以今后你要多留神，这项工作简直就是一块'烫手的山芋'。"

丽珊对霍南的提醒表示感谢，此后的工作如何开展，她一点底都没有，因为她没有厂子的一手资料，很难想象出怎样开展工作，她又不能主动去找李亚，因为这样会很被动，所以她只能等待，等待李亚出招之后，她再选择应对方式。

转眼几天过去了，没有任何人提及酒厂的事情，丽珊怕再招小人陷害，找了一个借口，以汇报工作的名义来到张宇新的办公室，看他对酒厂的问题有何新的指示。

自古以来，职场就玄机颇多，古人用"世事洞明皆学问，人情练达即文章"来概括混迹官场的智慧。在职场行走多年的丽珊早对这一顽疾痛恨至极，因为她不止一次被其伤害，但是"物竞天择，适者生存"的丛林法则，又令她无法选择逃避，只能适应。

果然在丽珊汇报工作之后,张宇新提到了酒厂的工作。他说:"目前我对酒厂的工作不是很熟悉,之所以这两年多来酒厂没有大的发展,主要是这个酒厂的发展与集团的整体发展格格不入,我们所在的地区没有好的水源,也没有酒文化的积淀,所以酒厂的发展会很艰难。"

张宇新继续说:"下一步你去调研一下酒厂的经营、管理、销售,然后给我写一份调查报告。"丽珊听到这里,觉得这项工作已经超出了个人的岗位职责,但是她没有马上拒绝。

张宇新又说:"关于李亚这个人,你不要有什么顾虑。他的人品我心知肚明,此人没文化,小农意识很强,没有胸怀,能力也不行,之所以选择他,也是一个历史的产物。当时我来海都,无亲无故,那个时候,我要是死了,都没有人给家里报个信。他是我中学老师的亲戚,父母去世较早,没有人管他,成了一个孤儿,是老师的父母将他养大。我的中学老师对我很好,为报师恩,我将他带了出来,就这样他来到了这个公司;让他管酒厂,也是因为当时没有人管,我跟前就他一个人,所以他就临时走马上任了。孟总,希望你在今后的招聘中,能找到一个懂酒又有管理能力的人,我打算让专业的人去管理酒厂,拜托了。"

丽珊听了张宇新的一番话,忽然间有点小感动,他也是个知恩图报的人。当即,丽珊表示一定尽力而为,不过为了后面工作的开展,她建议开一个酒厂的专题会,让李亚介绍一下酒厂的情况,并要求此次会议最好由张宇新亲自主持。

对丽珊的建议,张宇新表示赞同,并说此次会议将在下周一的例会上召开。

在专题会召开之后的第二天,李亚的表现非常积极,不仅主动与丽珊联络去酒厂考察的事情,还将酒厂现有的资料交给

第十六章

丽珊查阅。

丽珊看了李亚送来的资料后,与李亚商量何时去酒厂调研。李亚回复丽珊两个字"随时"。

丽珊说:"那就明天吧。"

丽珊、李亚一行驱车四十多公里来到了位于市郊的酒厂。一进酒厂,一股浓烈的酒味扑面而来,丽珊对这突如其来的味道感到有些不适,她掏出一张纸巾蒙住了口鼻。

看到丽珊的举动,李亚笑了笑说:"孟总,有点不适应,一会儿就好了。"丽珊也笑了笑算是回应。

他们一行人在厂区转着,给丽珊最大的印象就是两个字:脏、乱。

丽珊问李亚:"这里平时由谁来管理?"

李亚说:"一个过去酒厂的车间主任。"

"销售呢?"丽珊问。

"哦,我们有个销售公司,主管叫谢全。"李亚说。

"他在哪里工作?"丽珊又问。

"哦,他不在这里,在市中心我们有一个销售站。"李亚回答说。

他们走走停停,转了一个多小时,来到了厂区的办公室。办公室内,一片狼藉,好像被打劫之后一样。屋内靠墙的两张桌上摆放的基本都是酒,有半瓶的,也有整瓶的,且酒瓶上都是土;另一个桌子前有一位大约四十岁的女士在办公。办公室的所有角落都堆满了纸箱,而且破破烂烂。柜子上各种文件夹混杂,布满灰尘的奖杯、锦旗随意摆放着,大白天室内的灯也都开着。

"主管呢?"丽珊不解地问。

"在车间呢!"女士说。

"李姐，你去找一下。"李亚对女士说。听了李亚的话，女士立刻站起身去找主任。

很快，主任来了，一位年龄在五十岁左右的男子，看到李亚，他笑道："李总，您来了。"

"这是孟总。"李亚忙介绍说。"老钱，你将厂里的情况介绍一下。"李亚说。

"哦，这里有点乱，咱们去食堂吧。"老钱说。

在老钱的引导下，一行人来到了餐厅。餐厅不大，但要比车间和办公室整洁一些，他们找了靠窗的凳子坐了下来。

"领导想听什么情况？"老钱非常老练地说。

"现在酒厂在岗的员工有多少？"丽珊问。

"哦，五十多人，都是国企留下来的，包括我。"老钱说。

"目前每天的白酒产量是多少？"丽珊问。

"这个看销量，有时多，有时少。"老钱说。

"我们到车间看看好吗？"丽珊问老钱。

"好，好。"老钱急忙回复。

一行人来到了车间。车间里机器正在运转中，噪音有点大。大家一边走，一边听着老钱的介绍。参观完了车间，丽珊一行人又来到了化验室。

化验室的设备比较老旧，且设备磨损严重，化验室只有两名女性员工，年纪偏大，都在四十岁以上。之后，丽珊看到化验室旁边还有一间办公室，便随意推门看了一下。"这里是调酒师工作的地方。"老钱说着并推开了房门。里面有两个人，一男一女正在聊天，不用问，他俩应该就是调酒师了。

丽珊看了看屋里的摆设，有点零乱，桌上摆满了各种瓶瓶罐罐。"这两位就是调酒师了？"丽珊问。"是的。"老钱回答。

看着里边两位闲坐的调酒师，丽珊回头看了李亚一眼，此

第十六章

117

刻，他非常明白丽珊眼神的内涵，他很不自在地低下了头，不敢直视丽珊的眼睛。

参观完毕，一行人又回到了餐厅。坐下后，丽珊对老钱说："我想了解一下酒厂现在的人员、薪资情况，目前员工的合同签订以及社保缴纳情况，你们能否给我提供一下？老钱，我要强调一下，一定是真实的，可以吗？"

"这个我们需要准备一下，因为厂子里没有专人负责，现在都在出纳那里。"老钱说。

"要多长时间才能交给我？"丽珊问。

"大约两周吧。"老钱说。

"好吧，麻烦你抓点紧。"丽珊非常客气地说。

"不麻烦，应该的。"老钱回复说。

结束了一天的调研，天色已晚，丽珊直接回到家里。不知怎的，丽珊的脑海里对这次调研总有一种说不出的感觉，而且这种感觉说不上好也说不上坏，只是觉得酒厂隐藏着什么。她仔细捋了捋，这种感觉来自李亚，因为一个下午他基本上没有讲话，也没什么表情。

一晃两个多星期过去了，这天上午丽珊找李亚道："可否给老钱打个电话，询问下要他们准备的资料是否准备好了？"

李亚非常积极地说："可以，等下我就问，这会儿他们应该都在车间巡视。"

丽珊说："好，那就麻烦你了。"说完便从李亚的房间走了出来。

一个上午过去了，一个下午又快过去了，一直没有得到李亚的回复。丽珊觉得他这是在消极抵抗。她觉得今天不问此事了，到底看看他什么时候回复，反正是躲得了初一躲不了十五。

下班时间到了，丽珊拿起包，锁好办公室的门，驱车回家了。刚到家,手机铃响了,一看是李亚打来的。她拿起电话接听,却不是李亚的声音。

"孟总,我是老钱,给您送材料来了,没赶上。"老钱说。

"哦,我等了一天没有消息,所以到点就回家了。好吧,你先放在李总那儿,我明天问他要。"丽珊说。

"好,好。"老钱说完挂掉了电话。

丽珊放下电话,皱了皱眉头自问了一下,真的这样巧吗?我下班,他来了?算了,不想了,明天再说。

第二天一早,丽珊来到了办公室,正打算找李亚要材料的时候,张宇新一步迈了进来。

"张总早。"丽珊与张宇新打着招呼。

"早。"张宇新笑着回复。

"我想问下,酒厂的情况了解得怎么样?"张宇新问。

"了解了一些,正在等他们上报材料,汇总再报给您。"丽珊说。

"哦。"张宇新说着,坐到了房间的沙发上,并点燃了一支香烟。

"调研的情况还好吗?"张宇新问。

"总体感觉不太好,我是两周前去的,也让他们提供了一些资料,本打算看完他们的材料,再给您汇报的,可是他们的材料昨晚才送过来,现在还在李总那里,所以没能及时给您汇报。"丽珊说。

张宇新正要往下说,突然楼下传来一阵骚乱且夹杂着大喊大叫,打断了他的话。

"发生什么事了,怎么这样乱。张总您稍坐一下,我去看看。"丽珊说完快步走出办公室来到一楼大厅。

此时,一楼的大厅已经聚集了二十多人,丽珊拨开人群,

第十六章

119

看到一位大妈级别的人物在大声喊叫。"张宇新，你出来，你破坏我儿子的家庭，你躲到哪里去了？出来！出来！"

听了这样内容的喊叫，丽珊的大脑瞬间有些发蒙，心里想："怎么又是这种事呀！"

她走近大妈说："您有事慢慢讲，没必要大喊大叫的，您儿子是谁呀？"

"我儿子是宋达，儿媳妇是你们销售部的秦苏。张宇新经常跟我儿媳妇约会，昨天让我儿子堵了个正着。"大妈喊着。

"大妈，这种事不能随便说，不仅伤他人也伤自己的。"丽珊说。

此时，秦苏来了，她推开丽珊说："孟总，您别理她，让她闹，反正我是要和她儿子离婚的。"

大妈听了秦苏的话，更生气了，喊叫声越来越大。丽珊再三劝阻，均无效果。

"警察来了，警察来了。"人群里不知是谁在嚷嚷。

丽珊一看，真的是警察来了。此刻，她在疑惑是谁给警察打的电话，这下可能会更乱了。

在警察的劝说下，大妈离开了公司。此时秦苏已经在办公室哭泣起来，丽珊本打算劝劝，可是转念一想：说什么都不好，又与张宇新有关。想到这儿，她抬腿上楼回到自己的办公室。此时，张宇新已经离开。望着刚才张宇新坐过的沙发，丽珊摇了摇头，苦笑着。

这件事情对公司的影响太大了。几天来，丽珊无论走到哪里，都是议论这件事情的声音。她真的犯难了！不管吧，自己负责公司的安保，管吧，说什么呢？要不是牵扯到张宇新还好办，她想了想，还是让路政去处理吧，别让自己直接面对了，否则张宇新很没有面子。

路政，二十八岁，来公司两年多了。近半年来在与丽珊的接触中，他觉得丽珊不仅人美，且有文化，有能力，办事公道，打心眼里佩服她，所以，对丽珊交给的工作从来都没有二话，就是两个字：执行。秦苏的婆婆来公司闹事，路政觉得这件事情丽珊肯定不好处理，所以他主动给警察打了电话，才让丽珊得以摆脱尴尬的境地。

路政得到了丽珊的指示，虽然他觉得处理此事有点难度，但是依然表示一定完成任务。

路政的工作能力真的挺强，两天来，丽珊基本听不到议论的声音。这事虽然平息了，但是酒厂的事情怎么向张宇新汇报呢？这个时候，单独与其谈话，双方都会有些尴尬。思考之后，丽珊决定书面汇报比较合适，便将书面汇报材料交给张宇新现任秘书夏琳，请她转交给张宇新。

又过了两天，夏琳将张宇新批示好的文件交给了丽珊。丽珊感觉很爽，实践证明她的做法比较妥当，此时的张宇新也不愿意面对自己。

职场如战场，时刻充满了风云变幻。稍有不慎，昨天还在一起上班的同事，今天可能就与众人挥手道别；刚才还指点江山，转眼就消失在茫茫人海中。丽珊在庆幸自己职场智慧的同时，内心尚有一丝淡淡的酸楚。

多年职场的打拼，经历职场风雨的她，以其坚忍不拔的意志和锐意向上的进取心，驱散了踏入职场时的恐惧和成长中的烦恼，如今也步入精英阶层，在职场的围城中她懂得了协同合作、物竞天择和海纳百川。当下的她虽身居高位，可以"一览众山小"，但回首往事，却感觉这一切来之不易……

丽珊翻看着张宇新的批示：调研工作做得不错，请继续下面的工作。有关销售及财务方面的调研请霍总、李总协助，落款：张。

　　这样的批示，丽珊感觉有些犯难。让霍南和李翔来协助工作，自己去协调，会有些被动，因为她与李翔接触得太少，而且张宇新肯定没有和二人谈及此事，思考之后，她决定先找霍南，看看他的反应再说。

　　丽珊找到了霍南，当聊起有关酒厂的事情时，他果然不知道张宇新的批示。丽珊向霍南出示了张宇新的批示，霍南看了后说："孟总，你觉得下一步应该怎样办？"丽珊说："目前还没想好。"

　　霍南说："我刚来公司的时候，遇到一件与你现在差不多的事情，在我举棋不定的时候，向张总请示，他没有说话，只是在一张纸上给我写了四个字：'闻风而动'。孟总，你现在明白我的意思了吧？"

　　丽珊会意地点了点头，之后两人会心地笑了。

　　丽珊回到了办公室，她还在回味着霍南的话，想着想着，她忽然觉得只是单纯地"闻风而动"还不成，要是张宇新责问没有结果怎么办？此时她想出了一个计策，要将此事做个了结，并上报张宇新。

　　过了两天，她找李亚谈了一次，顺便了解酒厂的一些情况，并交换了意见，然后她将酒厂实地的调研资料和与李亚沟通所获得的信息重新写了一份报告，上报张宇新。张宇新拿到丽珊的报告后，说了一句："好，等我看后再说吧。"

　　回到办公室的丽珊，好像是卸下了千斤重担，她给自己冲了一杯速溶咖啡，静静地品味着。

　　有关酒厂调研之事，在丽珊向张宇新提交第二次报告之后，再无下文。丽珊在庆幸自己干练的同时，更加感觉职场的险恶；如果自己没有与霍南进行沟通，只是一味地去做"女强人"的话，其结局不知会落得何等境遇，或许又是一次职场的"滑铁卢"。她想张宇新为了给集团一个交代，让她一个主管人事的行政副总去调研酒厂的生产与销售，就是不想让人明白酒厂的真实情况，其用心叵测，令人毛骨悚然。

丽珊想着想着，忽然冒出离职的想法，可转念一想，天下乌鸦一般黑，这里有难以揣摩的张宇新，那里就不会有王宇新、李宇新吗？难道换了地方就能一帆风顺吗？一个"空降兵"在经历企业"新人、后妈"的重重艰难之后，能够没有"受伤"地"软着陆"，想来也是一件幸运的事情。丽珊想到自己的房贷，想到自己的生活，虽然，她现在是一人吃饱全家不饿，但是她得保证自己吃饱、吃好，想到这儿，她的心慢慢地平复下来。

第十六章

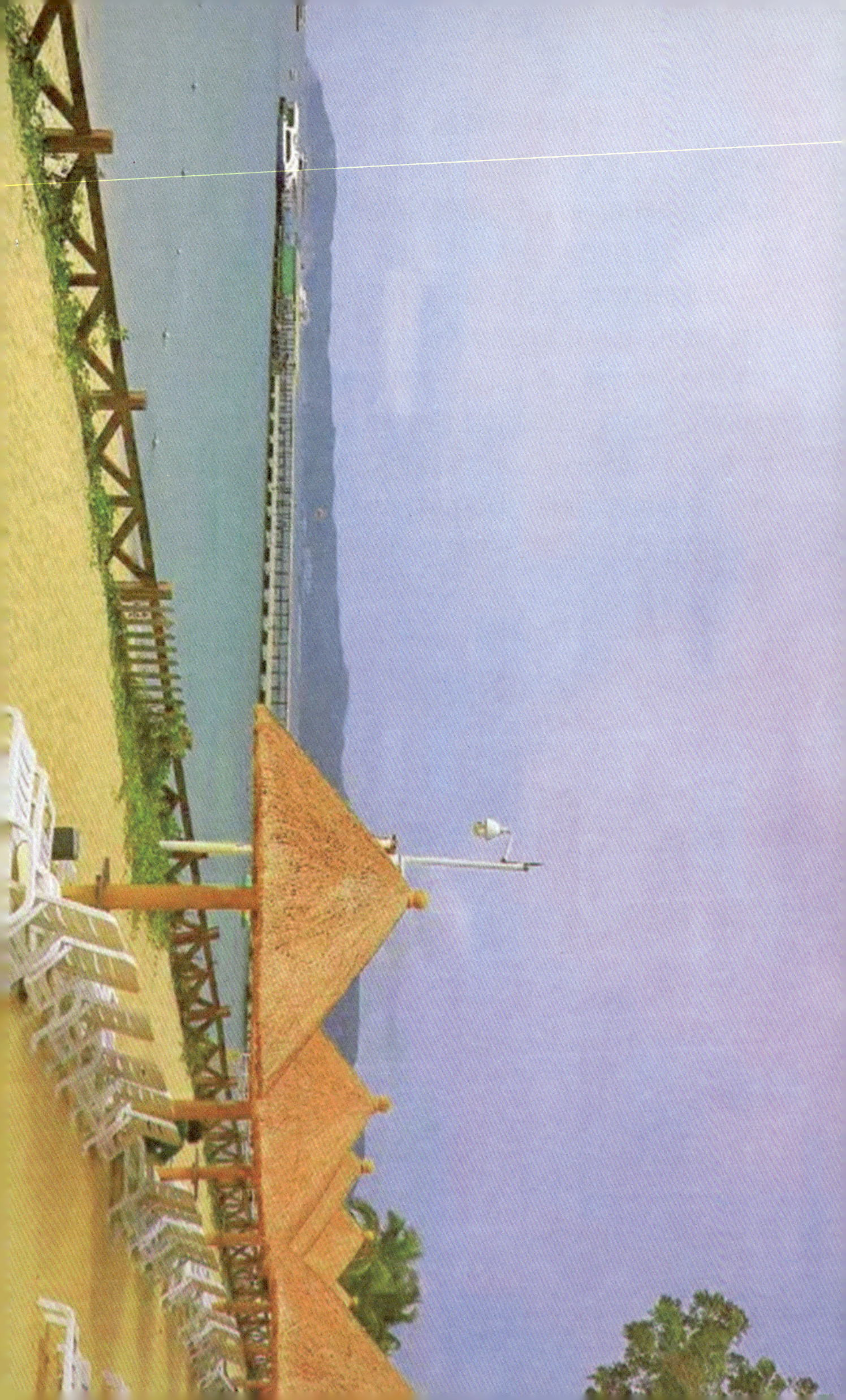

第十七章

一晃,两个月过去了,春天早已来到,万物复苏。大地脱下了白色棉袄,换上了嫩绿色的新装,温暖的阳光照耀着大地。今天是周末,她约子璇一起到郊外踏青,这是她俩自春节见面之后,今年的第二次见面。子璇开着她的红色宝马车,丽珊坐在副驾驶的位置上。

车内的音响播放着轻音乐,她俩一边欣赏着一边聊着天,不知不觉就到了郊外。

郊外的空气清新怡人,周围异常宁静,远离了大城市的喧嚣,这里真是世外桃源,她俩的心情非常愉悦,子璇把车停在了山脚下。仰头望去苍翠欲滴的山,延绵起伏,春树流苏,山上花开遍野,鸟语花香。一阵微风吹来,山花曼妙地舞动着身躯,在向春天"争宠",这动人的姿态,真的令人喜爱。

山脚下刚好有一股清泉,"叮咚,叮咚"地唱着欢快的歌儿,从她们的脚下流过,奔向远方。望着一片湛蓝的天空,丽珊闭上了双眼,昂着头,享受着大自然的美好,并兴奋地大声呼喊:"春天,我来啦……"

今日丽珊的打扮和往日大不相同,一身白色休闲套装衬托出她绝佳的身材,白色的太阳帽子遮住了她盘起的长发,给人的感觉是活力四射。她俩稍加活动了一下,一切准备就绪,准备开始今天的爬山运动。

一上午的爬山运动虽然让她们领略了"一览众山小"的壮观景色,也尽显"无限风光在险峰"的豪迈,但是也令这两位不常运动的人疲惫不堪,腰酸腿疼。中午,她俩开始返回。真是"上山容易下山难呀"!她俩沿着弯弯曲曲的石阶气喘吁吁往山下走着,经过一个多小时才跌跌撞撞地走下山。

来到山脚下,她们朝着停车的地方走去,准备找个地方吃午饭。忽然,在车的不远处,只见一个七八岁的小男孩蹲在那里,面前放着一篮子山货。

小男孩眼睛大大的,脸上有些土,穿了一身校服,脚上穿着比较脏的旅游鞋,看见她俩走来,他故意提高嗓门喊了一句:"卖蘑菇。"听了小孩的声音,她们停下了脚步,丽珊还蹲在了小男孩的跟前。

"你卖蘑菇?"

"嗯。"

"几岁了?"

"十岁。"

"你都十岁了!是家里人让你来卖的?"

"不是。是我自己要卖的,你买吗?很便宜,这些都是我自己采摘的,都是天然的。"小男孩带着稚嫩的口吻说。

"是吗?那这些多少钱?"

"十块钱,行不?要不八块,我把它卖出去,好回家给妈妈做饭。"

"你妈怎么了?"

"病了,很重。"

丽珊和小男孩一问一答地说着话。听到小男孩说妈妈病了,她摸了摸他的头说:"孩子,我都买了,阿姨给你三十块钱。"

"不行,这点东西只值十块钱。"

"好吧。"丽珊说着从口袋里掏出了十元钱给了小男孩。之后,和子璇一起拿着刚买的蘑菇,往停车的地方走去。

"这是你们的车吗?"走在后面的小男孩跑到她俩的前面,并用手指着子璇红色的宝马车说。

"是呀。"子璇说。

"太漂亮了。"小男孩又说,"我要是有这样的车该多好,我就可以带着妈妈和妹妹出去玩儿了。"小男孩兴奋且有点失落地说。

"你喜欢呀?小朋友,要不我开车送你回家吧!"子璇笑着说。

"好啊。"小男孩特别兴奋地回答。

丽珊费力地将小男孩抱起,放在了车的后排座上。在行驶中,通过与小男孩交谈,获悉小男孩叫张虎,小名叫虎子。父亲去年冬天因车祸去世了,母亲本来身体就不好,受到打击,病就更重了,已经下不了床。他还有一个妹妹,需要他来照顾,如今,他家除了政府发的低保外,几乎没有其他的收入,村子里的邻居也常帮助他们。他一有空就采点山货,换些钱,贴补家用。

进了虎子家,只见虎子妈妈在床上躺着,妹妹拿着一支笔好像在写什么,屋里除了床和一张桌子外没有其他像样的家具了。瞬间,她俩感觉一阵心酸。

第十七章

虎子妈妈看见有生人来，想起身招呼，但被丽珊制止了，并俯下身说："大姐，你不要动。"此时她俩已是眼泪汪汪。她俩和虎子妈简单寒暄后，为了不打扰他们一家，就打算起身离开。

　　临走时她俩除了留下少部分回家的费用，把身上所带的钱全部给了他们。丽珊对虎子的妈妈说："以后我每月给你汇五百块钱，你好好养病。"说着，丽珊把虎子搂在了怀里，并不停地抚摸着他的头，眼里含着泪花。眼前的景象，令子璇惊呆了。此刻的丽珊就像一个慈爱的母亲，用自己的臂弯护佑着儿女，为他们遮风挡雨。这一刻，她是那么完美无瑕，真像一个充满慈爱的"女神"。平时她看到的丽珊都是美丽潇洒，没见过她还有这样的母爱柔情。

　　丽珊向虎子妈妈要了她的银行卡号，便和子璇离开了虎子的家。一路上，丽珊和子璇一直都在谈论着有关虎子的话题，子璇说："当下政府正在进行精准扶贫，他们一家会好起来的，以后咱俩有空多来看看他们一家人。"丽珊说："好。"

　　一次郊游，运动让她们愉悦了身心，十岁的虎子让她们深刻地感受了人间的冷暖与沧桑。人生如行路，一路艰辛，一路风景。有人说：受挫一次，对生活的理解加深一层；失误一次，对人生的醒悟增添一阶；不幸一次，对世间的认识增加一级；磨难一次，对成功的内涵理解一遍。丽珊相信，今日挑起家庭重担的虎子，将来的人生一定会有一个美好的结局。

第十八章

又到周一了,例会继续。

例会之后,财务副总李翔笑着对丽珊说:"孟总,今天又是你忙的日子,我已经让出纳把现金准备好了,等你来取工资款。"

"哦,对了,今天是发工资的日子,今个儿真高兴。不过,大家高兴,我难过,这六十多万的现金真的不好点,什么时候,能转给银行替咱办就好了。"丽珊说。

听了丽珊的话,李翔忽然紧张起来,一把将她拉到了二楼楼道的僻静处,丽珊被这突如其来的举动弄蒙了,用惊奇的眼神看着他。

李翔向四周观望了一下,以极低的声音说:"孟总,你以后千万别提让银行发工资的事情,你知道吗?在你来之前有一个人事副总,只干了十天就被辞退了,原因就是他建议公司的工资由银行代发。当时这话让集团的董事长吴璞听到了,拍起了桌子，并大声地喊道：'我知道让银行代发工资，不用你来提醒，让你们来给我上课吗？银行把活干了，你们都干什么去？以后谁再提这事，就立马离开。'"

听了李翔的话，丽珊非常吃惊，她说："那以后工资就这样发下去吗？"

"目前只能这样，谁敢惹吴璞呀？除非不想挣他的钱了，否则就只能这样吧。你上次提出缴纳个人所得税，我都替你捏了一把汗，幸亏那两天税务局召开会议，再次重申缴税的重要性；税务局说以后实行电子报税系统，而且不缴纳税收，将追究法人责任，他才没再次反对。你不知道，吴璞不仅没文化，而且人还有些浑，他之所以有今天，都是他运气好，无论做什么事，都能有贵人相帮，所以他的生意一直都不错。我说到这儿，你明白了吧？本来，我是不会对任何人讲这些的，我观察你半年了，你聪明能干，办事也得体，不像某些人说的那样，我这才对你说的。"

李翔一席话，解开了丽珊入职以来最大的疑惑，她对李翔的相助表示感谢，然后回到了自己的办公室。

丽珊坐在电脑前，脑子里依然回放着李翔的话语。入职以来，她从没见过吴璞，上次提缴纳所得税的事情，是她向张宇新提起的，这么说，企业缴纳所得税这类国家有硬性规定的事情，也要上报吴璞，丽珊觉得这样的人能将企业做好，实属运气。想到这儿，她不想再往下想了，看了表，已经到了中午饭的时间了，她起身向餐厅走去。

今天餐厅提供的餐食是炒面条，丽珊排在打饭队伍的后面。"孟总，你好，打饭呀。"她寻着声音往后一看，是秦苏。

"你好，是，打饭。"丽珊笑着温和地说。

自入职以来，这是第一次与秦苏闲聊，借着排队打饭的空闲，她仔细地打量着秦苏。一身合体的职业装让她显得很精神，她个子不高，皮肤有些黑，短发，瓜子脸，眼睛不大，但充满了精气神，嘴唇很薄，看样子应该是能说会道。用丽珊的眼光看，她应该不算是美女，主要是没什么气质。此时，丽珊的脑海里突然浮现出了她婆婆来公司大闹的那一幕，瞬间，她的脑子里冒出了一个问题：她婆婆说她和张宇新的关系是真的吗？

"把饭盒给我。"食堂服务员的声音打断了丽珊的思绪，她拿着饭，正想找一个座位，"孟总，您来这里坐。"是路政的声音，丽珊向她摆了摆手，便端着饭坐到了路政的对面。

她俩一边吃饭，一边聊天。用餐后，在回办公室的路上，丽珊问路政："你对这个秦苏熟悉吗？"

"还算熟悉吧，我俩是同时被张总招进公司的，而且对我俩都很器重，来了不久公司就分配我俩各自负责一个部门，之后我俩都当上了部门经理。孟总，您是不是想问上次她婆婆的事情，跟您说，我私下调查过，各种说法不同，不过，依照我的看法，不会是空穴来风。"路政越说声音越小。

走到办公楼，她与路政分手，回到办公室。刚坐下，手机铃响了起来，一看是好友兼同行项英的电话，她迅速接听了电话。

"喂，珊姐，好久没见了，听说你又换地方了，是吗？"电话里传来了项英的声音。

"嗯，你的消息有点滞后，我到新地方工作已经半年多了。"丽珊笑着回答。

"珊姐，是这样，NC猎头公司要举办一个春季HR人员的踏青活动，这家公司的总裁嘉萍女士让我邀请您参加，她说你俩是同窗，珊姐，你一定要来哟！"

丽珊说："什么时间？"

项英说："这周末。"

丽珊想了想说："好吧。"

"那好，回头我把集合地址、时间发给你。"项英快言快语地说。

项英，一个非常好听的名字，丽珊与她相识也是因为她的名字好听好记。项英是一家大型民营企业的人事总监，虽然年纪不大，但干这行已经快十年了，她快言快语，是最适合做朋友的那种人，大家对她的官称是——麻辣HR。

令丽珊佩服的是，她在当人事经理的时候，其上司曾经换过三任，但她却像泰山一样"巍然不动"。丽珊曾劝她"再嫁"一回，她却乐观地说："我这人'封建'，打算'从一而终'。"

丽珊喜欢项英的性格乐天达观，快言快语，爱憎分明，虽有些霸气，但古道柔肠、仗义侠气，无论做什么事都有一股韧劲。

结束了和项英的通话，她想趴在桌上休息一下，可怎么都静不下来，也难怪，这一个中午的信息量确实有点多。

周末一早，丽珊如期参加了嘉萍公司组织的踏青训练营，踏青的地点是郊外的山村。由于工作的变故，丽珊已经有许久没有与同行的朋友相聚了，嘉萍能提供这样的机会，让丽珊感到很高兴。自从晓楠援疆之后，她的周末基本都是"自己式"的料理，整个上午，丽珊的话就没停过，老友相聚，很是欢畅。

踏青活动丰富多彩，有钓鱼比赛、摄影、跳舞、采摘等活动，忙了一个上午的白领们，累了，饿了，中午时分，一行人在当地人的带领下来到了一个农家院用餐。

农家院里总共有两间房子，一大、一小，小房子只能放一桌，大房子能放两桌。丽珊他们人多，就在大房子里就座。农家菜很丰盛，有鱼有肉有蔬菜，而且都很新鲜。鱼是刚刚钓上来的，菜也是农民刚刚采摘的，没有人能抵得住美食的诱惑，此刻的人们大口吃肉,大口喝酒,个个酣畅淋漓。

就在大家热闹非凡的时刻,农家院的主人走了过来,让大家的声音稍微小点,旁边小房子的客人不高兴了,嫌太吵了。农家院主人的话让项英生气了:难得出来放松一回,还有人干扰。

农家院的主人话音刚落,项英就窜了出去,非要和小屋子里的人去理论。丽珊怕项英惹祸,也跑出去了,她想拉住项英。可是走到小房子门口,丽珊立马停住了自己的脚步,原来小房子里的客人是张宇新和秦苏,此时二人正在推杯换盏,有说有笑。

看到这一幕,丽珊非常地紧张和惊讶,此刻,她不再管项英如何去处置这件事情,而她要做的事情是赶紧、必须、马上离开这里。

丽珊拎着包离开了农家院,她给嘉萍打了个电话,谎称自己临时有急事需要提前离开,便向村外走去。由于人生地不熟,她费了九牛二虎之力才找到了一辆破旧的小轿车将她送回市里,由于车旧,不能开得太快,直到下午三点丽珊才回到家中。

丽珊回到家里,先是沏了一杯茶,之后,静静地坐在了沙发上稳稳神,中午的影像依旧在她的脑海里回放,甚至她有些不相信自己的眼睛。俗话说:无风不起浪,张宇新原来是这等人品,真是令人不可思议。

丽珊的思绪不断,她从自己入职普氏开始至今近八个多月的时间里,与张宇新接触的所有环节,她想给自己一个真实的判断。之前丽珊一直认为他是一个不善言谈,却有主见的一个人,虽然有些小农意识,却不伤大雅,而中午的一幕,让她认识了这是一个前台和后台有着不同形态的人。

想着想着,丽珊觉得这人有些可怕。酒厂的调研虽然"蒙混"过关了,最初她认为是他与集团领导的意见不一致所采取的策略,而今她觉得这背后隐藏着更深的陷阱。

丽珊想，如果此时晓楠在身边该有多好，他可以帮助自己判断一下。此刻，她望了望沙发桌上她和晓楠的合影，一股思念之情涌上心头。

自从晓楠去新疆工作，他们之间的沟通基本通过邮件和微信，因为白天晓楠的工作很忙，不方便接电话，只有在夜深人静的时候，用文字的方式进行交流。此时此刻，他们的爱就像诗中所写的那样：深深夜色柳月中，爱若轻歌吟朦胧。

又是周一了，丽珊和往常一样八点钟来到了办公室，简单地打扫卫生之后，她打开了电脑，准备浏览新闻。正在这时，她桌上的电话铃响了，一看来电号码，是张宇新打来的，她紧张了一下。

"孟总，你已经到了呀，你现在方便来我办公室一下吗？"张宇新说。

"方便，我这就去。"丽珊说。

她放下电话，又一次紧张起来。她想：这么早就找她，从来没有过，那天他是否看见我了。丽珊想着，她不知道接下来会发生什么，硬着头皮来到了张宇新的办公室。

走到张宇新办公室门前，丽珊深吸了一口气，紧接着敲门。门开了，是一位陌生的男士给她开了门。

"孟总，不好意思，大清早就把你找过来，因为有点急事，呵呵。"张宇新客气地说着。

"没事，张总，您有什么事？"丽珊礼貌地回答。

"来，孟总，我先介绍一下，这位是咱们酒业销售公司的总经理谢全；小谢，这就是咱们公司主管人事、行政、法务工作的孟总。"张宇新说。

"你好，孟总，早就听说您了，今天终于有幸见到本尊，非常荣幸。"谢全笑着说，同时伸出了右手。

"谢总，你好"。丽珊与他握了握手。

此时丽珊以最快的速度打量着谢全。此人三十出头的样子，小个子，偏胖，大眼睛，白净净的，带着机灵的模样。

"谢全，你把情况向孟总汇报一下。"张宇新说。

"好，是这样，孟总，我这边有一个老员工，公司成立的时候就来了。一个月前由于一个传言，导致他与公司产生了误会，虽然进行了多次沟通，都没能消除误会。现在这个员工已经去了劳动仲裁部门，他想让公司对他的离职给予大额的经济补偿，同时补缴养老金。现在他每天都来公司折腾，昨天还带着铺盖卷来到公司，昨天是周日，公司只有个别业务员加班，无论怎样劝都不行，最后员工只能报警了。警察来了，才将其劝走。这事我是没办法了，昨晚向张总汇报，张总说您是专家，还是您帮忙处理一下吧，我先谢谢您。"谢全一口气将事情的经过叙述完毕，说完以后，他长出了一口气，好像如释重负。

"哦，是这样，谢总，这种事情哪家公司都有可能碰到，您打算用钱解决呢？还是陪他继续走法律的程序？"丽珊向谢全问道。

"可以给钱，这事弄得我都烦死了，只要让他别来了就行。"谢全有点懊恼地说。

"钱可以给，但是也得名正言顺。"张宇新补充道。

"方便让我与这个员工见个面，然后聊一聊他究竟想干什么？胃口有多大？可以吗？"丽珊说。

"可以呀，孟总，我今天来就是这意思，您得帮我呀！"谢全焦急且虔诚地说。

"谢总，那你让下属约下这个员工，然后我与他谈谈。"丽珊说。

"好，好，我这就安排。"谢全有点兴奋地说，并拿出了电话，到办公室外边去打电话。

房间里只剩下了张宇新和丽珊,瞬间显得异常安静,还是张宇新打破了寂静,他说:"孟总,你来公司有段时间了,你和咱们公司的高管还没有聚会过,这样,你找个地方,这个周末,我们一起吃个饭,好吧。"

"好啊。"丽珊笑着说。

张宇新与丽珊的话还没说完,谢全推门进来,急切地说:"孟总,已经联系好,明天上午十点他来公司,麻烦您到销售公司来一下,可以吗?"

"好,那我准时到。顺便问一下,公司和这个员工签合同了吗?"丽珊问。

"没有,就是因为要签合同,才引发了他的不满,也才有了今天的官司。"谢全说。

"好吧,没有就没有吧,看他有什么诉求吧。"丽珊说。

"张总,我明天上午就直接去谢总那里了,要是没其他事,我就回去了。"丽珊礼貌地说。

"好。"此时的张宇新一脸灿烂。

回到了办公室,丽珊定了定神,深吸一口气,自言自语地说了句:"有惊无险。"

第二天一大早,丽珊按照谢全发来的地址,准时来到了销售公司。

酒业销售公司位于市中心一幢豪华写字楼的十层,有五百多平方米,办公室装修得很有档次。丽珊在前台女孩的引导下,来到了公司的会议室。会议室不大,有十到十二个人的席位,会议桌上摆放着鲜花,看鲜花的新鲜度,应该是今天早上刚放的,墙壁上贴有关于企业文化的口号,给人的感觉挺舒适。

丽珊坐在了首席的座位上,前台女孩给她端来了茶水,正当她想仔细观察下室外的环境时，前台女孩领进来一位中年男士。

男士穿的外衣有些大，但是很干净。一米七左右的个子，皮肤有些黑，长相一般，那壮实的体魄一看就属于那种靠体力吃饭的人。

见男士进来，丽珊站了起来并说："你好，你是陈建吗？"

男士听见叫他的名字，躬了下身说："是，我是，您就是孟总？"

"是，你请坐吧。"丽珊说着，请他坐在自己旁边的位置上。

"我是昨天才听到你的情况，你能不能讲讲为什么要申请仲裁呢？"丽珊开门见山地说。

陈建清了清嗓子，很明显，他有点紧张。他说："我是老员工，工作是搬运，今年四十二岁。孟总，您说，我来这里好几年了，公司到现在也不给我签合同，也不给我缴养老保险。这不，前些日子有人告诉我，他们早就签了，您说，我这么认真干活的人，这不是欺负人吗？我找他们，他们说没那回事，这就是欺骗啊！我跟您说，孟总，这事不解决，我就没完。我现在已经告到仲裁，不行我就上法院，一审不行就二审，再不行，我就带着全家上谢全他们家住去，他们太欺负人了。"他越说越激动，而且还带着痞气。

"你现在有什么想法呢？"丽珊问。

"工作，我肯定是不干了，都闹成这样，我也干不下去了，现在把钱给我，我走人。"陈建说。

"你觉得给你补偿哪些方面呢？"丽珊又问。

"一个是我辞职的补偿金，一个是把应缴的养老保险钱给我，这两样钱加起来我觉得需要三万块钱吧。"陈建说。

"我跟你说，陈建，咱们国家是有劳动法规的，有些钱呢，不是你要多少就是多少的，需要按照规定支付，再说关于员工社保的缴纳，这笔钱是不能给员工的，是要缴纳到社保机构的。"丽珊平和地说。

"孟总，您说的这个，我知道，但是我就生气为什么给他们上保险，而不给我上？说公司困难，难吗？是公司难，因为钱都进了个人腰包，我就看着不公平。公司里大量的酒外流，钱都进了领导的钱包，还这样对待员工。我不服。"此刻的陈建又激动了。

"陈建，我想对你说，今天咱俩讨论的是你的补偿，你就别说题外话，好吗？"丽珊有点严肃地说。

陈建停了片刻后说："孟总，我看你是个挺有素质的人，我不跟你胡闹，那你说，该给我多少钱吧？"

"你原工资是多少？"丽珊问。

"我的工资是计件工资，每个月在三千八百元左右，有时还多点。"陈建说。

"这样，我现在给你算一下你的补偿金，好吗？"丽珊说。

"好。"此时的陈建有了点笑容。

"你等下。"丽珊说着，拿出了手机，调出了计算功能的页面。

她依照陈建的工龄及月工资，大致算一下应该给他的补偿金，数额在一万两千元左右。

之后，丽珊对陈建说："我现在算的数额是大约的，因为你的月平均工资我不太清楚，你们公司给员工缴纳社保的基数我也没有问过，所以我算的数字总共在两万元左右。"

丽珊稍微停顿之后继续说："有个问题我要对你讲一下，首先你是自己提出的辞职，国家有规定，员工在被公司解除劳动关系的时候，才有经济补偿，自己提出是没有补偿的。当然，你会说，你是有原因的，今天我就是考虑了这个原因才给你算了补偿的数额；另外社保缴纳的钱，我刚才说了，不能支付给员工，但是考虑你的特殊原因，这部分钱也以现金的形式支付给你，但是你要给我写个说明，并承诺拿到这笔钱自己去缴纳社保。你觉得这样可以吗？"丽珊说到这里，停顿一下，看着陈建的反应。

之后，她继续说："当然，你可以不同意，你可以继续去你所说的地方去告，公司可以奉陪。但你要记住一点，你得挣钱吃饭吧，而对我来说，这是工作，我可以天天奉陪，反正总有工作在等着我，今天我接待了你，那其他的工作我就可以不做了，我想这点你是懂的。"丽珊一口气说了许多，虽然音调不高，语速不快，但能听得出话中的力度。

"您是明白人，孟总，这样你看可以吗？您不是说两万元左右吗？我也不要三万了，您就给两万五千元可以吗？"陈建有点急切地说。

听了陈建的话，丽珊笑了，说："不可以，两万二千元可以。陈建，我这不是菜市场，你不要讨价还价。"

此时的陈建低下了头思考着，片刻之后，他说："行，孟总，就按您说的这个价格，不过今天上午就得把钱给我，不能拖。"

"好，那就这样，一会儿你先跟公司签一个解除劳动关系的协议书，之后你撤销你的仲裁申请，然后你到财务领钱，好吧。"丽珊说。

"孟总，这公司的人如果都像您这样，就好了。"陈建说着站起身。

不到一个小时的时间，丽珊把销售公司的棘手之事，顺利地解决了。当谢全向她道谢的时候，她说这事真是不好处理，以后少惹为妙。其实她心里想，就这破事，真不叫什么，在她职业的生涯中，比这难处理的事多了去了。

下午丽珊回到了公司,向张宇新进行了汇报,得到了他的一番夸赞。人嘛,都是如此,喜欢听赞扬的话语,丽珊也不例外,此刻的她,心花怒放,情不自禁地哼唱起庞龙的《两只蝴蝶》。

第十九章

时间过得好快,转眼之间,春日随着微风已经远去,夏日随着暖风热情地走来了;此时树木上的嫩芽已长成繁茂的叶子,像是一把把遮阳伞,为夏日的人们挡住炎热的阳光;小小的花蕾已经绽放出争相斗艳的鲜花,让人们感受夏日的绚烂和美好。

丽珊这两天非常兴奋,因为晓楠要回单位述职,而且领导给了七天的假期,今天下午五点到达,丽珊请了两小时的假,提前到机场迎接。她抱着一束鲜花,翘首期盼着恋人的归来。人们说:思念,是一种幸福的忧伤,是一种甜蜜的惆怅,是一种温馨的痛苦;那久别后的重逢就是一种欢畅,是一种意外的惊喜。

"晓楠,我在这儿……"晓楠下飞机后来到了行李传送带处取行李,丽珊远远地就看见了他,她一只手抱着鲜花,另一只手在不停地挥动着。

晓楠这会儿也看到了丽珊，他拉着行李箱，快步走到了丽珊的面前。他一只手接过丽珊送过来的鲜花，另一只手放开行李箱的拉杆，将丽珊搂入了怀抱。单位里来接晓楠的同事看到了这温情的一幕，纷纷鼓掌，有个男生喊："亲一个。"

大千世界，茫茫人海，就在回眸的那一刻，他们相遇了，相识了，熟悉了，相爱了，而且在不久后他们将成为亲人。不是有人说嘛，久别后的恋人重逢，将会演绎一场怦然心动的倾城之恋。

重逢的日子是幸福、美好的，几天来，他们享受着重逢的喜悦，并与子璇、嘉萍等好友相聚，今晚他俩招待的客人是她们尊敬的云姐。

用餐的地方是一家经营江南菜品的饭馆——陌上人家。这家菜馆主要经营的是淮扬菜，虽然菜品看似清淡，却色香味俱全，回味悠长。淮扬菜不仅考验真功夫，而且吃起来总是有几分优雅精致，不需大口地咀嚼吞咽，连入口的分寸也被把握计算，食物在此已经成了一种艺术，一种优雅的生活方式，丽珊最喜欢这里的菜当属清炖狮子头和蟹黄包。

六点三十分，云姐如约来到。一番寒暄之后，三人边吃边聊。晓楠向云姐介绍了新疆的工作与生活，并说："不去不知道，新疆美，祖国大，现在我真的爱上这块土地了。"

云姐说："是呀，歌里不是也唱道嘛，新疆是个好地方。"

大家说笑着，云姐又问了丽珊的工作。丽珊说："目前工作尚可，经历了不少，也算是一种历练吧。不过，我最大的感受是中国的民营企业要想走得远，真的需要多次升级才行，家族企业的管理模式以及缺少文化素养的家族人员真是害死人。"

"你说得对，就拿我们律师界的工作来说，企业主经常让我们做一些根本做不来，甚至是违法的事情，你一旦说不行，他就说,我和你解约,或者是我不能白给你律师费之类的话,给你的感觉就是有钱没品的那种人。对于我们这些老律师来讲还好些,那些刚出道的小律师,就不好办了。好不容易找到一个东家,又不能得罪人家,真是难办。"云姐说。

"现在政府也在努力做这方面的培训工作,还组织一些考察和调研的活动,让民营企业家们多开开眼界。"晓楠说。

这一晚,他们吃得尽兴,聊得开心,与云姐分开的时候,晓楠将带回的新疆特产赠予云姐,云姐非常高兴地收下了。

时间过得很快,尤其是这七天过得更是快,晓楠要回新疆了,丽珊依旧依依不舍,但是此次她学会了克制。送走了晓楠,她又回到往日的日常——上班、回家、吃饭、睡觉。

转眼之间,秋天到了,一年一度的糖酒会要召开了,今年是在四川召开。张宇新告诉丽珊,他要带着谢全、霍南和李翔去成都参加糖酒会,这几天公司的事情要她多操心。

由于张宇新的嘱托,丽珊今天上午去车间进行巡查。一圈走下来,还好,员工们都很努力地工作,走到车间出口的时候,他碰到了李亚。李亚现在乖多了,主动与丽珊打着招呼。

职场就是这样,弱肉强食。当你一味地以退让的方式去寻找海阔天空的时候,可能你还没有找到海,就已经成为人家的"盘中餐""囊中物"了。

李亚和丽珊一边聊天一边回到了办公楼,刚走进办公室,丽珊桌上的电话铃响了,她一看来电号码,是保安室。她拿起电话的瞬间,就听见里面传来一阵喊叫声,丽珊顿时警觉起来,忙问:"发生了什么事?""是酒厂销售员开车撞断了大门的栏杆。"保安说。

"等下,我去看看。"丽珊放下电话,叫了路政一起来到了大门口的保安室。

第十九章

路政告诉丽珊："这个闯门的是谢全那里的一个销售员。你等下，孟总，我先问一下情况。"

路政说着走上前去与开车的销售员交谈起来。大约八分钟后，路政回到了保安室，并说："孟总，这个人自己喊冤，说这个月没给工资，公司说因为没钱，所以没给销售人员发工资。当他得知公司领导去参加糖酒会，就急了，没钱还去糖酒会，这不是欺骗吗？"

"又是这种事。"丽珊心里有点烦。

丽珊一边说着，一边走出了保安室，来到了那个喊冤的销售员身边，并严厉地说："你先把车挪开，然后来我办公室。"

销售员被丽珊的话语和神态弄得有点糊涂，他听话地将车停在了厂院的院墙旁，乖乖地跟着丽珊和路政走进了办公楼。丽珊让路政也到她的办公室，怕万一遇到无赖，好让他当个证人。

到了丽珊的办公室，销售员坐在了丽珊对面的椅子上。丽珊开门见山地问他："你想干什么？"

销售员面对毫无笑容的丽珊，显得有点拘谨，他挪动了一下身子，低着头说："我就是生气，怎么有钱出差，给员工发工资就没钱？"

丽珊严肃地说："你怎么知道领导出差的费用就是你们公司出的呢？"

销售员说："我是听前台说的，因为机票是她给订的。"

对他的说法，丽珊没有马上回答，因为她也不知道机票款是从哪里出的。"你叫什么名字？"丽珊换了一个话题。

"我叫孙亚明。"销售员说。

"你来公司多长时间了？"丽珊接着问。

"一年多吧，我主要跑商超，对接货源。我跟您说，我越想越生气，我每天辛辛苦苦跑销售，没有歇班的日子，我这样干为什么？不就是为了让家人生活得好点，可是我劳碌奔波之后换来的是连工资都拿不回家，而他们却每天花天酒地。我跟您说，我这有的是证据，他们让我做阴阳合同，帮助他们拿回扣，你知道谢全买了几套房吗……"销售员一口气说个不停。

"停，停，你不要乱讲，说话要有依据。"丽珊急忙说。

"依据，我有。"销售员说着，就把手包打开，拿出了一大堆纸质的材料。

见他动真格的了，丽珊说："这个问题回头再说，关于你提到的工资，你看这样行吗？这两天张总不在，等他回来，我汇报一下你的情况，然后我再给你答复可以吗？"

"好，今天我就相信您一回，不过，到现在我还不知道您姓什么？是管什么的？不管怎样吧，如果不给我解决，到时我拿着这些资料去检察院。"销售员一边说着一边举着手里的纸质材料。

"这是咱们公司的孟总。"路政对孙亚明说。

"哦，孟总，我听说过，之前，是您解决陈建的事情，对吧。"孙亚明说。

丽珊说："这样吧，你的诉求，我知道了，等张总回来，我会向他汇报的，我想公司会尽快给你答复。"说完，她看了一眼路政，路政立马明白她的用意，站起身说："这样，我先送你出去。"

销售员无奈地站起身离去。看着销售员离去的背影，丽珊此时的感觉很不舒服，一个是她听到了不想听的事情，因为这种事情不好处理；二是如何向张宇新汇报这件事情，是全部说呢，还是说局部？她一时没有答案。

路政送走了销售员，又返回到丽珊的办公室。他知道丽珊不好处理这件事情，他也听过不少有关谢全贪污的传闻，此时，

第十九章

145

想把他的想法告诉丽珊。

与丽珊相处一年多来，路政早已被丽珊的气质、人品及能力所折服，他早已是丽珊的"铁粉"。如今，虽然路政已经成家，但是面对眼前的这位美女上司还是怀有一种别样的情愫，因此，他常常在暗中保护着她，以免她受到伤害。

路政来到了丽珊的办公室，他将自己对这件事情的看法讲给丽珊听。他说："此事，我觉得要冷处理，争取将销售员的工资尽快补上，有关涉及谢全不良行为的话可以轻描淡写，但不能一点都不讲。"

对于路政的看法，丽珊基本认同，只是要选择好与张宇新沟通的方式，因为他把谢全视为兄弟，不能让张宇新下不来台。

正当丽珊与路政谈话的时候，李亚敲门走了进来，询问刚才的情况，丽珊简单地向他复述了一遍。之后，李亚说："这事情公司应该认真对待，不然会影响销售队伍的士气。"

三天以后，张宇新一行人出差回来了，不知他从哪里听到的销售员闹事的消息，一上班就把丽珊叫到了他的办公室。

丽珊将情况复述了一下，她想将销售员举报的事情一起说出，但是她还是停顿了一下，想听听张宇新的说法。

听了丽珊的汇报，张宇新沉思了一会儿说："我回头跟谢全讲一下，筹集一些钱，先将员工的工资发了吧。"

"这样最好，省得员工为了发工资讲一些不该讲的话。"丽珊想借此话暗示一下张宇新。

张宇新点了点头，慢慢地说："销售行列，本来能人就多，一个招惹不好，就会生出是非。怎么，这个销售员也说什么了吗？"

丽珊点了点头含糊其词地说："都是胡言乱语，也没什么新词，都是谁贪污之类的。"

张宇新没有说话。丽珊借故出来，回到了自己的办公室。

办公室里，李翔已经等她多时。

丽珊见到李翔，笑着说："李总，找我有事？"

"嗯。张总昨天告诉我，先从咱们这里筹点钱，借给销售公司发工资，你得配合我做个借款手续。"李翔说。

"我做手续？"丽珊有点不解。

"是，你帮我以发放工资的名义写个签呈，让张总批一下。"李翔说。

"你们可以直接走往来呀。"丽珊说。

"是走往来，但得有个名目，所以请你帮忙。"李翔又说。

丽珊快速地思考了一下，觉得没有什么风险，就说："好吧。"便从抽屉里拿出签呈便笺纸，迅速写好请示内容，直接交给李翔，并说："这样可以吗？"

李翔迅速地看了一眼，说："没问题，我先去办了。"他拿着丽珊的签呈纸离开了。

从李翔的办事效率看，丽珊明白昨天张宇新就与李翔商议了给销售公司工资款的事情，她认为应该是李亚将销售员闹事的事情告诉了张宇新，从张宇新处理此事的速度看，他最不希望销售公司出事，而且也不希望别人知道那里的事情。

丽珊不由自主地在办公室踱着步子，思考着以后如何规避销售公司的事情。

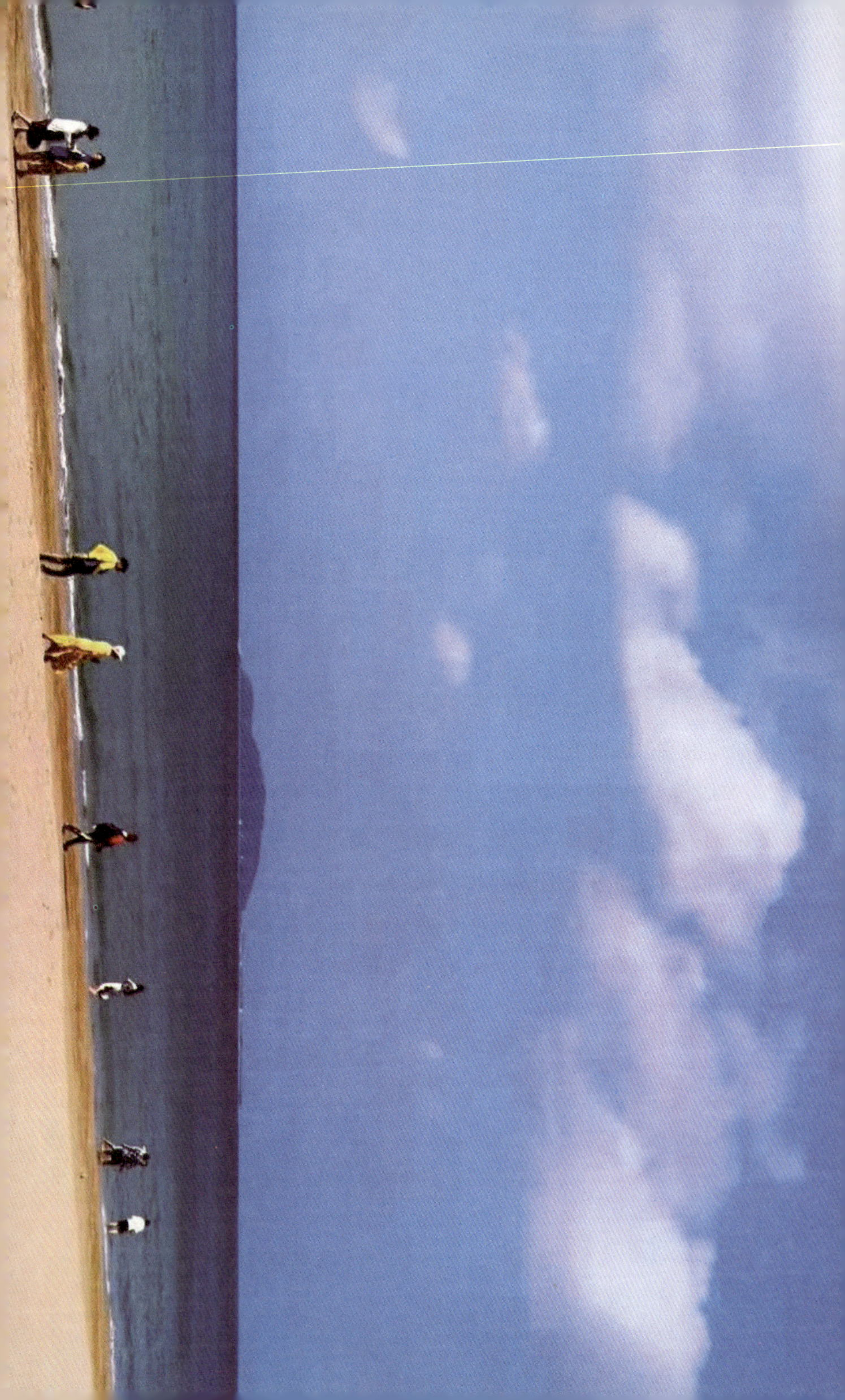

第二十章

转眼之间，冬天已经到了。自然的力量真是强大，可以把世界完全变一个样。昨天还是稻谷飘香的秋天，当下已经是银装素裹的冬天。四季就是这样绚丽多彩，春的萌动，夏的绚烂，秋的收获，冬的美丽，日月轮回，辗转四季，各有不同，别有韵味。

今天恰逢大雪的节气，老天好像要给人们证明自己的职责，夜间就开始下雪了。由于路滑，丽珊艰难地开着车子，九点钟多，才来到了公司。

来到办公室，她愣住了，只见谢全站在她办公室的门口等候着她的到来，看着地上的烟头，估计已经来好一会儿了。

"不好意思，谢总，今天我来晚了，让你久等了。"丽珊笑着说。

"没事，今天路不好走。"谢全笑着说。

丽珊打开门，他俩先后走进了办公室，丽珊

简单地收拾一下,坐下来说:"谢总,找我有什么事吗?"

"哦,是这样,前些日子孙亚明来过你这里。"谢全好像是问,也好像是在陈述事实。

"是的,那天领导都不在,刚好我赶上。怎么,有事吗?"丽珊很柔和地问。

"最近出了点事情,这个小孙,又犯浑了,找我要提高工资,我说想想再说,他就把我的办公桌给掀了,还要到法院去告我。孟总,我听说他来你这拿了些材料,你知不知道他拿的什么材料?"谢全低声地说着,听得出他有些焦虑。

"哦,他是拿了几张纸,但是我觉得那就是废纸,拿来吓唬人的,也就没看。哦,当时路政也在。"丽珊说。

"他说什么没有?"谢全继续问。

"说了一些乱七八糟的话,总之都是公司不好。"丽珊含糊其词地说。

"孟总,你还是回忆一下,他具体说的什么?"此时谢全有些着急地说。

看着谢全的表情,丽珊觉得有事情要发生,她想了想说:"好像是说他手里有阴阳合同之类的话,太具体的,我有些忘记了。"丽珊一本正经地说。丽珊本想把小孙的话都告诉谢全,但是刹那间,她还是决定不能都说出来,因为对自己不利。

谢全听到丽珊说阴阳合同的时候,一阵惊恐,他迅速把正燃着的香烟扔到地上,用脚踩灭,然后说:"好的,孟总,我知道了,我有事先走了。"说完一阵风似的走出了丽珊的办公室,直奔楼梯。

看着谢全的表现,丽珊知道销售公司可能有事情要发生,而且与谢全有关。

过了几天,路政打电话告知丽珊,谢全已被公安机关带走。

丽珊感觉事态的严重性，她认真地回忆销售员孙亚明那天说的每一句话。如果孙亚明所说的是事实，张宇新作为领导，将有不可推卸的责任。

之后几天过去了，丽珊问路政有没有新的消息，路政说没有。

已经连续两个星期了，在周一的例会上，张宇新在听完各位副总的汇报之后，基本没有任何发言就宣布散会。看得出，张宇新最近的心情很糟糕。会上，有关销售公司的事情，也没有人问，张宇新也没做过任何解释。

又到快发工资的日子了，丽珊拿着请款单来找张宇新签字，走到张宇新办公室的门口，听到里面有人说："这么多钱，咱们怎么放？"是霍南的声音。张宇新办公室的门没有关好，丽珊正准备敲门进入的时候，从门缝看到，地上摆放着有五六个皮箱，箱子里面全是钱。丽珊惊讶地倒吸了一口气，"妈呀。"随后她赶紧离开。

回到了办公室，她极力地让自己安静下来，但是很难，此刻她的心脏"扑通扑通"地急剧跳动着，好像连接了发动机，因为刚才的那一幕令她毛骨悚然。

此时，她的脑海里总是出现这样的内容：这里是什么地方？是企业吗？还能继续干下去吗？这些人的胆子竟有这样大？

在浑浑噩噩中，丽珊度过了一周，又到了周一例会。散会的时候，张宇新说："孟总，你留一下，我有事情对你说。"

"好。"丽珊应付着，但她在想：会是什么事情呢？不会是那天他们看见我了吧？

丽珊跟着张宇新来到了他的办公室，一进办公室，张宇新就用手指了一下沙发，意思是请丽珊坐下。丽珊将会议记录本放在沙发跟前的茶几上，坐在了单人沙发上。

第二十章

151

张宇新随即坐在了中间的双人沙发上，之后，便对丽珊说："最近公司事情有点多，谢全的事情警方还在调查之中，想听听你有什么高见？"

丽珊沉思了一下说："这件事情我没有太成熟的建议，只是觉得销售公司的事情集团应该赶紧管理起来，不能再出事情了。有关谢全的事情，我觉得，公司应该在内部进行例行的审查，比如：财务、货物，等等，如果等警方询问的时候，再做什么的话，我觉得就有些被动。您说呢？张总。"

听了丽珊的话，张宇新会意地点了点头，并说："你的这种想法其实我也想过，只是不知派谁去管理合适，所以就一直未动。"

张宇新说完以后，他俩出现了短暂的静默。此刻的丽珊觉得，自己万万不能接这个话题，一旦派自己去的话，那就意味着陷入泥潭之中，是很麻烦的。

而此刻的张宇新打算让丽珊去处理此事，因为他相信她的能力，但是转念一想，觉得丽珊不是自己圈内的人，万一查出问题，也是很麻烦的，所以他很快打消了这个念头。

停顿了一会儿，张宇新说："晚上你有事吗？"

"哦，没事。"丽珊回答。

"那就和我一起去应酬一下市劳动局的人，这些事情你熟悉，可以吗？"张宇新看了一眼丽珊说道。

"可以，需要我订餐吗？"丽珊说。

"我让夏琳订吧。"张宇新说。

之后，他俩又聊了一些其他话题，丽珊便找借口离开了。

晚上，丽珊与张宇新一起如约赴宴。与劳动局的两名客人一见面，其中的向主任与丽珊很熟，席间大家聊天、吃饭，比较愉快，就目前销售公司出现的几起劳动纠纷，他们也交换了意见，向主任一再表示要为企业保驾护航。

宴请结束了,今天丽珊没有开车,来之前安排好的,张宇新担心都开车的话,没有办法陪酒了。

丽珊开着张宇新的车子,酒后的张宇新坐在了副驾驶位置上,此刻的他已经有点醉意,还好,意识比较清楚。

"丽珊。"听见张宇新这样称呼自己,丽珊感到不习惯,不过,没办法,她只能应付着。

"您说,张总。"丽珊说。

"有个问题,我一直想问你,你的年纪不小了,为什么还没成家?"张宇新说。

"哦,我这些年除了工作就是学习,一下子给耽误了。"丽珊依然应付着。

"哦,是这样,那你有男朋友吗?"张宇新又问。

丽珊被张宇新今天的问话弄得有点不好意思,她随意地回复了一句:"有呀。"

"哦,那就好,不然我可以给你介绍介绍。"张宇新说。

丽珊听了他的话,笑了一下,没有说话。

见丽珊没有回复,张宇新又说:"人嘛,都是感情动物,有人说感情能克制,其实是克制不住的。无论男也好,女也好,每个人都有追求爱的权利,你可以不爱我,但是不能阻挡我爱你。"说着,他的左手一把抓住了丽珊的右手。

丽珊再也不想往下听了,她一把甩开张宇新的手说:"张总,您自己叫个代驾吧,今天我有些累了。"

张宇新挪动了一下身子,坐直了一些。他说:"哦,你着急回家呀,好吧,你找个方便停车的地方,就可以走了,我让朋友来接我。"

丽珊如释重负地说:"好,那我就在前面停下。"

张宇新没有回复,此时的他醉醺醺的。丽珊向前开了三十米，将车停靠在便道旁，并对张宇新说："张总，我下车了，您给朋友打电话吧。"

也许是一开车门进了些凉风，此时张宇新精神了许多，对丽珊刚才说的话，他似乎才有反应，"你下车呀，哦，哦，好吧。"

"好了，再见。"丽珊扭头离开了。

此刻的张宇新望着丽珊远去的背影，他的内心久久不能平静。这是他与这位美女下属首次亲密的接触，说心里话，他太喜欢丽珊了。从第一次见面起，就被丽珊的美貌和气质所折服。一年多来，每次正视她的时候，都会有一种说不出的心动和莫名其妙的慌张。为了控制自己的情绪，每次看她的时候，他都故意摆出一种冷淡的表情，以控制自己不要失态。刚才他借着酒劲向丽珊表白后，虽然遭到了丽珊的拒绝，但内心却是热乎乎的，因为他终于以语言的方式将他的情感表达出来了，让那颗滚烫的心得到了些慰藉。

回到家，丽珊有些口渴，她给自己泡了一杯红茶，想着刚才张宇新令人厌烦的话语，原来他是这样一个人，上次在农家院他和秦苏推杯换盏的丑态又浮现在她的眼前。此时的她非常想找人聊聊天，但是时间已晚，不太方便。给晓楠打电话，这种事情怎么好开口。她一边喝茶，一边想这里不是久留之地，今后的职业生涯该往何处走？她担心按照张宇新的人品，迟早会出事，不是在男女关系上，就是在经济上，无论是哪一个，下场都会是一败涂地。

第二天早上，丽珊来到公司，刚放下手包，手机的铃声响起。她一看是云姐打来的。

"云姐，早上好。"丽珊高兴地说。

"珊，你到公司了吗？"云姐说。

"刚到，云姐，有事？"丽珊说。

"是这样，到年底了，市法学会在本周末有一个茶话会，我想你对法务的事情比较熟悉，所以邀请你来参会，到会的都是企业界的大腕、律师大咖，还有政府官员，也许能找到点机会，你有空吧，反正现在你是一人吃饱全家不饿。呵呵。"云姐兴奋地说。

"好，我一定去。"丽珊说。

"那我就把地址发给你。"云姐说。

结束了和云姐的通话，丽珊好像轻松了许多。昨晚，由于心情不好，觉也没有睡好，早上起来整个人的状态都不好。有朋友真好，尤其是像云姐、子璇这样的亲密朋友，更是属于有急难可相助，逢生死可托付，她很庆幸自己能有这样的朋友，并从心里感恩她们给予的帮助。西方有句谚语：幸福，是有一颗感恩的心，一个健康的身体，一份称心的工作，一位深爱你的家人，一帮可以信赖的朋友。此时，她觉得自己就是一个幸福之人！

第二十一章

　　周末到了，丽珊外穿藏蓝色羊绒大衣，内穿合体的粉色职业套装出席了茶话会，手拿香奈儿的小手包，一条与西装同色的羊绒围巾围在脖颈上，尽显女性的潇洒与妩媚。

　　会议在市政协礼堂举行，一进场，服务生热情周到的礼遇，让她充分感觉到茶话会的热情与欢快，与会的人员中，有她和晓楠许久未见的老朋友，老友相见，倾诉过往。茫茫人海，悠悠岁月，平日里各自忙碌，很少谋面，今日相见依旧如初识。友情的确是人生中最宝贵的财富，无论你走到哪里，身处何方，只要遇见朋友总会有温馨伴随着你。

　　正当丽珊沉浸在兴奋之中的时候，她感觉自己的右臂被人碰了一下，回头一看，是胡亚东。"你好，丽珊，好久没见了。"胡亚东一边与丽珊热情地打着招呼，一边伸出右手。

丽珊好像没看见的样子，左手拿包，右手端着红酒杯。

"丽珊，我想跟你说句对不起……"胡亚东说。

"不需要。"没等他说完，丽珊立马以蔑视的神态止住了他的话。

正当胡亚东想继续说的时候，一声"珊姐"打断了他，原来是杨澜挽着她的老公走了过来，丽珊趁机躲开了胡亚东的纠缠，向杨澜走去。

一见到杨澜，丽珊忽然有些感慨，想问她离职以后做什么了，但是话到嘴边又咽了回去。

"珊姐，我特别想你。"杨澜先开口了。

"我也是。你走的时候也没跟我打个招呼。"丽珊说。

"主要是当时心情不好，不想说话。"杨澜低着头噘着嘴说。

看到杨澜的神态，丽珊赶紧转移话题，并说："现在挺好吧。"

"很好呀，珊姐，我怀孕了。"杨澜兴奋地说着，还摸了摸自己的肚子。

"这可是大喜事，你生产的时候，一定要告诉我，我可有礼物相送哟。"丽珊兴奋地说。

两个女人沉浸在欢喜之中。杨澜的老公说："珊姐是否还在普氏工作？"

"是的，还在。"丽珊说。

"嗯，我想说……珊姐…如果你有好的地方，还是趁早离开吧，这家公司不久可能会遇上官司。"杨澜的老公有点谨慎地说。

"哦，好，我会考虑的，谢谢。"丽珊本想问下缘由，但是实在是不熟，不好问得太多。

说着说着，云姐端着酒杯来到了丽珊的面前，丽珊将云姐介绍给杨澜夫妇，之后杨澜夫妇借故离开了。

"珊，今天高兴吗？"云姐说。

"高兴，遇到了好多朋友，刚才还看见了胡亚东。"丽珊小声说。

"哦，他可能是我的一个同事约来的，你离开后，我就把他们公司的法务顾问合约取消了，后来我的同事李唐给他当顾问了。"云姐说。

"好了，咱们不提他了。今年春节，晓楠回来吗？"云姐问道。

"目前还没确定，不过回来的可能性比较大，因为去年他就没回来。"丽珊说。

"时间过得真快，一下子他都去新疆一年多了。"云姐说。

"是呀，我盼着他快些回来呢！"丽珊说。

此时，台上的音响响了，主持人已经来到台上，丽珊和云姐就近找个座位坐下了。

会议的主持人是市法学会秘书长廖平，他感谢大家的到来，并简单地总结法学会一年来的工作成绩。在廖平热情洋溢的讲话之后，市文艺团体为大家奉上了精彩的文艺演出。

晚九时左右，不知不觉活动已接近尾声，与会者们仍沉浸在快乐之中，个个意犹未尽。尽管相聚短暂，但岁月可期，大家互道珍重之后，期待明年再相聚。

白驹过隙，时光荏苒，转眼之间春节快到了。人们都开始忙乎，有忙送礼的，有忙采购的……但是无论怎样忙，大家都是快乐的。今年晓楠已经获准回家过年，这对丽珊来说，是极好的消息。昨天子璇打电话过来，除夕之夜准备在她的茶舍开一个派对，大家一起庆祝新年的到来。

丽珊这几天幸福得溢于言表，她期待春节尽快到来，期待着与恋人早日相见。人们常说一日不见如隔三秋，此刻她早已沉浸在幸福之中。

早上，丽珊按时来到公司，正当她一边哼着歌儿，一边打扫房间的时候，路政急急忙忙地跑来告诉她，集团董事长吴璞来了。"这么突然？"丽珊说。

路政说："是有准备的，这次还带了几个人一起来的。"

"张总在吗？"丽珊说。

"在，刚到。"路政说。

正在丽珊有些疑惑的时候，桌上的电话响了起来，一看来电显示是张宇新打来的。拿起电话后，她回复了一个字"好，"就拿起会议记录本朝会议室的方向走去。

五分钟之内，公司班子成员全部到齐，参加会议的还有集团董事长吴璞一行三男一女。会议由张宇新主持，他首先介绍了莅临会议的几位集团领导，然后请集团董事长吴璞讲话。

丽珊自入职以来，第一次见到董事长，她坐在了吴璞的右侧。她用余光小心翼翼地打量着这位"传奇"人物。此人五十多岁，一双不大的眼睛很是有神，面色白净，宽鼻梁，嘴唇偏厚，衣着无论是款式还是颜色都非常时尚、年轻，右手腕上带了一款百达翡丽的手表，一副老板的风范。

他此次讲话的内容主要是针对谢全被抓，集团要加强普氏公司的管理，尤其是加强财务方面的工作。并指出下一步公司的主要工作是上市，各个部门都要努力工作，同时为了加强公司的财务工作，特派财务总监一名，由集团财务中心主任夏慧莲女士来担任。以后财务副总李翔主要负责公司上市的工作，公司所有财务收支，必须由夏慧莲签字后生效。

吴璞讲话之后，新来的财务总监夏慧莲发言。丽珊一边听她发言一边打量着她。这位女士，三十四五岁，短发，面容白净，眼睛非常小，鼻梁挺直，尖鼻头，樱桃小口，眉毛挺黑，但有些短，尖尖的下巴，表情微微透着严厉。她的发言内容主要是要求各部门全力配合她的工作，如有怠慢者，将按公司的规章制度予以严惩，而且她还故意将"严惩"加重了语气。

会议进行了一个多小时，各位参会的班子成员都在会议上进行了表态。会上张宇新特别嘱咐丽珊，要在会后将夏总监的办公室安排好。

散会后，丽珊和路政一起，将一楼李翔办公室旁边的一间空置办公室进行了整理、清洁，并让路政找人将库房存放的一套新的办公家具搬了进来。折腾了三四个小时，一切安排妥当。丽珊以为新总监要在明天来公司上班，没想到，当她要上楼回自己办公室的时候，夏慧莲一步迈了进来，刹那间，丽珊还有点蒙，这人是从哪里出来的呀？

丽珊赶紧笑着打着招呼，可夏慧莲那双小眼睛连看都没看她一眼，只是环视她的新办公室。

见此状况，丽珊又说："夏总，你看可以吗？"

"跟谁你、你的，你不懂得尊重集团领导呀！"夏慧莲板着个面孔质问丽珊。此刻的丽珊有点想怼回去，站在一旁的路政忙摆手，让她不要多说话。

丽珊缓了一下说："哦，您看下，可以吗？"

夏慧莲跟没听见一样，她将手包扔在椅子上说："给我找个衣架，不然我衣服和包放哪呀？还有这墙上这么秃，不得放幅画吗？没品位。"说完，她用那双小眼睛瞥了一眼丽珊。

路政马上说："好、好，我这就去办。"他拉着丽珊便走出了门。

丽珊回到办公室，又累又气，一屁股坐到了沙发上，喘着粗气。路政紧跟着坐在另一个沙发上，对丽珊说："孟总，您不了解她这个人，我跟您说说。这个夏慧莲是吴璞妻子的表妹，由于吴璞的妻子在很小的时候，母亲就去世了，是在夏慧莲家长大的，所以这姐俩的感情很深，她就仰仗她表姐的势力，在公司为所欲为，集团没人敢惹她。这人到现在没结婚，原因是她看上的人，人家都看不上她；看上她的人，她又嫌人家没钱没势力。您说，就她的长相，哪个有钱人会看上她。所以您千万别跟她一般见识，也千万别得罪她。"

听了路政的介绍，丽珊的心里更是不安，以后怎样和这种女人打交道呢？下班的时间到了，丽珊对路政说："今天忙了一天了，咱们回家吧。"

丽珊回到了家里，好歹吃了口饭，坐在沙发上发呆。手机响了，她一看号码是阿文打来的。

"喂，阿文，老久没听到你的声音了。"丽珊说。

"嗯，珊姐，我生孩子啦，刚满月，这不，给你报个喜。"阿文说。

阿文，三十二岁，一位气质型美女，是某外资企业的HR，四年前的春天，她俩在招聘大会上互为"芳邻"，并从此相识。

听说阿文生孩子了，丽珊非常高兴，两人热火朝天地聊了起来，白天不愉快的心情也舒缓了许多。聊了四十多分钟，由于阿文的孩子醒了，这才不得已中断了谈话。

虽然聊天结束了，此刻的丽珊依旧沉浸在阿文生孩子的喜悦之中，她在房间里哼着《女人花》来回走动着，此刻的她就像自己做了母亲一样，异常兴奋。这就是丽珊，虽然在职场上叱咤风云，但在生活中，依旧是个小女生。

第二天一早，丽珊刚走进办公室，放下手包，正要回手关上玻璃门，一抬头，夏慧莲就像幽灵一样站在了她的面前。

"哦，夏总，有事吗？"丽珊也没说你，也没说您，只是淡淡地问了她一句。

"没事就不能来找你吗？"夏慧莲冷冷地说。

"哦，那坐吧。"丽珊依旧不冷不热地说。

"我昨天看了你写的人事管理制度，你够大方的呀，每年发十三个月的工资，敢情不拿你家的钱呀。"夏慧莲不留情面地说。

"你要是觉得不合适，可以改呀。这也不是我一个人说了就执行的，是公司研究后的决定。"丽珊说。

"好吧，今年不是还没发吗，那就不发了。"夏慧莲说。

"这个我也做不了主，回头汇报给张总吧。"丽珊说。

"你是说张宇新吧，我只听说他跟秦苏不错，没听说跟你也不错呀。"夏慧莲说。

"请你放尊重些，工作就是工作，不要说与工作无关的话，我跟你没这么熟。"丽珊不客气地说。

夏慧莲被丽珊怒怼之后，稍微缓和了一下，"好吧，我去跟张宇新说，今年不发了。"说完，气冲冲地离开了丽珊的房间。

面对如此霸道的女人，丽珊的内心充满了说不出的无奈与凄凉，原有的工作激情似乎已经消失殆尽。此刻她有些茫然，曾以为前进的路上，虽不是百花芬芳，但也会阳光明媚，可在她的职业生涯中却总有瑟瑟寒风，令她充满悲凉。

她想到今后将如何去面对夏慧莲？未来还能否在此开心地工作？尽管她曾经不止一次地考虑过跳槽，但她总是期待着时间能冲淡内心的彷徨，让一切烦恼都成为过眼云烟。

职场充满了苦涩与艰辛，她工作已近二十个年头，意外总是不期而遇，有时让她猝不及防，有时让她无可奈何，有时让她无所适从，有时也会让她难以招架。

就这样，丽珊在莫名的欺压中度过了十几日，迎来了春节，迎来了与恋人相聚的美好日子。晓楠这次的假期是十五天，她准备与恋人一起度过温馨幸福的新春佳节。

腊月二十八这天的下午，晓楠乘飞机回到海都，一对久别的恋人终于相见了。

除夕之夜，丽珊的好友们按照之前的约定携家眷早早地来到茶舍。大家有的挂灯笼，有的贴福字，有的帮助厨师忙乎饭菜，好不热闹。没有多长时间，茶舍内张灯结彩，红红火火，处处洋溢着辞旧迎新的欢乐气氛。好友相聚，一片欢声笑语，小朋友们都穿上了新衣，他们吃着糖果，不停地追逐、玩耍。年味，弥漫在每个人的心之中。

此刻的丽珊有些激动，望着追逐、嬉闹的小朋友，她想起了自己的童年，想起了去世的双亲，往昔的岁月仿佛历历在目。她想起幼年的时候，每逢春节母亲在缝纫机前为她赶制新衣，以及父亲用那灵巧的手为她制作灯笼的场景。父亲在她十岁的时候去世，母亲也已经去世近两年。如果父母还在的话，尽管她已年近四十，但是在父母的眼里，依然是父母眼里骄傲的小公主，想着想着，她的眼泪流过了面颊。

晓楠看出了丽珊的心思，他走到丽珊面前，将她拥进怀中，并笑着说："珊，不要伤感了，我想在天堂的妈妈一定希望你每一天都是高兴的。"听了晓楠的话，丽珊含着泪欣慰地点了点头。

看到情意缠绵的这对恋人，子璇、嘉萍、舒凡等好友手拉手围成了一个圈，将他俩围在了中间，载歌载舞，一片欢声笑语，此时的丽珊已被幸福和欢乐所包围。

"砰"的一声响，让沉浸在欢乐之中的人们吓了一跳，"哦，有人放烟花了，走，咱们去外面看一看。"还是舒凡反应快，大家跟着舒凡走出茶舍来到了大街上。

此时的大街上人们在放着鞭炮，天空中不时升起五彩缤纷的烟花；夜空仿佛是一个偌大的彩色荧屏，正在播放万家庆新春的精彩节目。

时间过得很快，尤其是恋人相处更是光阴似箭，转眼之间，十五天的假期已经过半。初六这天，应民间的风俗，这天人们都要走出家门——"遛百病"，以图吉利。晓楠与丽珊上午十点出门，她们打算去看贺年大片，考虑到假期车位难找，他俩选择步行出门。

一路上，这对甜蜜的情侣有说有笑，幸福满满。步行三十分钟左右，他俩来到了电影院门口，朝着售票处走去，今天看电影的人真多，购票的人们排起了长龙。正在他们排队等待买票的时候，队伍前面出现了一阵骚乱，接着便传来一个女人尖刻的叫骂声。

他俩不由自主地往前看去，只见一个穿着红色呢子大衣的年轻女子在跟一个年老的男人吵架。晓楠打算前去劝解，毕竟这大过年的，吵架多不好。丽珊也随晓楠走到了售票窗口，正当晓楠要开口劝解的时候，那位穿红色呢子大衣的女子突然回过头，看到丽珊，说道："是你！"

此时的丽珊先是吓了一跳，而后又倒吸了一口凉气。是她，夏慧莲。丽珊没有说话，只是看了她一眼，然后挽着晓楠离开了。

路上，丽珊将事情的原委讲给了晓楠，晓楠说道："天底下还有这样没有素质的女人，真是奇葩。"晓楠预感到今天与夏慧莲的偶遇肯定会增加今后丽珊工作的难度时，他说："珊，没必要为这事担心，大不了不与这样的人渣为伍，我们重新选择。凭你的能力，我相信未来会更好。"

此刻，丽珊的心里真有些茫然，本来不愿去想那些糟糕的事情，可偏偏冤家路窄。为了让丽珊开心起来，晓楠找了一家丽珊喜欢的淮扬菜馆吃午饭。吃饭的时候，晓楠给她讲新疆的风土人情，新疆的美食，尽量分散她的注意力，让她高兴起来，忘掉刚才的不愉快。

过了正月十五，晓楠的假期已休完，就要回新疆了。也许是习惯了分别，也许是成长了，这次分别，丽珊没有像以往那样眼泪汪汪。他俩约定在今年四五月份，丽珊去新疆看望晓楠，因为那时候的新疆会更美。

丽珊送晓楠到机场换好票，他俩深情地拥抱之后，晓楠走向了安检口。此刻的丽珊虽然是泪眼婆娑，但她依旧微笑着挥手为他送行。好在今天的离别，意味着明天的相聚，也许正是有了离别，才会显得这份情意的无价。

第二十二章

令人陶醉的春节假期结束了,今天又逢周一,丽珊早早地来到办公室,准备打扫一下卫生,并准备例会的发言内容。

时针指向了八点半,丽珊准时来到了会议室。今天的会议气氛有点压抑,主要是张宇新的脸色非常难看,没有说几句话,只是告知丽珊准备招聘几名有企业上市经验,又懂资本运作的高端人才,丽珊在会上表示尽快努力找到。

回到办公室,丽珊与嘉萍联系了一下,了解了本市知名企业中金融类人才的行情及薪水情况。放下电话后,她联系了招聘网站以及招聘会的举办时间,之后,便打电话向张宇新进行了汇报,张宇新表示要抓紧推进,因为集团董事长吴璞催促得很紧。

丽珊的招聘工作准备就绪,小胖罗平正在准备招聘启事。丽珊写好请款单,准备向招聘网站付款，便来找张宇新签字。

丽珊从上次与张宇新外出应酬之后，一段时间就没有走进他的办公室，有事都是电话联系。看见丽珊的到来，他稍微显得有些不自在，之后笑容可掬地让丽珊坐下。丽珊没有坐，只是站着等他签字后，就离开了他的办公室。

从张宇新办公室出来后，她径直来到一楼的财务部，找夏慧莲签字。丽珊敲门获准后进入，此时的夏慧莲正在摆弄着丝巾，一看是丽珊，她迅速转变了面孔，并问："什么事？"

"准备去招聘，需要交招聘费。"丽珊没有表情地回答。

夏慧莲拿过请款单看了一眼，说："先放着吧，回头再说。"她的话音刚落，丽珊头也没回地走出了她的办公室。

丽珊回到了办公室，她想把刚才的情况向张宇新汇报一下，以免误事她会承担责任。可是她转念一想，算了吧，说了也没什么用，如果夏慧莲想让她背黑锅，那还不是欲加之罪，何患无辞，等明天再说吧。

想到这，丽珊拿起电话给招聘网站打了个电话，谎称今天总经理不在，没签字，无法付款，等明天再说。

丽珊不了解夏慧莲，她绝对不像丽珊想象的那样简单。这个恶毒的女人，因为她第一眼见到丽珊的时候，就感觉无论从姿色、气质、能力都比不上丽珊，就丽珊那近一米七的身高，就是她无法企及的。没办法，身高和容貌都是父母给的，怨不得谁，可是她不能容忍比她漂亮的女人在她面前晃悠；再加上，初六那天在电影院门前的丑态让丽珊撞见，而且又意外地看见了丽珊那高富帅的男朋友，她更是气不打一处来。

本来初八上班那天她就想找丽珊的麻烦，可没想到丽珊休假了。无奈之下，她跟张宇新大闹了一番，意思是不应该给她七天的假期。这回请款的事情，正中了她的下怀，她非要整她一下。

第二天一早，丽珊来到了夏慧莲的办公室，她正在煲电话粥，她示意丽珊等一下，丽珊则说："我一会儿再来。""不用，你就等下吧。"夏慧莲说。

丽珊只好站在一旁等候。夏慧莲根本不是在谈工作上的事情，而是在跟对方讲昨晚相亲的事情。举着电话的夏慧莲有说有笑，丽珊足足等了三十多分钟，她才挂断电话。

"你找我什么事？"夏慧莲马上转变了表情，冷冷地问。

"我的请款单审核好了没？"丽珊问道。

"哦，是这事啊，财务不是为你一个人服务的，你再等等吧。"夏慧莲依旧冷冷地说。

"还要等几天？"

"不知道。"夏慧莲非常不耐烦地说。

"这款这两天就要用，能不能快点？"

她说："你说快就快呀，我又不是为你一个人服务。"此时的夏慧莲有些肆无忌惮。

听了这话，丽珊心中的怒气再也压不住了，面对恶人，不能再选择沉默，太欺负人了，随后便与她争吵起来。

争吵中，夏慧莲的声音提高了八度，引来不少看热闹的人。此时的她已经是气急败坏，恶狠狠地指着丽珊说："我就不允许有男朋友的女人在我跟前晃悠。"

此话一出，顷刻间丽珊完全无语了，整个人也好像凝固了一样。

奇葩！无论如何丽珊也想不到，她的内心如此阴暗、丑陋，丽珊觉得没有必要与这样一个有心理疾病的"患者"再多说一句话，她冷笑了一声说："天下有男朋友的女人多了，你都赶尽杀绝吗？"说完，丽珊愤愤地离去。

第二十二章

回到办公室，丽珊觉得此事既可恶又好笑，真是想不到她的内心如此扭曲、变态，这样一个人迟早会被现实击垮，如不努力悔改，迟早会被社会淘汰。此刻的丽珊，不知从哪里涌出一股怜悯之心。

丽珊无奈之下将此事向张宇新做了汇报，而她得到的回复是："孟总，你也要注意下工作态度。"

此刻的丽珊，再一次无语……

来公司工作一年有余，一直以来，她努力地克服着来自内部的各种压力和陷阱，努力做到既不妥协，也不盲从，但努力的结局是不断堆积的烦恼和躲不过的明枪与暗箭，这种充满负能量的工作环境真是令她窒息。

此时的丽珊已经决定离开这块不属于她的土壤，做一名过客了。她想了想令她离去的原因有三个：一是实在不愿与夏慧莲、李亚这样的人为伍；二是公司未来的发展渺茫；三是家族式的江湖野蛮管理方式令她无法容忍，她无力改变现状，只能选择退出。

丽珊拿出了纸笔，写了一份简短的辞职信。当她把辞职信交给张宇新的时候，张宇新沉默了好一会儿，他说："能不能再待些日子，如果你不想看，我可以给你一段假期，你先休整一下，可以吗？"

丽珊说："感谢您的好意，我已经决定的事情，就不想更改了。"

张宇新又沉默了片刻说："要不，你再考虑一天？说老实话，你来到公司这一年多，帮助我或者说帮助公司解决了许多棘手的难题，而且我们好不容易过了磨合期，未来我还非常需要你。"他的语速不快，语调不高，且目不转睛地望着丽珊，显示了他的诚意和无奈。

丽珊笑了笑说:"感谢张总的栽培,我去意已决,请不要挽留。我这两天就不来了,如有工作交接,我会及时来公司做好交接事宜。"说完她站起身离去。

丽珊驾车行驶在回家的路上,她打开了车上的音响,一首《蓝莲花》的歌声在车中回荡,

她也跟着一起哼唱着。

　　　　心中那自由的世界
　　　　如此的清澈高远
　　　　盛开着永不凋零
　　　　　蓝莲花
　　　　没有什么能够阻挡
　　　　你对自由的向往
　　　　天马行空的生涯
　　　　你的心了无牵挂

唱着唱着,她哭了……

是呀,多年的职场打拼,虽然让她较早地获得了财富自由,但是,多年的职场磨炼,也让她"伤痕累累";漫漫职场路,她有过有辉煌,有过泪水,有过疲倦,有过委屈,有过忧伤……

眼泪模糊了双眼,她将车子停在了路边,用纸巾擦拭着眼泪。

此刻,正值正午,太阳抛洒着万丈光芒,虽然刺眼,但很温暖,将车内的阴冷一扫而光。她慢慢地打起了精神,依偎在阳光里,期望正午盛极的阳光,能驱散她内心的阴霾。

春天的阳光格外明媚,光束射过来,温柔地抚摸着她,就像母亲的手。她拉下了车窗,尽享着春光的美好。

早春时节,窗外的景色虽然尚未脱去冬装,但是大地已是春意渐浓,路边的柳树枝随着微风摆动着,树枝上面缀满了淡黄色的嫩芽,令人情不自禁地想起那首唐诗:不知细叶谁裁出,

二月春风似剪刀。

　　路边的小草也夹带着泥土的芳香从地里钻了出来，尽情地沐浴在灿烂的阳光下；偶尔几只小鸟落在刚刚出土的草芽上，鸟雀欢快地鸣叫着，非常热闹，它们像是久别重逢，彼此述说自己冬日的遭遇和情感。有道是：阳春布德泽，万物生光辉。春天，是大自然给予众生的恩赐，它不仅将阳光、雨露带给万物，而且从来是不偏不向，绝对公平。此情此景，丽珊想起了王安石的诗："春风又绿江南岸，明月何时照我还。"

　　在正午阳光的照耀下，渐渐地，她的心情开始放晴，心灵中因挫折而闪现的阴影，也慢慢地被阳光驱逐。她深知人生总会有坎坷，风霜雪雨的磨砺，痛苦与快乐的交替是人生的常态；在人生的旅途中，每一个人都不可避免地受伤，但是创伤是生命给予的最好的期许，因为在每一次创伤之后，都标志着又前进了一步。

　　她更深知：人活着就是一场修行，每个人都会有自己独特的经历，或痛苦，或欢喜，或悲伤；顺境可以铸就人的辉煌，而逆境也可以让人生更精彩。就像古人所说："春有百花秋有月，夏有凉风冬有雪，若无闲事挂心头，便是人间好时节。"只要心胸豁达，人间随处都有好风景。

　　阳光真好，春天真美！此时，她真想取一片暖阳，收藏在心中，让温暖的阳光常伴她的左右。此刻，她像是满血复活，她拿起手机给晓楠发了一条微信：我已辞职。五分钟之后，她收到晓楠的回复："一蓑烟雨任平生。"看后，她会心地笑了，回复了两个字"谁怕"。之后，她拿起手机将在路边草地上自由自在啄食的小鸟拍了下来，作为了手机的屏保，她愿自己每天都能像鸟儿一样自由地在蓝天上飞翔，永远快乐，不再有忧伤……

丽珊结束了在普氏的职业生涯，经过这次职场的"洗礼"，她更加成熟了，在当天的日记中她这样写道：

人生的魅力不是让你每一天都一帆风顺，而是在遇到挫折之后能够再度崛起，有弹性的人生状态，才能让你快乐地经历狂风暴雨，笑对人生。

沧桑之美，缘于它不仅有饱经世故的成熟，也有处变不惊的淡然与从容，不为昨天的失落而悲伤，不为昨天的失去而痛苦，因为昨天的沧桑是人生美丽的风景。

这就是丽珊，她曾祈祷自己的职业生涯风调雨顺，可现实中却常常是漩涡和急流；尽管一次次磨难、一次次失意令她痛苦不堪，而在沮丧之后，她依旧笑对职场；她深知：人生就像是一个攀山的过程，只有选择勇敢和坚持，才有可能到达梦想的山顶；人就是在坎坷中奔跑，在挫折中涅槃，在磨难中成长。

第二十三章

丽珊又一次辞职了。

她将辞职的事情告诉了云姐,云姐在与她的谈话中,看出了丽珊在经历磨难之后的从容与淡定,非常欣慰。这两年里,丽珊一直走在人生的低谷,但是面对逆境,能有如此良好的心态,这让作为好友的云姐非常高兴。

云姐问丽珊:"之后有何打算?"丽珊说:"打算出去走走,一来放松下心情,二来寻找一下灵感。因为接下来,不准备再打工了,想自己创业了。"对于丽珊的想法,云姐表示赞同,因为对于打工者来说,个人价值的实现会受到一定的限制或约束,像丽珊这样有理想、有能力的人来说,应该有更大的发展空间,创业虽然艰苦,但她看好丽珊。

丽珊告诉云姐,她打算今年的春季去新疆旅

游并看望晓楠，对丽珊的决定，云姐表示赞同，并祝她一路平安。

四月，丽珊独自一人踏上了奔赴新疆的旅程。此次旅游她把大本营放在乌鲁木齐，因为晓楠最近在乌鲁木齐开会，另外从这里去新疆其他的景区也方便一些。

周末，经过几个小时的飞行，丽珊于下午四点左右到达乌鲁木齐，晓楠早已等候在机场，期待她的到达。

时隔几月，一对恋人再度重逢，晓楠看到丽珊虽然有些消瘦但精神饱满，优雅的举止中更是多了几分成熟与干练。

离开机场以后，二人来到丽珊下榻的酒店，放下行李，一切收拾妥当后，已是晚上六点，他们决定先去吃饭，然后看时间再去游览市内的景点。

乌鲁木齐，一个神奇、美丽的城市，就像一颗璀璨的明珠，静静地躺在祖国的西北边陲，她不仅美丽、繁华，更是多姿多彩，且充满魅力。

简单地用过餐，他们来到了乌鲁木齐的标志性景点——红山。他俩一边走，一边看，还不停地聊着，晓楠为丽珊当起了导游。

夜晚的乌鲁木齐更是光彩夺目，五彩斑斓，就像一个童话世界；五颜六色的霓虹灯闪烁出五颜六色的光芒，让乌鲁木齐成了一座不夜城。一晚上，他俩不仅品尝了美食，也游览了名胜，丽珊非常兴奋。

在见面之前，晓楠一直在想丽珊的情绪会是怎样，会不会心情不好？说老实话，在他的内心中，还有一丝的担忧，可是今晚看到如此高兴的丽珊，他的心终于放下了。

第二天在晓楠的带领下，他们游览了乌鲁木齐市内的其他景点。一天的旅游，确实让人有些疲惫不堪，但是恋人相聚和美景让他俩赏心悦目，兴奋不已。周一，晓楠要工作了，不能陪丽珊了，她便跟随当地的旅游团去游览大美新疆。

一晃十天的旅行过去了，晓行夜宿，虽然疲惫，但新疆的美景却令丽珊心旷神怡，此次旅行所到之处都让她流连忘返，但令她最难忘的当属那拉提草原。

那拉提草原是高山草原，这里有起伏的草地、河谷，山峰、森林完美地结合，蓝蓝的天空中飘着朵朵白云，草原美丽的风景真像一幅精致的画卷。

听导游介绍说，那拉提，在蒙古语中是"有太阳的山坡"。传说成吉思汗西征时，有支蒙古军队由天山向伊犁进发，时值春日，山中却是风雪交加，饥饿、寒冷使这支军队疲乏不堪，谁知翻过山岭，眼前却是一片繁花似锦的莽莽草原，犹如进入了另一个世界，这时云开日出，夕阳如血，人们不禁大叫"那拉提，那拉提"，于是那拉提就成了大草原的名字。

那拉提——"有太阳的山坡"，丽珊非常喜欢这个名字，而且她的第六感觉得这个名字会给她带来吉祥和好运。

新疆的美是天然的，一切都用不着雕饰。它的辽阔承载了无尽的岁月沧桑，也充满了无数的神话传说。在不知不觉中，丽珊爱上了这块土地。

此次新疆之行，真的让丽珊放松了心情，正像作家陶立夏所说的那样："或许我们走那么远，不是为了看风景，而是为了去天地的尽头会一会自己。因为只有在那样遥远的地方，你才能把喧嚣的人世抛在身后。"

新疆旅行结束了，晓楠送丽珊到了乌鲁木齐的机场，此刻他们虽有千言万语，却难以用语言表达眷恋和不舍，他们期待下一次重逢后不再分离。

第二十四章

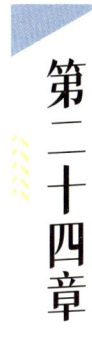

回到海都已经有几天了,丽珊稍微休整了一下,开始了她的创业之旅。

有关创业的事情,在新疆的时候,她与晓楠进行了交流,晓楠非常赞同她的想法,只是要她将项目的策划考虑得周全一些,毕竟创业是"勇敢者的游戏",是有极大风险的。丽珊记住了晓楠的话,她要在一周内完成她的项目计划书,然后让晓楠过目。

应子璇的邀请,丽珊今晚来到了茶舍。由于忙碌,最近闺蜜之间极少见面,此次见面的主要话题是丽珊创业的事情。子璇以个人的经历语重心长地告诉丽珊,创业不仅需要财富作为支撑,心态也是很重要的。因为创业之艰难,没有强大的心理支撑,创业很难成功。对于子璇的告诫,丽珊非常感谢。因为她所讲的一切都是她的亲身经历,是花多少钱也买不到的。在整晚的交谈中,丽珊也讲了许多自己的想法，子璇也向她提了很多建议，临别时，子璇拿出一张银行卡，她告诉丽珊里面有五十万元，作为她创业的启动资金。

子璇的慷慨相助，令丽珊十分感动，她刚要推辞，子璇恳切地说："拿着吧，创业的路很艰难，今后还有很长的路要走，请接受我的帮助。"听了子璇的话，此刻的丽珊已是泪眼蒙眬，她深情地拥抱着子璇，并小声地说了声："谢谢。"声音虽小，但情真意切。

丽珊回到了家中，坐在了沙发上并打开了电视。这时晓楠发来了微信：汇款七十万元，放松心情，不要有太大的压力，祝一切顺利，吻你。

看了晓楠的微信后，丽珊非常感动。她庆幸自己生命中的这些"贵人"无时无刻陪伴着她，遇到困难时，他们给她带来斗志，沮丧时，他们给她带来希望，奋斗时，他们给她添力加彩；这亲情、友情在她的生命中就像一盏灯，不仅照亮了她的心灵，也给她增添了信心。此刻，她的内心除了感恩、感谢还有祝福，感恩他们出现在她的生命中，感谢他们无微不至的关心与厚爱，祝福他们一生平安！

正在此刻，电视里那英演唱的《春暖花开》打断了她的思绪……

如果你渴求一滴水，我愿意倾其一片海；如果你要摘一片红叶，我给你整个枫林和云彩；如果你要一个微笑，我敞开火热的胸怀；如果你需要有人同行，我陪你走到未来。春暖花开，这是我的世界，每次怒放，都是心中喷发的爱，风儿吹来，是我和天空的对白……

看着电视中的画面，泪水再次浸湿了她的双眼，此时此刻，她感觉这首歌就是唱给她听的……

经过一周的思考与策划，丽珊已将创业项目的计划书编制完毕，她将计划书的电子版发给了晓楠。晓楠看后，从专业的角度提出了一些意见，丽珊按照晓楠的指导，进行了几次修改后，开始了实质性的操作。

丽珊此次创业的项目是要做一家职业咨询工作室，主要工作内容是给当下的职场人士进行个性化的就业指导、职业咨询及职业生涯设计，并对会员客户进行线下培训以及社团化的运营，从而拓展职场人士的人脉，扩大视野及社交圈；另外是针对企业方提供HR咨询、战略规划及员工培训等项目。

本来依照好友嘉萍的建议，让她也开展高级猎头寻访的业务，这样她可以助丽珊一臂之力，经过反复思考之后，丽珊决定不开展这方面的业务。原因是：当下从事这类业务的企业较多，而且此类业务需要投入很大的精力和人力，就目前她的能力及拥有的资源来看，不太适合，所以她放弃了这个方向。

经过一个多月的前期准备之后，丽珊在六月六日拿到了营业执照。依照大家的提议以及客户聚集的商圈，她选择了市中心的商圈，并在兴泰路五号兴泰大厦十五层租了一间办公室，房间在一百平方米左右，一个小团队在这里办公还是不错的。

经过适当装修及装饰后，丽珊的咨询工作室在八月六日这天正式开张纳客。开张这天，不少好友前来祝贺，一百多平方米的办公间显得有些拥挤。道贺的人们带来鲜花和祝福让丽珊激动不已，她双手合十，向大家致意，感谢大家的祝福。

她的团队目前有三个人，丽珊的和两个助理。两个助理中负责文案的女生叫苏梅，负责市场开拓的男生叫夏明。两个助理均是"80后"，有一些相关的工作经验。本来丽珊想在业界寻找一至两名合伙人，由于目前没有合适的人选，暂且搁置，因为好的合伙人不仅需要能力，还需要志同道合，这样的合伙人往往是可遇不可求的，慢慢寻觅吧。

　　工作室开张之后的一个月里，丽珊带着两名助理先是梳理市场，寻找合适的市场销售方案。在夏明的几个营销策划案中，丽珊选择了一个公益活动作为市场切入点。公益活动的内容是为福利院的孩子做义卖，义卖当天所有收入的百分之五十捐给福利院。此次公益活动也得到了大厦物业的支持，而且区儿童福利院的副院长温馨也到场助力。

　　活动非常热闹，来咨询的人员也不少，一时间，人头攒动，丽珊他们三人都有些招架不住了，还好，子璇和嘉萍及时赶到，缓解了一些接待上的压力。

　　活动总共进行了三个小时，来咨询的人员超过百人，而现场办理会员并交费的仅有八个人。虽然整场活动的成本及捐赠超出了今天的收入，但是，丽珊还是非常高兴，毕竟走出了第一步，不仅做了公益，而且让自己的工作室有了一点知名度。

　　开业一个月了，丽珊虽说是忙得不可开交，却收益寥寥，因为来咨询的人多，交费的人不多。前期交费的八位会员中，其中的五位由于工作比较忙，把咨询的时间安排在周末，丽珊只好放弃假日，来为会员答疑解惑。

　　今天又是周末，会员贾扬与丽珊约好在周日下午两点咨询，来工作室做个人职业生涯规划。一点三十分，正当丽珊要出门的时候，苏梅打来电话说："孟总，您快来吧，贾扬在工作室已经哭闹好一会儿了。"

　　"哭闹？为什么？"丽珊不解地问。

　　"她说，是您让她辞职，她现在辞了职，找不到工作，男朋友与她分手了。她说让您负责。"苏梅说。

　　丽珊听后，觉得有点蒙，怎么会有这样的事呢？"好吧，你等我，我马上就到。"她对苏梅说。

丽珊驱车二十分钟来到了工作室，一进门看见贾扬已经哭成泪人，她赶紧走上前询问。

"贾扬，这是怎么回事？我没有让你辞职呀！"丽珊说。

听了丽珊的话，贾扬没有反应，依旧哭着。此刻丽珊坐到了她的身旁，苏梅将一罐可乐放在了贾扬的跟前，但她依旧哭声不断。

丽珊说："你别哭了，哭也没有用，你把情况讲一下，看看怎么能帮到你？"

听了丽珊的话，贾扬慢慢停止了哭泣，并说："就是您上次说，跳槽可以提高个人的职位，我半个月前就辞职了，可是，别说升职了，我递了不少简历，根本就没有回应。现在男朋友看我没有工作了，就与我分手了。你说我怎么办吧？"说着又哭上了。

丽珊听完说："你怎么能曲解我的意思呢？首先，我没说你现在辞职就能提高职位，而且我说选择跳槽提升职位也是有条件的呀，你没有将我的话听清楚，单纯地选择辞职，这是有问题的，而且你也不应该把这个'锅'甩给我呀。"丽珊有点无奈地说。

又经过了好一阵子的规劝，贾扬不哭了，但是她说："孟老师，这样吧，你将我的咨询费退给我吧，就算补偿我的损失了。"听了她的话，丽珊瞬间明白了她的真实意思。

望着眼前这个涉世不深，却不可思议的女孩，她一时无语。可转念一想，这样素质的人还是少接触为好，她从包里拿出了钱包，准备将已经咨询的费用扣除的时候，她又想了一下：还是算了吧，几百元，不值当的，还是让她快点离开吧。

贾扬拿了钱，刹那间原本哭丧的脸迅速转变成笑脸，且笑着说："孟老师，我要去找我男朋友，他手机丢了，想买新的，

第二十四章

183

还差一千块，我赶紧给他送钱去。"话音刚落，还没等丽珊开口，她已经跑出了房间。

望着贾扬离去的背影，丽珊有种说不出无奈。她对苏梅摇了摇头，拿起包，站起身说："咱们走吧。"

丽珊回到家里，想着刚才发生的事情，她感到异常地无奈，自己花费了这么多时间，付出了这么多辛苦，却被一个涉世不深的女孩骗了，此事虽然不大，但是却深深地刺痛了她善良的心。

自从开业以来，她认认真真地做好每一件事，她想尽可能得到所有客户的好评，可是，今天却在阴沟里翻船，真是不爽。

窗外，不知何时开始下起了淅淅沥沥的小雨，让她感觉有些冰冷和孤独，此刻，她想起了晓楠，如果他在身边该多好。是呀，晓楠是她生命中可以倚靠的肩膀，是她心中的绿荫，他们在冬日里相识，在花开的季节相知，如今他们已是相互依托，彼此珍惜，她感谢上苍给予她的眷顾与厚爱。

想着想着，她拿起摆在五屉柜上他俩的合照，亲吻了一下。爱就像华光的星辰，像清澈的银河，永远地在她的心中闪烁和流淌。

第二十五章

一晃开业已经三个多月了,业务推进的速度依旧缓慢。为了赢得更多的客户,丽珊决定对当下职场人士推出免费提供一次二十分钟的咨询。CBD(中央商务区)的商圈最不缺少的就是人,优惠活动一推出,几天之内就有二十几个人预约免费服务,丽珊每天忙得不可开交,几天下来,由于说话太多,咽炎也犯了。繁重的工作,让她深知:创业真不是谁都能干的,老板也不是好当的。

为了减轻自己的工作压力,她决定尽快寻找自己的合伙人,首先进入她脑海的人选是阿文。阿文去年年底生了孩子,现在也应该到了该上班的时候了,她拨通了阿文的电话。

电话很快接通了,寒暄之后,丽珊告知对方自己辞职后开了一间咨询工作室,阿文听说珊姐自己创业了,非常高兴;在交谈中她告知丽珊自己刚从外企辞职,打算在家专职带孩子,因为如果请保姆带孩子的话,不仅每个月费用太高,主要是把一个幼儿交给素不相识的人,她有些不放心,索性辞职自己带孩子。

丽珊获悉了这个信息后,便邀请阿文在不忙的时候,可以在她这里做个兼职,阿文欣然应允。

有了同行的支持,丽珊的心情好多了,但一想起业务,她感到压力很大,开业四个月了,可以说她付出了极大的努力,目前虽然有了一些进展,但她不能掉以轻心,更不能有任何的松懈,否则就会前功尽弃。创业就是这样,不仅历尽千辛万苦,更要有不屈不挠的意志,就像古人留下的诗句:路漫漫其修远兮,吾将上下而求索。

今天她召集苏梅和夏明开了个会,将工作室的主要工作和发展规划与他俩沟通了一下,并希望听听他俩的建议。

夏明说:"孟总,我觉得我们还要在营销上进一步加大攻势,可否考虑再增加一些人员?"对于夏明的提议,丽珊前些天已经考虑过,但是没有决定下来,今天她听到了夏明同样的建议,便在会议上决定,再招聘一到两名营销策划及销售人员。

会上苏梅建议丽珊能否考虑建立自己的自媒体,这样不仅可以宣传他们的业务,也能圈些粉丝,对业务的开展应该会有效。对苏梅的建议,丽珊没有反对,只是负责自媒体的人员还要进行招聘,她觉得这样摊子铺得太大,可能抓不着重点。苏梅建议:"可以通过外包的方式进行。"

苏梅的这个建议提得好,丽珊当场同意,并让他俩去选择外包公司,作自媒体的开发与建设。此次会议,丽珊觉得效果不错,毕竟又有了新的想法,接下来就是逐步实施了。

两个年轻人接到任务后雷厉风行,半个月内就选择了几家网络公司。在多次的比较之后,丽珊选择了一家比较年轻的网络公司,选择这家公司的原因主要是因为他们专注小程序开发及营销,而且费用不是很高,最重要的是公司的负责人来自山区,看着非常淳朴。

丽珊把自媒体建设的事情交给了夏明,她考虑两个男生对接起来会简单一些,夏明也爽快地接受了这个任务。

免费咨询一次的优惠活动,效果不错,一轮宣传之后,加入的会员已经有二十几个了,丽珊决定继续扩大影响,她决定在跨年的最后一个夜晚做一次演讲活动。

这是一次大型的活动,租场地、招募生源、设计宣传海报、演讲的内容、制作演示文稿……这一切都要他们三人来完成。现在距离元旦还有二十几天,在这么短的时间里,筹划这样的大型活动,确实不容易。这些日子里,丽珊更是辛苦,她差不多每天工作到深夜。

夜,静悄悄的,她拉开了窗帘仰望天空,被银色的月亮点缀着的深蓝色夜空,是那样的优雅;她不由自主地打开了阳台门,刹那间一股寒气扑面而来,她下意识地用手抱住了自己的肩膀,然后立刻关上了阳台门。本来想吹吹冷风,让自己的头脑更清醒些,但是不能,因为明天就是跨年夜了,她要在跨年会上进行工作室成立以来的首次演讲,所以她不能有任何的意外。

令丽珊欣慰的是,年会的各个环节都进展得比较顺利,报名及邀请参加年会的人员有三百人之多,明天她的好友及HR圈内的朋友也将光临现场,她还邀请了政府有关部门的公职人员前来助力。令丽珊有些遗憾的是晓楠不在,如果他在的话,自己的状态可能会更好一些。

首场跨年演讲的主题是:《既然踏入职场,请你选择优秀》。入场的门票是一张漂亮的录取通知书,她期待通过此次演讲,不仅给职场人士带来启发,也带来一份幸运。

跨年夜的景色是美丽的,朦胧的月色仿佛是一条若隐若现的轻纱，为这个迷人的跨年夜增添了一份独特的美好与浪漫。

时间指向了晚八点，跨年夜演讲正式开启。演讲会主持人是夏明，他在欢快的青春舞曲中出场。今天的夏明格外帅，他身穿一套灰色竖条纹西装，用那低沉且有磁性的声音串讲了今天的开场词，接着丽珊走上了舞台，开始了她的演讲。

今晚的丽珊格外美丽，她身着一身天蓝色的职业套装，同色系的高跟鞋，优雅、端庄、美丽、大气，一出场就获得了隆重的掌声。站在台上的她，望着热情的观众，激动得有些哽咽。她稍微停顿了一会儿，调整下呼吸，用标准的普通话开始了她的演讲。

近一个小时演讲，她获得了观众的多次掌声。在演讲的最后她说道：

"何谓优秀？优秀是一种品质，是一种吸引，一种影响，一种贡献，也是在品位、气质、修养及格局上有更高的水准。

"职场是我们每一个职场人赖以生存的地方，很多时候我们都在想，我们怎样才能更优秀呢？

"有的职场人总喜欢抱怨，抱怨企业对自己不公平，抱怨工资少，抱怨工作辛苦，抱怨人际关系复杂。今天，在这里我想说，没有哪一份工作是唾手可得的，没有哪一个公司的人际关系是简单的，职场中不仅没有完美，也没有绝对的公平，我们每天面临的都是挑战与竞争。

"如果有一天，你期待有人跨越千山万水，穿过茫茫人海来找寻你，那你必须足够优秀，优秀到哪怕你站在黑暗的角落里，也能光芒四射。

"在职场，有些人在走出职场小白的陌生与恐惧之后，随着时间的流淌，当心中的诗和远方被时光的滤镜叠加之后，进入职场时的初心以及立下的志向就被抛到了九霄云外；进入舒适期的职场人，在近乎平淡的工作中，不思进取，甘于平庸，每天在岁月静好的美梦里幻想着自己能有一天获得财富自由。

"对此，我想说：在职场，不要奢望在梦中走向成功，因为步入职场的你，只有经历千锤百炼才能获得圆满。职场就是这样，一路艰辛，一路风景，每一次狂风暴雨之后，都会有明媚的阳光照耀你。要知道，所有的磨难，都是你明天成长的机遇。

"亲爱的职场同仁们，我们不要只是去羡慕那些生活精彩、财富自由、爱情满满的人，请在羡慕之前想想他们今天的光彩，是通过昨天怎样的努力铸就的？

人生的旅程，不是一帆风顺的，世界上没有谁随随便便就能便成功，在困难面前除了面对我们别无选择。尽管职场让我们经历了苦涩与磨难，而一旦我们选择了坚强和锲而不舍，职场终有一天会因为你的努力与付出，报以桃李和芬芳。

"在职场中，只有经过自己的努力和不断地修炼，才能用你今天的成长去迎接明天那个比今天更成熟、更优秀的自己。

"职场的朋友们，为了未来，请敬畏自己的职业，踏实地走好每一步，让你变得更加优秀！

"谢谢大家！"

丽珊的演讲一结束，场内响起了热烈的掌声。对于观众的厚爱，她深深地鞠躬致谢。子璇和嘉萍走上讲台向她献花，丽珊在接过花的那一刻，三个美女拥抱在一起。

跨年演讲会达到了预定的目标，她自知，首次演讲能获得成功，是她过往的积累换来的。近二十年来，她从一个职场小白，成长为一名职场的资深人士，这期间她倾注了多少汗水和泪水，此刻的她有些感慨。都说人生不如意十之八九，或许生命本身就是一种不完美，或许是因为有了裂缝，阳光才能照得进来。

第二十六章

跨年演讲会的成效不错，元旦一过，来工作室咨询和打电话咨询的客户络绎不绝。丽珊的队员忙得连吃饭的时间都没有，下午四点了，他们三人才得空每人泡了一碗方便面。刚端起面正要吃的时候，一位四十岁左右的男士敲门走了进来，丽珊急忙放下面，迎接男士的到来。此人个子不高，大眼睛，肤色有点黑，说着一口南方普通话。

来访的男士自我介绍姓吴，是一家民营科技公司的总经理，来访的目的是想咨询一下企业HR管理的事宜，他期望能得到丽珊的帮助。

丽珊大概了解了一下：该公司自成立至今已有三年的发展史，主营业务是软件开发，目前正在为政府某部门开发用户服务软件，公司有员工四十多人；目前存在的问题是：员工工作的积极性不高，而且个别员工怨声载道，由于业务进度比较紧，又不好裁员，所以打算让丽珊为他们出谋划策。

丽珊对来访的男士说："吴总，贵公司的情况我大概了解了，只是我们开展工作要对贵公司进行实地调研，你能接受吗？"

吴总说："可以的，你安排下时间吧！"

丽珊说："这周我们已经预约了一些工作，那就下周一吧，早上九点我去您的公司，您看可以吧？"

"可以。"吴总非常高兴地说并递上自己的名片。

送走了吴总，丽珊已经没有了胃口，她坐在办公桌前，翻看着今天的客户来访记录。从记录中她发现，客户咨询的问题比较散，个性化太强，所以下面的工作会更累了。此时，她想起了阿文，拿起手机给阿文打了个电话，令丽珊意外的是，阿文的脚扭伤了，一时不能来上班。

挂断阿文的电话，她给自己倒了一杯水，坐在工作室的沙发上思考着后面的工作。按照目前的情况，她必须要增加团队成员了，但是前一段时间的招聘进展不大，真正能承担工作室业务的不多，主要是缺乏咨询师和讲师。

她把夏明和苏梅叫了过来，给他们布置下一阶段的工作，并问及夏明公众号的事情。夏明说："委托方正在制作中，目前没有，给出具体的完成时间。"

忙碌的一周过去了，周一上午九点，丽珊如约来到吴总的科技公司。吴总的公司位于高新区的管委会大楼旁边一栋高层里，办公面积二百多平方米，由于公司人多，办公空间显得有些拥挤，空气流通也不好，也许是男性员工多的原因，办公室里有一股难闻的气味。对气味敏感的丽珊急忙离开办公区，随吴总来到了公司的会议室。

会议室很小，只能坐四到六人。通过一个上午的交谈，她对这个公司的情况了解了一些，她说："吴总，今天与您谈话之后，我对公司有了进一步的了解,这样,我回去做个工作方案,您看一下,如果可以,我们就进行下一步的工作。"

吴总说:"好的,孟总。"

丽珊回到工作室,刚好有一位年轻的男士在向夏明咨询,打算做个人的职业生涯规划,见丽珊进来,夏明立刻站起身将男士介绍给她。

与吴总谈了一个上午的丽珊,此时已经有点累了,她放下包,坐在沙发上,与男士交流着,了解他的需求。此时,夏明看到丽珊有些疲惫,赶忙端过一杯水。

谈了一会儿,丽珊觉得面前来咨询的男士好像不太正常,总是一句话说好几遍,她打算立即结束与他的谈话。她说:"小伙子,你说的问题我大概了解了,这样吧,今天就到这儿,因为后面还有预约好的客户要来。"

男士说:"那我什么时候再来?"

丽珊说:"回头你听电话吧。"

"好吧。"男士说。

丽珊站起身说:"夏明,送一下。"听了丽珊的吩咐,夏明急忙起身送这位男士。

只见这位男士走到门口突然站住了,他眼睛直勾勾地望着丽珊,之后笑眯眯地说:"你真美,我想娶你。"听了这话,夏明一把就将其推了出去。虽然这位男士已经被夏明推出门外,他却依然没打算走。夏明说:"你再不离开,我就叫保安了。"听了夏明的话,男士离去了。

丽珊被这突如其来的状况惊呆了,好一会儿,她无奈地说了一句:"怎么什么人都有呢!"

忙碌的一周过去了,丽珊如期地将科技公司的咨询方案编制完毕,她以电子版的形式传给了吴总。两天以后,吴总打电话过来打算约时间继续交流，她答应第二天下午见。

　　丽珊如约来到了科技公司，今天与丽珊见面的还有公司的副总，一位张姓男子。经过两个小时的交流终于达成了协议，此项目丽珊在合同中约定的工作天数为九十天，合同款项为八十万，优惠后为七十二万，项目总体内容是帮助科技公司制订新的薪酬方案以及今后三年的企业人力资源战略规划，以及对员工进行五次培训，项目首付款为百分之二十。一切谈妥，丽珊将科技公司首付款的支票放进了包内，并约定每周在这里工作两天。

　　签约后的丽珊更忙了，她不仅经常忘记吃饭、喝水，就连与晓楠的联系都少了很多。一天晚上，她接到了晓楠的电话。本来按照规定还有两个月晓楠就光荣返程，但是由于一时找不到合适的下任援疆领导，晓楠需要继续在新疆工作一段时间，且具体的回程时间未定，这消息让丽珊有些郁闷，没办法，只能等了。

　　由于夜里没有睡好，早上她没能按时起床，她想给自己放半天假，因为最近她太累了。临近中午，她来到了工作室。一下电梯，就看见一群人在工作室的门前围着，她不知道出了什么事，就快步走到了工作室的门口，拨开人群走进工作室。

　　房间内，苏梅和夏明正在与一个男子大声地说着话，丽珊走过来问："怎么啦？"

　　丽珊的声音未落，那个男子一把抓住了丽珊的左胳膊，笑着说："娘子，我终于找到你了。"

　　丽珊被这突如其来的动作吓了一跳，她使劲地甩动胳膊摆脱了男子的手，说道："你想干什么？你是谁？"

　　苏梅把丽珊推了出来说："您忘了，就是上次那个来咨询的神经病，说今天要娶您。"

苏梅的话让丽珊想起了前些日子遇见的那个精神不正常的男子，她说："叫保安了吗？"

苏梅说："保安已经来过了，他不走，夏明刚才报警了。"正说着，两名警察从电梯里走出，朝着工作室走来。

警察的到来，把那个精神不正常的男子给吓哭了。过了好一会儿，在警察的劝说下，他不哭了，警察问他带身份证没有？听了警察的话，他就在自己的口袋里掏了起来，没有身份证，却掏出了一个白色的卡片，上面是家人的联系方式。

警察依照卡片的联系方式，联系到了该男子的母亲。大约过了半个小时，一位白发苍苍的大妈来到了现场，一个劲地作揖，并说："对不起，对不起。"

听大妈说，这个男子是他儿子，几年前由于失恋，患了间歇性精神病，好的时候，跟好人一样，就是一犯病就糊涂了。警察嘱咐男子的母亲看好他，男子经过母亲的一阵劝说，跟着母亲离去了。

回到工作室的丽珊郁闷得不得了，本来，昨晚晓楠回程的延期已经令她不快，一夜没有睡好，一来工作室又遇到这样令人啼笑皆非的事情，她感觉很沮丧，怎么总有糟心的事情让她遇见。

创业真的太难了！开业半年来，投入一直大于收益，而且所有事情都是靠自己东奔西闯。她想起了云姐在开业前夕对她讲的一句话：对所有创业者来说，每天要面对的是困难和失败，而不是成功。想到这儿，她打起精神，自嘲地说：自己选择的路，就自己走吧。"

桌上的座机响了，打断了丽珊的思绪。她顺手接听了电话，是科技公司的吴总打来的。吴总说现在有事，问她能否去他公司一趟。

对于吴总的约请，闷闷不乐的她本不想赴约，可转念一想：

第二十六章

195

还是出去散散心吧,也许转移一下注意力,心情会好一些,她便答应下午两点到科技公司。

下午丽珊如约来到了科技公司,待她来到公司时,吴总已经恭候她多时了。两人直奔那间迷你的会议室。一坐下,吴总就急不可待地开口,告知他的合作伙伴希望将整个咨询项目提前完成,因为他们要在二十天之后开启一个大的工作项目,牵涉精力太大,所以怕无暇顾及咨询事宜的进行。

对这突如其来的变化,丽珊感觉有点压力,目前整个案子刚刚签约,就要提前完成,而且现在距离春节还有不到三十天的时间,时间是非常紧的,但是没有办法,服务型企业嘛,只能配合了。

丽珊想了想说:"既然您提出来了,本来很难完成的事情,我也只好配合了,但是在这么短的时间来完成一个咨询案子,恐怕在行业内是史无前例的。这样吧,吴总,我想把整个案子分阶段完成,我先做一些你们必须配合的工作,关于计划的实施我会根据你们的工作情况分段进行,好在你们公司人员不多,我在一周内完成对员工的调查,而后再做出薪资设计方案,以配合你们的整体发展。"

吴总听后说:"好吧,反正您尽量快点儿吧。"

丽珊感觉压力巨大,虽然对方答应配合工作,但她需要的是时间,这意味着她又要加班加点地工作了。

丽珊带着苏梅和夏明,利用五天的时间快速地完成了员工的工作满意度调研,之后,就是整理数据,设计改革方案。丽珊的主要工作是为科技公司设计薪酬,因为科技公司打算在春节后实施新的薪资方案。

为了尽快完成薪酬设计方案,丽珊来不及进行行业的薪资调研,她直接找到嘉萍,让她帮助提供一些行业的薪资标准。

经过了二十多天的日夜奋战，科技公司新的方案终于出炉了，在吴总的催促下，丽珊直接把薪酬方案交给了科技公司。

交完了"作业"，正当她想松口气准备过年的时候，她忽然觉得"作业"是交了，可是应收的咨询款项没有到账，在她感觉不妙的刹那，她想吴总不能是不履约的人吧，自己不会运气这么不好吧，想到这儿，不妙的感觉荡然无存，她只是简单地对夏明说："别忘了要科技公司的尾款。"之后，就没再说什么。

春节到了，今年晓楠因为工作的原因没有回家过年，而忙碌了大半年的丽珊在这个春节里最想做的事情就是休息和放松，因为她太累了。

在春节的休假中，她一边休息，一边思考着下一步业务的发展方向。经过多日的思考，她觉得目前工作室的资源太少，直接阻碍了业务的拓展，她决定年后招兵买马，寻找适合的合伙人。

时间过得很快，转眼之间春节的假期就过去了，明天又要上班了，晚上她独自坐在沙发上，思考着明天的工作。她想明天应该让夏明催收科技公司的尾款，还有就是有关工作室公众号的事情，因为这个公众号推进得有些慢，主要是由于年前太忙了，无暇顾及。

早上，丽珊第一个来到公司，接着苏梅和夏明也到了，她将昨晚想好的工作向他俩布置好，自己离开办公室，向楼内有关的人员、物业人员拜年。丽珊转了一个多小时后兴冲冲地回到办公室，刚走进房间，夏明沮丧的脸让她感到吃惊。

"怎么了？夏明，脸色这么不好？"她说。

"孟总，我刚才给科技公司的吴总打电话，他把我数落了一顿。"夏明说。

"为什么？"丽珊不解地问。

第二十六章

"他说，他说……"夏明有点支支吾吾。

"你快说，怎么了？"丽珊急切地说。

"孟总，我觉得，我们被耍了。"夏明耷拉着脑袋有气无力地说。

"耍了？怎么？"丽珊已经有些急不可耐了。

"今早，我打电话给吴总，他说：'你们还要钱，那个薪资方案我们根本不认可，但是我们也没时间让你们重做了，就这样，后期的事情我们不做了。'说完就挂断了电话。"夏明沮丧地说。

听了夏明的话，丽珊也感觉不好，她拿起电话就给吴总打了过去，可是对方一直是占线，她断定自己的电话号码已被对方拉黑。

丽珊回到自己的办公室，呆坐在椅子上，手里依然拿着电话。此刻的她一脸茫然，眼睛直勾勾地望着白色的墙面，直觉告诉她：又一次遇到了骗子。

她努力地克制自己的情绪，调整呼吸，尽量不要让两个年轻人感觉到她的郁闷和忐忑不安。她真的没有料到，世上竟有如此不讲诚信之人。她失落、心痛、黯然神伤，她并不在意有多少钱没有收回，而是她心中的善良与诚信被无情的现实击碎。她的心又一次陷入冰冷之中，此刻，她就像是柳宗元笔下"独钓寒江雪"的蓑笠翁，孤独、无助、绝望，好像被所有世人抛弃……

此刻，她多么希望有人来分担她的不快与烦闷，但是她又不愿向任何人讲述这突如其来的不幸，因为她不想说话，只想一个人静静地发呆。

当下，她在思考一个问题：是自己太懦弱了，还是他人太龌龊了？想着想着，她的目光落在了桌面书架里的一本唐诗，这本书是云姐在工作室开业的时候送给她的。她缓慢地从书架里取出了这本书,翻开第一页时掉出来一张纸条,打开一看是云姐写给她的话。

珊:

愿你用智慧、才情、胆略和毅力,开辟出一块属于你自己的家园,奔向你心中的诗和远方。

云姐

她反复地看着字条上的内容,云姐的祝福,她第一感觉就是自己没有被遗忘,她还有朋友。

是的,半年多的创业,让她经历了不少的苦难与艰辛,但也历练了自己。过去,自己虽不是温室的花朵,但也是生活优越;事业上虽有风浪,但不是独自驾船冲浪;而今天不仅要自己驾船出海,还要独自面对大风大浪,更不能在风浪中让自己消失。面对艰难的创业之路,自己的确需要有一颗强大的内心,想到这里,她的心情好了许多。

她梳理着创业半年来发生的事情,觉得自己确实需要总结一下了,不能再盲目地向前奔跑了,不然,当有一天回望来路时,只剩下履痕处处的沧桑记忆,却无"痛并快乐"的时刻可以回味。

想到这里,她急不可待地想见到云姐。今年春节,由于云姐外出旅游,她只是用电话给她拜年,想着想着,她拿起了电话,拨通了云姐的手机。

电话中云姐告诉丽珊自己刚下飞机,当丽珊问她哪天有空见个面时,云姐爽快地说:"就今晚吧。"听了云姐的回复,丽珊非常高兴。

晚上六点,丽珊和云姐来到"陌上人家"餐馆用餐。餐间,云姐兴高采烈地将旅途的收获讲给丽珊听,丽珊兴致勃勃地听着。她真的佩服已过天命之年的云姐,能有如此的兴致和良好的体魄。她说:"云姐,听了您的一番介绍,我都想立刻出去旅游了。"云姐说:"好啊,下次,我们俩一同出去。"丽珊兴奋地应允,之后云姐询问了丽珊业务开展得怎样。

丽珊向云姐讲述了近期的业务情况,当提到吴总的科技公司龌龊行骗的事情时,云姐问道:"你打算如何处理此事?"

丽珊说:"我原本打算让您帮我起诉对方,可是我又觉得这样做不是最完美的方案。但是究竟如何,我现在还没想好,想听听您的意见。"

云姐说:"不起诉是对的,虽然这样的案子输的可能性很小,但是,作为一个还在创业期的服务性企业来讲,起诉客户总不是最好的选择。而且,再小的案子从立案、一审、二审也要经过一年左右的时间才有结果,官司胜诉了,执行也是个难点,对方之所以敢龌龊地赖账,就做好了应诉的充分准备。但是,我想跟你探讨一个问题,对于陌生人,你是持'有罪定论',还是持'无罪定论'呢?"

丽珊说:"我一般会选择'无罪定论'。"

云姐说:"这一点我和你不一样,也许是我的职业习惯,在一般情况下我会选择'有罪定论',因为这样,我会以防人之心和对方交往,等到双方有了一定的认知之后,我再及时修正我的态度,这样,我会保持比较清醒、理性的头脑,去对待双方的交往。"

云姐继续说:"珊,我知道,你很善良,这与你母亲对你的教育是分不开的。但是,现实中,当你的善良遇到诚信,可以说是珠联璧合,是人间最美的邂逅;而当善良遇见欺骗则是'东郭先生遇见了狼',那将是厄运一场。所以说,我们善良是有条件的。"

云姐喝了口茶继续说:"对人不要盲目轻信,人不但要善良还要有智慧，否则善良之心就会被心怀叵测的人所利用。在职场，好心未得好报的事经常发生，那些你曾经视为朋友的人，在经过你的帮助之后，不仅过河拆桥，而且还把你当成仇人的人比比皆是。尽管这些忘恩负义之人，跨过了'恩人'的肩膀，成就了一时的荣耀，但不会有一生的安宁，这些人在现实和未来的选择上，他们情愿选择现实。"

云姐富有哲理的话语令丽珊茅塞顿开，也解开了她多日的心结。她明白了出现科技公司这类的事情，不是因为她太懦弱了，而是自己对社会人的认知需要有新的提升，就像云姐说的：善良是有条件的。

云姐不愧是海都市律师界的领军人物，不仅一身正气，而且高屋建瓴，令丽珊钦佩不已。在她的心目中，云姐不仅是知己更是她的人生导师。

丽珊回到家中，坐在沙发上依然回味着云姐刚才的话语，她又把开业以来所有的业务都进行了分析和总结，从中得出了一些体会和认识。她觉得目前的所有项目缺乏一个完整性，总是在围绕某一个项目，没有考虑整体的发展；再有工作室目前缺乏核心项目，没有开发能持续发展的业务，另外对团队成员缺乏必要的培训。丽珊想着，觉得自己肩上的担子很重，压力很大，她必须要培养出具有综合能力的员工，而且公众号的建设工作不能再拖了，明天就着手这项工作的推荐。

这一晚，她思考了许多，这一夜，她又失眠了……

第二天一早，丽珊早早地来到工作室，之后，夏明与苏梅也走进了工作室，互相寒暄之后，丽珊在她的办公室里召开了会议，将她昨晚思考的工作进行了布置，并首次谈到工作室今后的发展方向，最后，她向夏明询问了公众号的事情。

夏明说："我正打算在会后向您汇报这件事情，我昨晚和工程师通了电话,由于此人春节回老家过年,目前还没有回来,所以下面的工作还无法开展。"

"什么时候回来?"丽珊问。

"他说还要几天。"夏明回答。

"目前小程序做到什么环节了?"丽珊又问。

"据工程师本人说,还差音频的部分。"夏明说。

这时,夏明的手机响了。夏明摆了一下手说:"是工程师打来的。"说完,夏明离开房间到外面去接电话。

五分钟之后,夏明回来,有点沮丧地说:"孟总,工程师说他奶奶去世了,一时半会儿回不来了。"

丽珊摇了摇头,无奈地问道:"我们的费用支付多少了?"

夏明说:"还差百分之十的尾款。"

"怎么支付了这么多?"丽珊问。

"上次,您忘了,工程师说要在开发区买房,首付款还差些,问咱们能不能给他多支付一些费用,我请示您,您说可以,所以就将后面的百分之三十款项也付给他了。"夏明说。

"哦,我可能忘记了。"丽珊说完,又一次摇了摇头,自言自语地说:"我们又被骗了。"

停顿了一会儿,丽珊抬起头说:"从今天开始,我们每一个项目的执行,严格按照我们的程序进行,大家互相监督,我们不能再为我们的简单、盲目、善良而买单。"

最后,丽珊让苏梅与招聘网站联系,准备"招兵买马"。

第二十七章

　　昨天,丽珊接到阿文的电话,由于其母亲的到来,可以将孩子脱手了,她终于能来工作室上班了,这对丽珊来说是件非常高兴的事情,她不仅需要合作的伙伴,更需要帮手。

　　阿文,一个睿智且有品位的女人,在丽珊的眼里,她近乎完美。她与阿文的相识与相知,源于一次人才招聘大会。

　　那是四年前的一个春天,市人力资源促进会举办了一次春季大型人才招聘会,她俩的展位互为"芳邻"。招聘闲暇之余,她俩聊起天来。就在她们聊得正酣的时候,一位清纯的姑娘和一位女性长者来到阿文的面前。女孩非常腼腆,不敢上前咨询,女性长者走上前小心翼翼地问:"你们还招聘吗?"

　　"招呀!你们打算应聘哪个职位?"阿文耐心地说。

"嗯……我女儿想要应聘英语翻译，不知是否符合你们的条件？"

"你让她自己说！怎么应聘还不自己说？"此时阿文的助理非常不耐烦地说。

"你不要这样。"阿文推了一下助理。

听了助理的话，女性长者显得有些尴尬，并紧张地解释着："孩子是第一次来应聘，有些紧张，所以我就跟来了，不好意思，我也知道不妥。"

面对这样的应聘者，按照HR的所谓惯例，一定会被拒之千里。因为大多数做HR工作的人都会认为这样的应聘者将来很难胜任今后的工作，而阿文却一反常态地与这个应聘的小姑娘聊了起来，问了她大学的专业及她的爱好，通过交流也考察了她的一些基础能力，令人意想不到的是，她竟然接受了小姑娘的职位申请。

后来聊起此事的时候，阿文对丽珊说："这个小姑娘非常聪明，英语专业能力也不错，年底员工评比，她还获得了优秀新员工奖。其实每个人在一生中都有若干个第一次，我也是从这个时候过来的。我之所以录取她是看中了她的单纯、聪慧，就像一张白纸，可以任我绘画，而且我有信心能培训好她。"

这件事情对丽珊这样资深的HR来讲，不是什么创举，但是对阿文这样年轻的HR来讲，能有如此博大的胸怀和见地，令丽珊为她点赞。

几年的交往中，她对阿文的信任及好感可说是与日俱增，她坚信，有阿文的加盟，今后工作室的业绩会有很大的提升。

今天来上班的新人，除了阿文还有通过网络招聘的三名新员工，他们分别是业务员：吴昕，销售策划：董亚婷，另一个是文案沈佳佳，一上班丽珊就将大家召集在一起开会。

会议的议程首先是欢迎新员工的到来，之后丽珊将今后工作室的发展规划与大家进行了沟通。她说："以后我们的工作重点：一是针对职场人士的职业生涯规划及专项培训，这类业务基本是一对一的，也是我们的'招牌菜'，虽然辛苦，但是我们要坚持做好这项工作，因为这个项目可以让我们赢得良好的口碑；二是针对以上人员建立我们的社团，开展线下的培训等社团活动；三是线上的培训课程，我们的最终目的是开一个线上的职业大学。这三块业务需要我们具有较高的专业工作能力及线上、线下的运营能力，后面我会以招募合伙人的方式寻找新人加入我们的队伍，当下要做的是将我们的APP（应用程序）做好，其名称我已定好，名字就是：丽珊职场。针对以上的内容，请谈谈你们各自的想法。"

首先发言的是阿文，她说："我觉得珊姐提到的以上三个项目非常好，我说好的原因有两点：一是与时俱进。当下，有太多的职场人不仅有职场困惑，且对自己的未来发展毫无规划，我们为他们进行专业化的指导及规划，对这些有需求的人来讲，无疑是雪中送炭；再有我对未来建成线上职业大学的目标非常看好，随着互联网的发展，做好这方面的工作，也是今后公司的发展方向，也是大势所趋。但是这些项目需要我们寻找各方面的资源，这对我们今后的工作也是一个挑战，为此，我们必须拧成一股绳来做好这项工作。我个人表示，我今后的工作重心可以多放在这项工作上面。"

之后其他人员也都分别发表了自己的意见，尤其是苏梅也提出了自己的新思路，她说："在我们做成线上社团之后，我们可以开网上商城，经营一些与我们业务相关的书籍及文创产品。"

对大家的发言，丽珊感到非常欣慰和激动，这才是她需要的团队，需要的伙伴，她终于有了同路人。

第二十七章

丽珊最后说:"今天大家的发言给了我新的启示,我们的未来是美好的,这就需要我们不断提高自己的工作水平,把我们的工作做好,做扎实,更好地为客户服务。"

今天的会议是丽珊工作室成立以来最有内容的一次,它不同于以往的会议只是简单地布置工作,交流信息而已,这次会议对工作室来说具有里程碑的意义。丽珊知道,今后的工作很重,需要自己更加艰辛地付出,但是当想到未来的时候,她充满了信心。

会议上,丽珊还布置了本周的工作计划,有关公众号小程序的工作由新员工吴昕负责,尽快找到新的外包商,有关公众号文案的撰写由沈佳佳负责,她和阿文、董亚婷、苏梅及夏明对职业生涯规划等工作进行系统的策划及实施,并让阿文担任业务总监。

会后,她把阿文叫到了自己的办公室,与阿文商讨今后的业务分成。她说:"文,再次感谢你的加入,至于今后的业绩分成,我想我们提前明确一下。文,你是了解我的,我这人比较直率,我们的合作是建立在共同发展的基础之上,我想以后你主要负责咨询项目的开展,这方面工作量大,也很辛苦,我想你的工资分成两部分,一部分是月薪,另外一部分是项目分成,月薪呢,每月税后五千元,有关社保缴纳,按照国家有关规定;关于项目分成,按照项目总标的三成给你,你觉得怎样?"说着,她顺手拿出了一份合同给阿文。

听了丽珊的话,阿文先是有点不好意思,之后便笑着说:"珊姐,咱俩别分得这么清楚,再说,现在我们是在创业初期,我不好拿这么多。"

丽珊说:"这个你还是听我的,你有孩子,不能没有安全感,你放心,现在工作室已经有利润了。"

听了丽珊的话，阿文没有再推辞，只是把合同推回给丽珊，并说："珊姐，咱们俩没必要这么仔细，合同就算了吧。"

阿文的推辞，丽珊暂时认可，她想，目前还没有项目，等待项目开始的时候再签也不迟，就这样，她把合同又放回了文件柜内。

在忙碌中，一周的时间很快过去了，所有的工作都在有序地进行中。周五快下班的时候，苏梅接到了一个电话，一个声称是森茂集团公司的HR，提出要进行企业咨询，问能否在周六见面，交流一下？

丽珊想了一下说："可以。"便让苏梅约了周六上午十点在公司会面。

周六一早，丽珊和苏梅先后来到了工作室，等待客户的到来。十点刚过，一位三十多岁的帅气男士走进了工作室，一进门，他在寒暄之后，拿出自己的名片，并自我介绍说："我叫罗瑞，是森茂集团的HR经理。"

丽珊接过名片，快速地打量着他：小伙子身高大约有一米七五，方脸，眼睛不大但很有神，皮肤有点泛黄，嘴唇有点厚，与其寒暄之后，主宾双方开始交谈，丽珊礼貌地说："贵司有什么需要我们帮忙的？"

罗瑞说："我们集团于2006年成立，至今已有十多年了，公司经营内容比较多元，有高科技、生物制药还有一些国际贸易，按照之前的计划，准备明年上市，可是目前的干部力量有些薄弱，而且许多员工对企业今后的发展规划不能准确把握，主要体现在工作上总是跟不上领导的脚步；过去我也在干部培养上做过不少的工作，但是收效甚微，其原因主要是公司的中高层管理人员的综合素质偏低，另外没有对个人的发展进行规划，因为我一个人完成几十名高管的规划，几乎没有可能完成，所以我与领导商量之后，打算借助外脑来进行这方面的工作。"

说到这儿，他停顿了一下，苏梅顺手将一杯刚泡好的茶递给他，"请您喝茶。"苏梅微笑着说。

罗瑞接过茶，回应"谢谢"之后，继续说："请外脑的原因还有一个，就是'外来的和尚好念经'，另外公司领导希望你们给我们带进一些新的管理理念。"

丽珊微笑着说："非常感谢贵司的信任，对于您公司的需求，我觉得我们的专业能力能够胜任，只是需要对贵司再多一些了解，不知道贵司方便与否，我们到您的公司去进行更多了解？"

"可以的，我之所以利用假期与你们交谈此事，就是希望能尽快将此事完成，以跟上公司前进的脚步。"罗瑞说。

"好的，您看何时去您的公司呢？"丽珊问。

"这样，周二可以吗？因为每逢周一，公司的会议比较多。"罗瑞说。

"好吧，周二上午十点，我们到您的公司去，可以吗？"丽珊问。

"好的，那今天就这样，我们周二见。"说完，罗瑞起身告辞。

送走了罗瑞，丽珊回到了办公室，苏梅也跟着走了进来。"孟总，咱们这是开门红呀，刚说到整合，就来了个大项目。"

"是，是好事，但是项目大，也给我们提出了更高的要求，我们一定要把事情做好才行。"丽珊若有所思地说。

"没问题的。"苏梅兴奋地说，此时她完全沉浸在对美好未来的畅想之中。

丽珊却没那么兴奋，她在思考当下的人手，接了这样大的案子，是否能够忙得过来。本来她计划的一对一的个人服务项目，没有那么紧急，因为个人咨询可以采取预约的形式，分别完成，这类企业的整体咨询项目暂时没在她的计划之列，但是来了生意又不能推出去，她想以后加班的日子不会少了。

周一上午，丽珊将森茂集团的项目与阿文进行了交流。阿文觉得：这个项目对于当下的工作室来说是求之不得的，一是带来了收益，同时也能得到充分的实战经验。丽珊点头称是。

在充分肯定此项目的同时，丽珊将自己的忧虑对阿文讲了。阿文笑笑说："珊姐，你不要担心我们目前人手不够，这种项目，我一个人就可以，你忙其他的事情，这事就交给我吧。"

听了阿文的话，丽珊很是感动。之后阿文说："我今天把项目的初步计划拟好，明天我们一起去森茂。"

周二上午十点丽珊、阿文及苏梅一行如约来到了森茂集团。一进公司的大楼，首先映入眼帘的是位于大厅中央的喷水池，池内游动着十余条红色的锦鲤，一位大约六十岁的男士正在池边喂鱼。大厅的正面墙上挂有一幅写有"红运当头"的山水画，画的尺寸很大，几乎遮盖了整个墙面，画的两边摆放着两盆发财树，树高且茂盛。

"欢迎孟总。"随着声音罗瑞从大厅的一间房子走了出来。

"罗经理，你好。"丽珊笑着回应着。

"我来介绍一下，孟总，这是我们的杨董事长。"丽珊顺着罗瑞的手掌指向，看到刚才那位年长的喂鱼男士原来是集团的杨董事长。

"您好，杨董事长。"丽珊主动伸出右手并与其寒暄。

"你好，孟总。"杨董事长一边与丽珊握手一边说。

"小罗，你让孟总到我办公室等一下。"杨董事长对罗瑞说。

"好的。"说着，罗瑞引导丽珊一行人向杨董事长办公室走去。

走进了杨董事长的办公室，丽珊快速地环顾了一下，办公室非常豪华，一套咖啡色的牛皮沙发，米黄色的地毯，办公桌超大，桌上摆放着水晶球、一个圆球鱼缸和一盆开运竹，墙上还挂着名人的字画，沙发对面有一个佛龛。丽珊一行坐在皮沙发上，等了约莫十分钟的样子，杨董事长走了进来。

"孟总，我开门见山啦，因为我一会儿还有事。"杨董事长坐在丽珊对面的单人沙发上，跷起了二郎腿，操着南方口音以居高临下的姿态对丽珊说。

"好的，杨董事长。"丽珊微笑着回应。

"有关我们公司的情况，回头让小罗跟你细讲，我就想跟你说一句话，这个项目我的要求是两个字：快、好，否则我找你们就没有意义了。如果你需要与我沟通，就告诉小罗，我看时间方便的话，就行，你觉得怎么样？"杨董事长说。

杨董事长的话，先是让丽珊有点发蒙，她是第一次见到这么不客气的人，有点不被重视的感觉。"哦，好呀。"她礼貌地回应着。

"孟总，敢问一下你是什么属相？"杨董事长一边说着一边从自己的上衣口袋里拿出了一个小本。

"什么？杨董，我的属相？"丽珊有点不解。

"没什么，我想看下我们能否合作愉快。"杨董事长说。

对于杨董事长的发问，让丽珊有点尴尬，她觉得这与项目有关吗？一旁的小罗看出了丽珊的心思，急忙解释说："孟总，没什么，就是简单了解一下。"

"哦，我属龙，今年四十岁。"丽珊有点无奈地说。

听丽珊说出了属相之后，杨董事长将挂在胸前的老花镜戴上仔细地翻看着手上的小本，不时从眼镜后面打量着丽珊，且用右手比画着，好像是在计算天干地支。

丽珊打量了一下眼前这位说话爱拉长音的董事长，一副老干部模样的长者。他大约一米八的身高，精瘦精瘦的，头发花白，长脸，大眼，嘴巴有点大。大约五分钟之后，他笑着说："还行，我们合作吧。"之后站起身又说："小罗，你把我的想法对孟总讲讲，我还有事。"说着，他离开了办公室。

望着杨董事长离去的背影，丽珊有点发愣，她人生第一次见到这样的人，靠这种方式对项目进行定夺。虽然她心情不爽，但也无奈。

"孟总，这样吧，我们到会议室去谈吧。"小罗说。

"好。"丽珊一行随小罗来到了会议室，到会议室落座后，她开门见山地对小罗说："罗经理，我们谈下项目的细节，好吧？"

"好的。孟总，刚才董事长似乎有点唐突，请您不要介意，他对第一次见面的人都要看看属相、命相是否与他相配，董事长非常相信这个。"小罗笑着说。

"没事，只是我第一次有这样的经历，不太习惯。"丽珊也笑着说。

"好吧，我们言归正传。关于这个项目，我们上次见面的时候，与您交流过，我想听听你们对项目实施的具体思路。"小罗说。

"是这样，罗经理，针对你们的项目，我们开了一个专题会议，做了一些前期的工作计划，这样，让我们的业务总监徐文跟你讲一下。"丽珊说。

此时，阿文已经拿出了两份文件，礼貌地与小罗打过招呼后，将其中一份交给罗瑞，之后说："罗经理，关于你们的项目我们打算分三个阶段进行；第一阶段是调研，第二阶段是项目计划并分段实施，第三阶段是后续完善，在这个阶段我们会更有针对性对个别重要岗位的人员进行指导及培训……"阿文用了大约十五分钟将项目的工作思路与罗瑞进行了交流。

第二十七章

对于阿文的项目讲述，罗瑞表示满意。之后，他问了此项目实施的整体时间及费用。

阿文说："本项目的实施目前只是一个预估的状态，因为目前尚不了解需要进行职业咨询的人数及难易，这个我们会进行专项测评，不过依照过往的经验：一个人做职业咨询及规划的时间在十至二十小时之间，所以我们预估项目应该在每人十至十五小时之间，如果平均按照十三小时计算，按照贵集团的中高层管理人员约三十人，我们的咨询时间大约为三百九十个小时，每小时四百元的话，那么我们整体收费为十五万六千元；加上后续的支持指导费用及前期的调研费用，以每个人每小时五百元收取，我们假定有十五个人需要进行指导，并按照指导小时数为每人五小时计算，指导费用为 37500 元；调研费用我们不按人头收费，只是按照项目收费，费用为每天两千元，约十天，计两万元，前后三项合计为：213500 元。罗经理，你看这样可以吗？"阿文一口气将所有费用计算完毕。

罗瑞说："这个数字在我们接受的范围内，这样，我这两天将合同拟出，我们就可进行项目的开展。"

"好吧，罗经理，贵集团的项目由我总负责，以后我们俩加强联系与交流。"阿文说。

"好好，这样好，通过这个项目，我也可以向你们学习更多的技能，好，祝我们合作愉快。"罗瑞爽快地说。

项目内容交谈完毕，丽珊一行人离开森茂，返回工作室。

回程的路上，苏梅驾车，丽珊和阿文坐在后排座上。阿文翻看着计划书，拿着笔在修改着。看着阿文聚精会神的样子，丽珊非常高兴，她终于有帮手了。

这几天可谓是好事连连，先是阿文的加入，又是首轮谈判就拿到了项目，而且阿文的项目计划做得如此完美，无懈可击，她再次坚信，阿文是她的贵人，她的到来，不仅业绩会有新的提升，同时也会让她省不少力，此刻，她觉得能有这样出色的好朋友、好帮手，真乃人生之幸事！

　　森茂集团的项目进行得很顺利，按照合同约定，森茂分两期付款，首期是在签约之日支付，二次付款在项目二期进行中支付。经阿文精确计算，本合同总款项为二十五万元整，首期款十二万五千元在签约当天支付完毕，收到款项后，丽珊一分钟没耽搁，将总款项的百分之三十即七万五千元通过网银汇到阿文的个人账户上，并让苏梅做她的助理，协助她的工作。为了褒奖阿文的辛苦付出，她花了五千多元买了一个漂亮的名牌手包送给了她，对此，阿文表示感谢。

第二十七章

第二十八章

一晃，两个多月过去了，工作室的所有业务进展顺利，公众号也基本制作完毕，负责文案的沈佳佳正在填充着内容，销售策划吴昕、董亚婷也在忙碌之中，苏梅和夏明正着手线下社团会员的招募，且进展顺利。在进行两次推广之后，已招募社团成员二十六名，并确定在十天之后，举办第一次社团活动，活动由阿文与社员分享职场心得。

又到周五了，正在准备下班的丽珊接到了晓楠的微信，微信的内容是一份文件的截图，内容是："林晓楠同志，你已圆满完成本次的援疆工作，请在接到此通知后的十天之内返回海都，返岗后，任命你出任海都市纪检委书记。落款：海都市委组织部。"

这消息真的是太令人振奋了，丽珊激动得把这条微信看了好几遍。两年多来，她经历了许多坎坷与磨难，每次遇到困难的时候，她多么期望能得到晓楠的安抚、鼓励和帮助，想着想着，她流泪了。不过，这泪水与以往不同，是幸福、喜悦的泪水。

正在丽珊伤感的时候，苏梅敲门进来，看到丽珊眼泪汪汪的样子，有点吃惊，她以为丽珊又遇到难事了，正打算安慰，看到破涕为笑的丽珊，也跟着笑了，并说："孟总，您是不是有喜事了！"

"嗯。"丽珊含着泪笑着回答。她让苏梅看了微信的内容。苏梅一看，便大喊一声"哇，这是天大的喜事呀，孟总，明天刚好是周末，我们大家一起吃个饭庆祝一下好吗？"

"好。"此刻的丽珊已被幸福缠绕，笑得合不拢嘴。其他人听到苏梅的声音，也都纷纷过来，当苏梅将消息公布之后，大家都很高兴，一阵欢呼雀跃之后，便拉着丽珊走出了公司。

丽珊一行七人来到了她最喜欢的淮扬菜馆，席间，大家推杯换盏，好不热闹，一向沉稳、含蓄的丽珊今日已被幸福包围，她不停接受着大家的祝福，菜还没上齐一瓶红酒就被在座的人消灭一空。

善解人意的阿文今天也被这热烈的场面所感染，虽然她来工作室只有三个多月，但她深知丽珊一人打拼职场和创业的艰难，现在好了，晓楠哥回来了，珊姐也就圆满了。

欢乐的场面持续到晚九点，阿文提议今天的宴席到此为止，因为她要回家看孩子了。大家在意犹未尽之中散场，各自回家。丽珊因为喝了酒，便将车停在餐馆的停车场。

她没有很快打车，她想走一走。虽然今晚她破天荒地喝了不少酒，却没有多少醉意，也许是因为高兴的缘故吧。此时，她独自走在便道上，哼着《女人花》，享受着初夏的微风，憧憬着未来的美好生活……

周六一早,丽珊收到晓楠发来的微信,他将于下周日抵达海都,并将航班号转给了她,她非常兴奋。

周日,即将与恋人重逢的丽珊神采飞扬,喜悦的样子好像是平静的湖面激起欢乐的浪花,心情更像浪花一样欢腾。早上,她用过早餐之后,开始打扫房间,之后,又买来鲜花摆放在餐桌上,看着怒放的鲜花,心里感到轻松愉快。

愉快的周末结束了,周一早上,她第一个来到了工作室,把手包放在衣架上,她的第一项工作是翻日历,还有一周,她就见到晓楠了。这两天丽珊的思绪一直没有停止过,她想着之后的幸福日子,也想着工作室的日新月异,一想到今后,从未有过的幸福之感涌进了她的心房,心仿佛荡漾在春水里,泛起灿烂而快乐的涟漪。

"孟总早。"是苏梅的声音。

"早。"她笑着回应。

"你不是跟阿文去森茂吗,怎么来公司了?"丽珊问。

"别提了,上周文姐基本就没用我,我一看就回来了。"

"怎么,没用你?"丽珊不解地问。

"是这样,上一周的工作主要是文姐对公司的干部进行一对一的咨询,文姐觉得我在场不方便,就没让我到会议室去,我只是在小会客室整理资料。不过周四那天,文姐一天基本没工作,只是与杨董事长交谈,我就有点纳闷,谈什么事呀,说了一天。"苏梅一口气说完。

苏梅这么一说,丽珊忽然想起,项目已经进行两个多月了,开始的时候,每天都能接到阿文以微信形式进行汇报,最近一周没见阿文的汇报,她想出于礼貌,也应该拜访一下森茂了。

"苏梅,你陪我去趟森茂吧,看看项目进行得怎样了。"丽珊说着,拿起了手包和车钥匙。

周一的早上,路不好走,车堵得厉害,经过了四十多分钟才来到森茂的大楼前,她停好车,便和苏梅走进了大楼。

一进楼内,就听见了一片喧闹声,墙角还有一位四十多岁的妇人在哭,看身上穿的衣服,应该是保洁人员。

她们对前台的女孩说明来意,女孩说:"您先别上去了,杨董正在发怒。""发怒,怎么了?"丽珊问。

"这不是嘛,新来的保洁大姐不知道杨董摆在桌上的风水摆件是不能乱动的,打扫的时候就都给拿起来擦了一遍,杨董发现后,就发怒了。"前台女孩小声地说。

"怎么还不能动?"苏梅问。

"你怎么不明白呢?那些摆件不能动的,平日里,都是杨董自己擦拭的,从来就不让任何人动的,新来的保洁大姐不知道怎么回事,就动手擦了起来。"前台女孩说,"这下可好了,估计今天我们也都不好过了。"

丽珊觉得自己来得不是时候,就打道回府了。回到工作室,她拿起电话想给阿文打个电话,可是一直打不通。

"孟总,您有事吗?"夏明问。

"有事?"

"想跟您说说周六早上社团活动的事。"夏明回答。

"哦,好,到我办公室吧。"

"您看这是计划书。"夏明一边说着,一边把资料递给丽珊。

丽珊认真地看着夏明的计划书,之后问道:"阿文知道要在第一次社团活动上演讲的事吗?"

"知道,这是她自己定的。不过我上周问她有无变化,她说今天再和我确认一下,主要是看她的项目工作进度,只要不冲突就行。"夏明说。

"嗯,我刚才给她打电话,一直没人接,一会儿你抽空再跟她确认一下吧。"丽珊说。

"好,您还有其他指示吗?"

"我就想嘱咐你一点,第一次活动一定要开门红,而且还要满堂彩,这样我们今后的活动就好开展了。"

"好的,回头我们再仔细策划一下,不能有任何疏漏。"夏明说。

"我忘记了,每次社团活动咱们都要备好小礼物送给社员,这样可以表示我们的一点心意以及对社员的重视。"丽珊说。

"好的,孟总,没什么事,我就忙去了。"夏明说完走出了丽珊的办公室。

忙碌了一个上午,她感觉饿了,正要去楼下餐厅用餐的时候,手机响了,一看号码,是罗瑞打来的。

"喂,罗经理,你好。"丽珊笑说。

"是这样,今天上午杨董说我们的项目计划暂时中止,以后再说吧。"罗瑞说。

"中止?为什么?"丽珊不解地问。

"原因呢,挺多,有的不方便说,就这样吧。"罗瑞说完挂断了电话。

丽珊这回又蒙了,怎么回事呢?她想问一下阿文。电话接通了,阿文说她也不知道,因为孩子病了,她现在在医院,暂时不方便处理这事。

此刻的丽珊不仅没有了饿意,更是有些烦恼。她让苏梅把与森茂公司签的合同拿了过来。项目的合同是由森茂方拟定的,因为是阿文去签的,她压根就没有看过。

翻着合同,内容条款主要涉及了项目的标的、时间,没有明确中途解除合同双方的违约责任,只是说以书面或口头的方式通知对方即可。此刻,丽珊感觉后背发凉,凭直觉,她意识到要有不好的事情发生。

由于要召开第一次社团活动，大家都在忙碌，又不好打扰阿文，这几天丽珊只是每天发条微信给阿文，问问孩子的身体状况，没有提工作的事情。

周四，她拿起电话给阿文打了过去，阿文没接，只是回了条微信：这会儿不方便。

丽珊放下电话，静静地坐在班椅上，此刻的她，一脸的无奈和迷茫。

周五，社团的活动一切准备就绪，就等阿文的演讲确认，令丽珊极度意外的是接到了阿文辞职的微信。"珊姐，由于家庭原因，我不能继续工作，请见谅。"

看完微信，丽珊感觉有点天旋地转，她让自己保持冷静，慢慢地坐在沙发上。她知道，一定是发生了什么，只是她目前还不知道发生了什么，不过以她的直觉来推断，阿文的辞职与森茂项目有关，她决定去森茂公司一趟。

丽珊和苏梅一起驱车来到了森茂公司，刚走进一楼的大厅，首先映入她眼帘的是带着胸牌的阿文正在给一群人训话，胸牌上标注的职位是"人事总监"。

看到这一幕，丽珊差点摔倒，苏梅一把扶住了她。此时阿文也看见了丽珊，更让丽珊意外的是，她不仅没有选择躲避而是直接向丽珊走来。她说："珊姐，我知道你是能理解我的，人各有志，我有我的选择。"说完，走回去继续训话。

阿文就是阿文，丽珊没有看错，她是一个睿智的女人，在她的心中有着更大的天地，她需要更大的舞台。尽管丽珊待她亲如姐妹，但是，对于她来说，友谊与事业相比，她更看重后者。她知道，这样的选择，似乎有悖于做人的初衷，但是眼下一个大公司的工作机遇她不能错过，尽管此种做法有失人的道德水准，但她认为那不过是读书人的风雅，是"宇宙精神"，与现实无缘。

丽珊不知道自己是怎么走出森茂公司大门的，此时的她全身无力，心脏发闷，她多么希望刚才看到的一幕，不是真实的，只是梦中的影像而已。

"孟总，你难过就哭出来吧！"苏梅一边扶着丽珊的身体，一边流着泪。

"哭，我凭什么哭，我有必要吗？！"她说话的声音有些微弱且带着极度的哀伤。

单纯的苏梅一时不知如何是好，都说人间有真情，可是刚才的那一幕，让涉世不深的她开始怀疑人生。

望着眼前无比痛苦的丽珊，苏梅不知所措，她忽然想起了"求救"，便拿出电话，给夏明、吴昕他们打电话。

三十分钟后，夏明、吴昕、沈佳佳、高婷婷四人驱车赶到，夏明见到靠在墙边有些站立不稳的丽珊，走上前去一把搂住了她，流着泪说："姐，你要挺住，有我们在呢！你放心，我们一定会好起来的。"

急脾气的沈佳佳气得打算到森茂公司去找阿文理论，被站在旁边的吴昕一把抓住，并说："佳佳，不要去，我们要活得有志气。"

在大家的劝导和保护下，丽珊和同仁们回到了办公室，坐在班椅上的她示意大家离开，她想安静一下。夏明他们不敢走远，都站在她办公室的门前，怕她出现意外。

突然间，本是阳光普照的正午，天慢慢地黑了下来，一阵狂风之后，今夏以来的第一场大雨突然来临。

一阵闪电过后，隆隆的雷声就像要把天炸裂一样，阵阵雷声像是神灵的呼喊，将她从痛苦中唤醒。她起身，走到了窗前。

窗外滂沱的大雨"哗啦啦"地下着，铜钱大的雨点狠狠地打在窗台上，发出了"啪啪"的声响；风也在呼呼地吹，耳边雷声不断，好似狮子在怒吼，这雷声、雨声就像上天为她受到的不公而发出的呐喊。

自踏入职场二十年来，痛苦一直伴随在她的左右，且每次痛苦都会让她的梦破碎成瓦砾，在每一次"疗伤"之后，她会将瓦砾重新捡起，并努力拼凑，而后又碎，她再捡起，再拼凑，有时她真的担心有一天破碎的梦再也拼不起来。

自幼在父母呵护下长大的她，本没有人们想象的那样坚强，但是在经历职场的艰难与挫折之后，她不仅学会了坚强，也学会了承受；她深知，只有坚强才是人生面对困难的唯一出路，也只有坚强才能护佑她走向诗和远方。

她深知，在人生的道路上总会遭遇风雨的袭击，但人不能因此而躲进温室，作为一个强者，要充满自信，充满勇气地迎上风雨，总有一天，美丽的彩虹会在前方恭候她的到来。

窗外的大雨在经历了一阵咆哮之后，大地归于了平静，太阳重新绽放，天空还出现了一道彩虹。人们都说：不经历风雨，怎能见彩虹。凝望着美丽的天空，感受着阳光照耀，一股暖流贯穿着她的躯体，此刻的她，心情好多了。

她打开了窗户，雨后清新的空气扑面而来，充溢了整个房间。她贪婪地呼吸着，陶醉在甜润的空气之中。清新的空气，美丽的彩虹，让她不由自主地想起了王维的诗：空山新雨后，天气晚来秋，明月松间照，清泉石上流。这首颂扬山水的名篇，清新、幽静、恬淡，雨后的一切，那样美好，那样清爽，那样纯净。

雨后的阳光格外明媚，直射的阳光像一束闪闪的金线，耀得她眼睛发花，她走到了办公桌前。桌上写有"上善若水"的水晶摆件，映入了她的眼帘。今天的事情，让她又一次对自己的善良与诚信产生了怀疑，但是这四个字像是在提醒她，坚强的人不仅要勇敢地面对一切痛苦，也能发自内心地去忽略他人的一切伤害。

想到这，她释然了……

闷在房间里近两个小时的丽珊，打开了房门，走出了办公室，看着站在眼前的五个人，她笑了，他们也笑了。

"来，我们研究一下明天社团的活动吧。"丽珊打破了寂静。

"好呀，我正为明天的事发愁呢。孟总，不，以后我们就叫您珊姐吧。"机灵的夏明笑着说。

"好，我喜欢这称呼。"丽珊说。

"珊姐，明天活动的演讲，您看怎么办？"夏明说。

"我来吧，我来演讲，演讲的题目我已经拟好，'我若安好，便是晴天'你们看怎样？"丽珊非常自信地说。

"好，这个题目好，只要我在，一切都将随我所愿。"不太爱说话的吴昕自信满满地说。

社团的首次活动在 CBD 中心二楼的小剧场里举行，周六一早，工作室的全体成员都来了，大家要共同见证第一次社团活动。来到现场的社团成员比原先统计的人数多了五名，好在提前有准备，一切程序都在有序进行中。

活动按时开始，首先是夏明作了暖场的发言，他幽默的开场白，非常契合当下年轻人的口味，一阵掌声之后，他将丽珊推出，丽珊跨上了演讲的舞台。

"大家好，我是首次社团活动的演讲者——丽珊，今天我的演讲主题是'我若安好，便是晴天'，以此主题与大家分享一下我二十年的职场心得。"

丽珊的演讲大约进行了一个小时，演讲中她与社员们分享

第二十八章

223

了她在职场的甜酸苦辣，给到场的年轻职场人很好的启发。

她在演讲中说道：

我二十年的职业生涯，可谓是风风雨雨，沧海桑田。漫漫职场路，有辉煌、有泪水、有感动、有疲倦、有委屈、有叹息、有遗憾、有忧伤……

在过往的职业生涯中，我每一次新职业的选择，都是带着上一份工作的委屈与无奈，和对下一份工作的陌生与期待，那种忐忑不安的心情，令我至今难以忘怀。

在合资企业时，由于中方与外方领导工作理念的不一致，导致我的工作陷入两难的境地，当年那份令人尴尬的景象至今依然保留在我的脑海中。

在独资企业里，虽然我以诚实之心辛勤工作，却不能免除外方老板的多疑，那种无法言喻、无处释放的憋屈，至今想起依然难以平复。

在民营企业中，由于老板管理上的短视和家族式的管理模式，作为职业管理者的我无法施展拳脚，在承受太多的无奈之后，我只有选择辞职。

当以"空降兵"的身份跳槽到陌生的企业时，面对比我"资格"老的部下，我的角色便是他们的"后妈"。虽然我能以过关斩将的气势，杀出一条"血路"，但是毕竟要耗费许多脑力和体力，有时也有"挂彩"的时候。

面对同僚之中的小人，尤其在遭受他们的打击和伤害之后，而又无处申冤昭雪时，那种苦涩，令人断肠。

在过往的职场岁月中，令我记忆最深的是每一次的就职和离职。每一次选择，都会有不一样的感悟。

过往的职业生涯里，我有过山重水复，也经历了峰回路转。我彷徨过，犹豫过，痛苦过，不安过，自我否定过，有时也没有人们想象的那么坚强，但是当我回忆过往的路途，觉得还是有许多意想不到的收获。

在人生的旅途中，我有很多次"受伤"，现在看来，累累的创伤也许是生命给每个人最好的东西，因为在每一个创伤之后都标示着我们又前进了一步。

我们每个人都需要工作，工作不仅创造了价值，也创造了自身的价值，用心去创造，在创造中寻找乐趣也许就是工作的最高境界。

沧桑之美，是因为它不仅有饱经世故的成熟，也有处变不惊的淡然与从容。我们不用为昨天的失落而悲伤，不用为昨天的失去而痛苦，因为昨天的沧桑是人生美丽的风景。

同仁们，让我们以平和的心态走进生活，走进工作，敞开心扉，放松脚步，去展望人生旅途中美丽的风景，我若安好，便是晴天。

好，今天我的分享就到这里，谢谢大家！

"哗……"一阵热烈的掌声灌满了整个小剧场，其中，一位三十多岁的女子含着泪水站立，并竖起大拇指为丽珊点赞。

掌声过后，夏明宣布活动进入第二个环节——互动。他的话音刚落，台下的气氛就热闹起来，有举手提问的，有互相之间窃窃私语的，大家都在分享着职场的体会。

丽珊走下台去，坐在了社员们中间，与他们近距离地交谈。此刻的她泛着红润的面庞，显得是那么的端庄、美丽。

第一次社团活动获得了圆满成功，工作室的同仁也是兴奋无比，他们簇拥着丽珊，纷纷祝贺她。

中午了，忙碌了一上午的人们在一起吃了一顿简餐之后，各自回家休息，大家深知，接下来更具挑战性的工作在等待着他们。

第二十八章

虽然累了一个上午，丽珊却没感觉多累，演讲的成功及明日晓楠归来的喜悦之情一直萦绕在她的心头……

周日，下午两点，丽珊准时来到机场，迎接恋人的归来。她身着一件修身的米白色亚麻连衣长裙，腰间扎了一条红色腰带，脚穿红色高跟鞋，尽显她的高贵与优雅；她左手持着一束玫瑰花，右手挎着红色的手包，站在机场的等候区，犹如下凡的仙女一样，更引人注目的是一头自然飘逸的酒红色披肩长发，尽显她的温柔、妩媚、秀丽与端庄，整个人美得就像一首抒情诗。

两点二十分，晓楠拎着一个大皮箱，身背黑色双肩背包微笑着朝丽珊快步走来，丽珊见晓楠出来了，非常高兴，她赶紧跑到转弯的出口处，与他会合。

两个久别的恋人，一见面就快速地拥抱在一起。两年多漫长的等待，让他们尝尽了相思之苦，他们多么渴望，拥抱对方，享受彼此的温暖。此刻，他俩谁也没有说话，只有满眼的泪水，正如宋代诗人陆游诗中所说：相顾无言，惟有泪千行。

"珊，我们回家吧。"晓楠深情地说。

"嗯。"丽珊用手擦了下眼泪，将怀里的鲜花，送给亲爱的人。

晓楠接过鲜花，将鼻子凑近，闻了一下，一声深情的"谢谢"之后，拉着行李，拉着丽珊离开了机场。

回到家里，丽珊帮晓楠收拾好行李之后，两人坐在了沙发上，丽珊泡了两杯竹叶青。此刻，这对神仙眷侣，手执香茗，微笑地对视着。杯中清新的茶芽，上浮下沉，色泽碧绿，刹那间他们好似忘却凡尘，心静如水，悠然自得，杯中沉浮的茶叶，像是诉说着两年来的世事变迁。

一片茶叶，看起来是那样细小、纤弱，是那样的无足轻重，却又是那样的妙不可言，它让你浅尝苦涩，却又令你回味甘甜。

佛家说：苦乐皆由心生，此刻，经历了沧桑的他们最懂得以茶的姿态，水的清净，从容面对生活的苦涩与艰辛。

周一上午，晓楠与丽珊去民政局办理了结婚登记的手续，下午，她俩来到了丽珊父母的墓地，告知双亲他们已经完成人生大事，从此一屋两人，三餐四季，共度人生。

晚上，丽珊将喜讯告知了云姐、子璇及她的好友们，并邀请大家周日共进晚餐，以示庆祝。好友们听到这个消息，纷纷送来祝福。

响应政府的号召，庆祝晚宴是小范围的，没有大操大办，只邀请了丽珊的亲朋好友。晓楠由于工作的原因，没有邀请任何友人，只有从上海专程赶来的姐姐、姐夫参加他们的庆祝晚宴。

晚宴在陌上人家餐馆最大的雅间举行，丽珊和晓楠提前半天将房间进行了简单的布置，气球、玫瑰花是少不了的背景，小音箱播放的钢琴曲《梦中的婚礼》作为背景音乐，场面简单却温馨。

美丽的丽珊今日更是光彩照人，她虽然没有像其他的新娘们那样，穿得大红大紫，一件淡粉色的抹袖真丝旗袍，红色的高跟鞋，头戴晓楠用红色玫瑰花亲手制作的花环，淡妆的她是那样的清新、优雅、妩媚，简直就是下凡的公主。

晚宴上，虽然人不多，但是依旧温馨热闹，大家纷纷敬酒、祝贺。子璇在向他俩敬酒祝贺的时候，流下了热泪，她最了解这对情侣的不易与艰辛，今日终于修得正果，她祝福他们新婚快乐，幸福美满。

当他俩端着酒杯，走到云姐面前的时候，云姐站起身张开双臂与他俩拥抱在一起，之后，云姐说："俗话说：百年修得同船渡，千年修得共枕眠，愿你们举案齐眉，相亲相爱，白头偕老。"说着云姐将自己亲手绣制的一幅盛开着紫色玫瑰花的丝绣画送给他们作为纪念。

　　晓楠的姐姐，先后拥抱了丽珊和晓楠，她眼含泪水将母亲生前留下的钻戒戴在丽珊右手的无名指上，并说："珊，这是我母亲留下的钻戒，你带上它，从今开始你就是林家人了，我祝福你们白头偕老，相伴一生。"丽珊感谢姐姐的祝福，并奉茶一杯，以示尊敬。

　　新婚宴尔，洞房花烛，幸福的小夫妻，依偎在沙发上，此刻，他们虽然没有言语，却在心中编织着共同的未来。

第二十九章

忙碌的工作，使这对新婚夫妇没能享受更多的假期，就各自回到了工作岗位。丽珊工作室一切工作照常，业务量在上次的社团活动之后，一直在攀升，会员也增加了一倍。为了更好地开展工作，丽珊将现有员工进行了适当的调整，并拟招聘新员工，以适应今后的发展。

一个月后，公众号的内容已经基本完成，只是接下来每期内容的更新将是一项繁重的工作，仅靠佳佳一人负责已经不行了，需要一个团队来支撑；另外线上职业学院的主讲人需要有专家级别的人员来承担，聘请专家不仅需要金钱更需要人脉，同时也要有良好的选题策划，为了能将此项工作顺利完成，丽珊决定自己亲自来完成。

令丽珊意外的是，各项工作的开展都比事先想象得要艰难很多。公众号内容的更新需要佳佳带着团队成员每天"头脑风暴"确定选题，选题之后再进行笔耕，经过多次修改，才能造就一篇篇阅读量达到10万多的文章，其过程可谓是耗尽精力。

关于职业学院项目的开展也是异常艰难，就授课的人选，丽珊在她拟定的人员中逐个地进行拜访，说明办学的宗旨以及要求，她不仅需要得到专业人士对项目的认可，更需要专家们能做出市场需要的课程内容。毕竟现在是内容为王、流量为王的时代，没有好的内容就不能有令人满意的流量，没有流量业务也就很难开展。

还有线下的社团成员，不仅要定期举办活动，同时每期也要有好的主题，要做到让每一位社员不虚此行。

另外工作室还有一项原始的业务——一对一的咨询服务，本来丽珊打算将此业务搁置，但是每当她想到这是她起家的业务时，总是有些于心不忍，因为这是工作室的"招牌菜"。

业务项目的扩充，最需要的是团队成员，最近一段时间工作室增加了不少人员，但业务都在起步阶段，还没有产生与之相配的现金流，所以工作室急需要现金的输入。前不久晓楠已经将自己婚前的住房进行了抵押，贷出了二百多万的款项，让丽珊稍微得到了一些缓解，但是，未来的发展还需要烧钱，她打算融资，以适应今后的发展需求。

她用了一周的时间注册了新公司——新生代科技发展有限公司，以利于今后业务的开展及融资的需要，一切办妥之后，她的下一步工作重点就是融资。

一个多月过去了，她寻访了十余家投资公司，虽然付出了很多，进展却不大，少有的几个"金主"感兴趣，但公司的一切运作都在起步阶段，人家需要进行更多的考量。她深知，投资公司在选择项目上向来都是锦上添花，雪中送炭的事情是可遇不可求的事情，尽管如此，她依旧没有选择放弃，因为业务不等人，业务运营、广告宣传以及社团活动的开展，都需要一定量的资金投入，之前的二百多万元，大部分用在了日常开销、人员工资、房租，至于业务用款，目前已面临山穷水尽。

又到了周五，忙碌的她感觉今天特别累，望着办公室里繁忙工作的员工们，她想应该让大家放松一下了，刚好中秋节马上到了，她将苏梅叫了进来，告知今晚全体员工一起聚餐。

晚餐一开始，丽珊先是对几个月来公司的业绩进行了简单评述，并鼓励同仁们再接再厉，同时宣布中秋节每人发一千元节日奖金，此话一出便是一片掌声，人们推杯换盏以示庆祝。

此时的丽珊不知怎的，感觉一阵恶心，有点想吐，为了不打扰大家的兴致，她立刻站起身走向卫生间。苏梅眼尖，一眼看到了她的反应，随后跟了出来。当丽珊一阵呕吐之后，苏梅笑了，双手抱拳笑着说："恭喜老板，贺喜老板，您要当母亲了。"

听了苏梅的话，丽珊也忽然醒悟，之后，她非常开心地笑了。

回家以后丽珊用验孕试纸检验后确定自己真的怀孕了，她非常高兴，并在第一时间将喜讯告知晓楠。这对即将成为父母的人，此刻的幸福感已经无法用任何华丽的辞藻来形容。丽珊依偎在晓楠的怀中，轻轻地抚摸着自己的肚子，感受着生命的神奇与伟大。

作为大龄孕妇的丽珊本需要更好的休息，可是，公司的业务让她不能选择停下来，因为太多的事情需要她，尤其是融资的事情，她更不能有任何松懈。

东奔西跑的丽珊病倒了，而且出现了先兆流产的迹象，为了安全，医生让她住院观察一下。

医院里，丽珊用过午餐之后，有些困意，她睡着了。守在床边的晓楠，望着妻子有些憔悴的面庞，已是泪眼蒙眬。他心疼妻子拖着孕体依旧奔波忙碌，他知道，融资是丽珊目前的大

第二十九章

231

事，其实，在他的朋友圈里，有的是名人、大咖、商界精英，别说区区几百万的融资，就是千万也不在话下；对此，他不是无能，而是不行，官身不由己的他必须选择清廉，没有别的选择。

正当晓楠伤感的时候，病房的门被推开了，公司的同事们来了，丽珊也被推门的声音惊醒了。"珊姐，你好些没？"苏梅急切地问道。

此刻的佳佳已经是眼中含泪，她走到床边，抓住了丽珊的手说："珊姐，你不要着急公司的事情，安心休息，公司资金的事情，我们商量了一下，准备大家众筹。我们算了一下，每人就是拿几万的话，也能凑出不少，你别着急。"

"是啊，珊姐不要着急。"夏明说道。

"是呀，珊姐，咱们大家齐努力，一定能战胜困难的。"站在床边的众人们纷纷表示。

丽珊被大家的真情打动了，一句"谢谢大家"之后，她已经泪流满面。

虽然创业的艰难，已经令她身心疲惫，但是患难见真情，一路走来的同仁们，不仅是她真诚的合作伙伴，更是她前进的中流砥柱，有了大家的合作与扶持，她一定会走进山花烂漫的春天。

百忙中的云姐听说丽珊因病住院，赶紧来到医院探望。聊天中，了解了丽珊的困难，她笑着说："珊，凡是能用钱解决的事情，都不是什么大事，这样，我来当一次投资人，以三百万元来投资你的公司，占你公司百分之三的股份，但我不参与经营，且头三年我不要分红，你看这样好吧。"

听了云姐的话，丽珊一阵感动，她说："云姐，这使不得，您的钱，我怎么好拿……"

没等丽珊说完，云姐接着说："珊，不要跟我客气，我一个老婆子，没有什么用钱的地方，现在放在银行里，也没多少利息，也许等我老的那一天，真正能给我养老的就是你的公司呢，你就别跟我客气了。你给我账号，明天我就把款打过来，之后，我拟个协议，这样好吧。"

云姐说完，拉起了丽珊的手，温情地抚摸着。

有了众人的支持与帮助，丽珊的心情好了很多，身体很快恢复了，几天以后，便出院回家休养。

一个月后，丽珊的身体基本恢复，她独自驾车来到公司，本来晓楠要送她过来，但是因为公事紧急，夜间就被市领导叫去了单位，去处理工作了。

大家看到丽珊的到来，非常高兴。一阵寒暄之后，丽珊召开了会议。会议上，她听取了大家的业务汇报以及当下遇到的困难。在听取大家汇报之后，她把公司改组的方案与大家进行了沟通。

她说："首先，我感谢大家对我的信任，感谢大家在公司最困难的时候，倾囊相助。对于大家的资金投入，我想了两种处理方式，一是成为公司的股东，另外一种是在公司经济好转后，将本息如数返还大家，利率的计算按照银行五年定期利率给各位计息。但是，我希望大家能按照第一种方式，成为公司的股东，与我，与公司共同发展。"

丽珊的话音刚落，大家一致同意成为公司的合伙人。

对与会各位的意见，丽珊再次表示感谢。她说："既然大家同意与公司一起发展，本次会议就算是一次董事会的扩大会议，之后，我们选举董事会成员，并定期召开董事会议，向董事会汇报我们的业务进展以及财务情况。再有，自公司成立以来，我们的财务工作一直是外包的，从现在开始，我们成立自己的财务部门，并招聘专业人士加盟，来承担这项工作。"

此时，苏梅给她端来一杯水，她接过杯子喝了一口，继续说：" 大家可以在会后商议一下合伙人的分红方式，还有我们以后的发展方向、发展方式，既然大家都成为合伙人了，就要承担起这份责任，因为公司今后的发展与各位息息相关。" 说到这儿，迎来了大家的一阵掌声。

她继续说：" 我提议公司选举一位总经理，负责日常公司的业务及行政工作，这样我的压力可以减轻一些，也有助于公司的发展，群策群力嘛。我今天就说这些，看看大家还有什么想法，尽管提出来。"

丽珊的话音刚落，苏梅说：" 我同意珊姐的各项提议，今后工作中我会更加努力。关于总经理的人选，我提议夏明来担任，他不仅是公司的元老，而且有能力，有责任心，还有良好的人脉资源，我相信他能干好。"

本来，总经理的人选，丽珊希望大家回去想一想，没想到苏梅当场就提出来了，且得到大部分人的拥护，择日不如撞日，她决定从明天开始由夏明来担任公司的总经理。

夏明得此重任，甚为激动，他表示今后一定更加努力工作，不辱使命。为了表示他的真诚，他决定再拿出十万元入股。对于夏明的表现，大家报以了热烈的掌声。

丽珊被大家的真情再次打动，又一次潸然泪下，她站起身，拱手抱拳向大家表示感谢。

第三十章

时间过得真快，又是两个月过去了，冬季已经来临。

冬日虽然少了金秋的喜悦，也没有夏的生机和春的美好，却承载了人们对生命的领悟和体验；在寒冷面前，没有选择退缩的人们，像是诠释生命在艰难、困苦面前依旧坚守信念，从不后退的勇敢之心。生活就是这样，只有经历了枯荣，才会感受繁盛的美妙。

公司自改组以后，呈现一片繁忙的景象。依照夏明在董事会上的提议，公司成立了五部一中心，五部分别是：咨询部、社团部、财务部、信息部、人事行政部，一中心为营销策划中心；两个多月来公司招聘了财务、文案及计算机程序开发人员，如今公司员工已经超过五十人。

由于公司人员的扩充，公司的办公地点也由CBD中心迁至瀚海大厦的五层，办公面积大约为一千平方米。新办公室的装修及装饰都是夏明、苏梅设计的，新的办公室明亮、整洁，整个装修风格新颖、简约、大气，非常符合丽珊的品位。

公司规模大了，事情更多了，尤其是夏明自任总经理以来，勤奋努力，在他的带领下，公司的各项业务蒸蒸日上。成绩突出的当属线下社团的组建，近半年来，社团活动已达十次，会员人数已接近千人；在众多的会员中，丽珊提议建立若干个主题社团，其中成立了读书会、诗会、精英会……

精英会是社团成员的重要组成部分，这些人均是在企业中担任中高层管理工作的人员，有着丰富的职业经验，他们经常拟出各种职场话题，与会员一起分享职场体会，经常将本单位的职位空缺信息提供给社团成员，线下社团的运营一直在良性运转之中，且未来一片光明。

职业学院的线上课程的主体结构已经完成，正在对课程内容进行策划。丽珊由于身体不便，已将工作减少到了最低的程度，只负责一对一的职业咨询项目。

今天一早，怀孕五个多月的丽珊刚到公司，一位戴眼镜的男生走了进来，经过沟通，知道他是来做个人生涯规划的，丽珊便将他领进了小会议室。

小会议室里，丽珊和男生进行着交流，明白了男生今天来做咨询主要是目前的工作不如意，而且公司的人际关系比较乱，且派系争权夺势严重，他想离开，但对自己今后的职业方向渺茫。

丽珊了解了他的诉求，先是对他目前的工作环境进行了分析，并说："有人的地方就有江湖，有江湖的地方就有派系。在职场上，派系之争在各家公司或多或少都有存在。在职场，利益是派系纷争的最终目的。对于像你这样涉世不深，且不熟悉职场文化的时候，一定要谨慎。不盲目跟从，不随波逐流。其实，职场高手是无派一身轻。作为现代职场人，不仅要清楚你的职场使命，更要知道你的立身之本是能力至上，工作至上。在职场，真正的赢家绝对不是'谁的人'，而是谁具有更大的核心价值。"

男生听了丽珊的话频频点头，进门时那皱着眉头的脸也流露出一丝笑容。丽珊接着说："在职场，当不同派系的'争斗'出现水火不容的时候，无论出现怎样的局面，都不会有真正意义上的赢家，因为'战争'永远是死神的盛宴。古人说，志当存高远。一个聪明、智慧，有远大理想的职场人，其梦想应靠自己的努力去实现，因为生命的华章是靠自己的脚步书写的。"听到这儿，男生露出了开心的笑容。他说："孟老师，谢谢您，这些日子里你不知我有多么苦恼，工作还好说，就是这派系之争，让我无所适从，谁都不敢得罪，生怕惹出事端，现在我明白了，我应该把精力放在工作上，只要我的工作做得好，无论哪个派别都不会小视我。"

"是的，在职场，人际关系固然重要，但是如果没有专业能力作为依托，一切都是空中楼阁。"丽珊语重心长地说。

解决了眼前的困惑，男生兴奋地说："孟老师，我叫王子谦，今年二十四岁，今天到您这来，我是慕名而来，刚才您的一番话，令我茅塞顿开，看来，我今天是不虚此行。我的个人规划是在二十六岁之前，能做到中层，三十岁晋升到高层，我想让您帮我规划一下。"

"好吧，规划之前我要了解一下你过往的工作经历以及你所学的专业，和你现在的岗位。"丽珊说着，从她的文件夹里取出了一张表格，并说："这张表格是我们评述来访者基本情况使用的，你除了不用写真实的名字和你目前所在的单位以外，其他

第三十章

237

内容都应该是真实的,这样有利于我们对你个人的能力进行准确的评价,你先看一下,是否愿意填写。"

男生接过表格,没过多地考虑,很快将表格填好,并交给丽珊。接过表格,丽珊告知男生:"我们要根据你所写的信息对你的能力进行评估,才能做出相应的实施计划,这计划我们需要在二十四小时后向你提供,好吗?"

男生回复说:"好的,那我明天上午再来,对吗?"

"对的。"丽珊说。

"谢谢,孟老师,那我今天就回去了,明天见。"男生笑着说。

"好的。"丽珊笑着说。

送走了男生,丽珊回到了自己的办公室,倒了一杯水,正当她想休息一会儿的时候,前台的女孩畅畅来找她。畅畅说:"珊姐,有位姓胡的先生找您,您看让他进来吗?"

"姓胡的先生?"正当丽珊疑惑的时候,一位衣着整洁且都是名牌的男士已经来到了她办公室的门前,她抬头一看有点惊讶,来者是胡亚东。

"丽珊,不好意思,有点冒昧,打扰你了。"胡亚东谦恭地说。

看到胡亚东,丽珊的内心有些纠结,但几秒之后,她又快速地平复了。

"请坐,胡先生。"她一边说着一边站起身。

胡亚东坐在了丽珊班台侧面的沙发上,环顾着四周。

"丽珊,这里的办公面积不小呀。"胡亚东无目的地说着开场白。

"还好吧,"丽珊平静地说,"怎么,今天找我有事吗?胡先生。"

"是这样,丽珊,不,我还是称你孟总吧,这样比较合适。"胡亚东说。

丽珊笑了笑,说:"无所谓,称呼就是个代号而已。"说完,她看了一眼胡亚东。

胡亚东摇了摇头,有些艰难地说:"今天找你是想让你帮个忙,是帮我,也是帮公司。"

"胡先生,我能帮你什么忙呢?"丽珊笑着说。

"是这样,我知道我这样找你是非常不合适的,过去我伤害过你,算了,不说这些了,我知道你不爱听这些。"说到这里,胡亚东擦了擦眼睛,丽珊这时才看到,他的眼里含着泪水。此刻的她,也情不自禁地伤感了一下。

"孟总,不,还是叫你丽珊吧,目前,亚信公司遇到了难处,准确地说,不是目前,而是一年前,由于公司的业务扩张较快,资金又严重不足,一年以来公司的运营非常不好,最近下属公司的业务部经理奚刚又将公司的部分货款占为己有,公司的经营更是雪上加霜。当然,奚刚的行为我有一定的责任,两年的承包款公司因资金紧张一直没能给他兑现,所以才导致他出现过激的行为。"说到这儿,他停顿了一下。

"我知道,这些事情现在与你毫不相干,之所以跟你说这个,是想让你帮助我,说服奚刚,将资金交还给公司。因为,我和公司的其他高管都找过他,一点效果都没有,但是奚刚说了,他只听一个人的话,就是孟丽珊,你们谁要是能让她来和我说话,我就把钱拿出来。"胡亚东一边说着一边看着丽珊。

"我知道,奚刚是你招聘来的,他很认可你的为人,他说你仗义、厚道、诚信,从不欺负人,而且对他最好。你不知道,你离开公司的时候,奚刚跟我闹了好几次,还提出过辞职。丽珊,我现在已经没有任何办法了,希望你能帮帮我。"说着说着,胡亚东低下了头。

此刻丽珊的内心极不平静,胡亚东的突然出现,让那段已经尘封的往事又浮现在眼前。曾经的辉煌,曾经的失落,无不让她感慨,让她伤感。

她极度克制自己的情绪,因为怀孕的人是不能过分激动的。她端起水杯,喝了口水,之后,她说:"你觉得我会管吗?"

胡亚东摇了摇头,伤感地说:"不知道。"

一阵静默……

胡亚东,一个曾经的商业娇子,在翩翩少年的时候,开始随父创业,他不仅聪慧,而且极有商业头脑,又不怕吃苦,短短的几年间,靠着给人家销售电子元器件发家,有了稳定的客户源后借钱将电子厂买下,从此便开始了他的创业之旅。

看着眼前这位曾经叱咤风云的商业巨贾,丽珊的内心波澜起伏。在亚信集团工作的十年间,她付出了数不清的艰辛,她敢说,在亚信工作的十年间,她没有辜负过每一份信任!而就是眼前的胡亚东,让怀着满腔热忱的她在亚信最辉煌的时候被迫含泪离去。

望着低着头的胡亚东,丽珊的脑海里不断地浮现出她在亚信工作时的场景。那里有她熟悉的同事,而且这些同事有百分之九十都是她招聘来的,他们在亚信的每一份成长都倾注着她的心血。

十年对于人的一生来说,不长也不短,但是对一个企业来说,十年也只能磨一剑。此刻,她想起了亚信的员工,也想到了奚刚,她不希望她曾经的同事们因此而失去工作,失去希望,经过一番思考后,她决定忘记前嫌,帮助胡亚东。

见丽珊静默许久没有说话,胡亚东知道此次造访将是无功而返,他站起身,正要离开的时候,丽珊说:"好吧,我答应你,找奚刚谈一谈。"

"你,丽珊,真的,你真的帮我?"喜出望外的胡亚东激动得有点语无伦次。

"是的,与其说是帮你,不如说我是在帮亚信的员工,毕竟那里有我十年的努力,与亚信的员工还是有一份感情的,我不希望看着他们失去工作。"丽珊平静地说。

"是,是,我代员工们感谢你,丽珊,我知道你对亚信还是有感情的。"胡亚东依旧激动地说。

丽珊看了看桌上摆放的日历,对胡亚东说:"今天是星期二,我今天下午要做一个方案,明天上午的工作已经确定好了,明天吧,明天下午,我到亚信去,你联系好奚刚。"

"好,好,那这样,我就不打扰你了,明天下午,我让司机小冯来接你。"胡亚东欢快地说。

"不用接,我自己去吧。"丽珊笑着说。

第三十章

第三十一章

周三下午，丽珊如约来到了亚信集团，胡亚东带领公司的所有高管已经在公司门口恭候多时，看见丽珊，他带头鼓起掌来。此时的丽珊被众人簇拥着来到亚信的办公区。她回头望了望欢迎人群中那些熟悉的面孔，感慨万千，瞬间她的眼圈红了。

她本打算直接就和奚刚谈话，可是胡亚东真诚地说："丽珊，你离开好久了，还是转一转吧。"

"好吧。"丽珊不好拒绝胡亚东的盛情。

见丽珊来了，原来的老同事们都起身站立，有的鼓掌，有的握手，有的拥抱。令她意外的是，在欢迎她的人群中没有看到方哲的踪影。是抹不开面子，还是其他原因，她不想再往下想了，因为这些早与她无关。

当丽珊走到原来自己的办公室门前时，不自觉地停住了脚步。胡亚东看出了丽珊的心思，他走上前去主动将办公室的门打开，并打开房间内的灯。他说："这里还和你在的时候一样，你离开以后，除了每天有保洁人员打扫以外，这间办公室我没让任何人使用过，因为我想保留一份记忆；我也曾试着想过，也许哪天你能来这里看一看。"胡亚东有些伤感地说。

丽珊向前挪了几步，走到了办公室门前，这里确实和她离开的时候基本一样，花架上摆着的君子兰依旧茂盛，桌上还摆着那件琉璃材质的华尔街牛。见到这个摆件，丽珊不由自主地走了进去，拿起琉璃牛看着。

"那件被你摔碎了，我又买了一个摆上了。"胡亚东说。

丽珊继续摆弄着琉璃牛，忽然门外传出了抽泣的声音，向外一看，是她原来的下属刘青青在一旁抽泣，她放下琉璃牛，走出了办公室。见丽珊出来，刘青青急忙走了过来，和她拥抱在一起。

一阵伤感之后，丽珊看见了站在一旁的奚刚。奚刚，三十五岁，亚信集团下属贸易公司业务部经理，五年前是丽珊招聘他进入公司的。

"奚刚，你好。"丽珊和奚刚打着招呼。

"珊姐，你好。我好想你呀，你走了，也不联系我们了。"奚刚有点激动地说。

"这不，又见面了嘛。"丽珊笑着说。

"奚刚，你不是要找丽珊姐说话吗？"胡亚东说。

"是的。"奚刚点了点头。

见丽珊要和奚刚谈话，胡亚东说："到我办公室谈吧。"

"还是到会客室吧。"丽珊说。

"好吧。"胡亚东说。

此时的丽珊知道胡亚东想借此机会彻底修复他们之间的关

系，但是，几年前在胡亚东办公室经历的那痛至骨髓的伤害，不是一时半会儿就能忘却的，她不想"故地重游"，为此，她谢绝了他的好意。

丽珊的快速反应，让胡亚东为自己曾经的过失感到惭愧，此刻，他发自内心地想再次向丽珊表达歉意，但是，看看周围的人，欲言又止。

在胡亚东的陪同下，丽珊和奚刚来到了会客室。丽珊和奚刚走了进去，胡亚东和几位高管止步，在门外等候。在会议室，丽珊刚一坐下，奚刚的话匣子就打开了。

"珊姐，我以为你不会来的，因为他们伤害你太深了。我是气不过，才出此主意。两年了，我应得的钱不仅没给我，而且连句安慰我的话都没有。我知道，我的举动让企业的员工受连累，但是我没办法。我也担心我把钱拿出来了，步你的后尘。"奚刚说。

"奚刚，我觉得做人都是有底线的，人家可以负你，但是我们不能负人家；再说，你的行为连累了所有员工，你能忍心看着他们失业吗？有时，我们也适度体谅一下老板，他有他的不易，而且我们也不能祈求所有人一点错误都不犯，因为我们自己也做不到，你说，是吧。"丽珊说。

"是。"奚刚点了点头。

"这样吧，奚刚，此事，我来做个保人，你把钱还给公司，我保证他们不会对你有任何伤害，怎么样？"丽珊平静地说。

室内，一阵安静，奚刚低下头思考着丽珊的话。一会儿，他抬起了头说道："好吧，既然珊姐发话了，我就没话说了，明天，我就把钱还给公司。"奚刚非常认真地说。

"这就对了，你肯给我这个面子，我也感到非常高兴。"丽珊笑着说。

"珊姐，咱们几年没见了，我真的好想你，珊姐，我希望我们这次见面后，以后就常联系，好吧。"奚刚认真地说着，眼里含着泪花。

"好，我们现在就加个微信吧。"丽珊说。

和奚刚加好了微信，丽珊站起身打开了会客室的门，胡亚东等几位公司高管一起走了进来。丽珊简单地说了说她和奚刚的谈话，并说："胡董，此事，我已经做了担保人，可不能还了钱再整人。"

"不会，不会，丽珊，你放心，今天这事，我已经是无地自容了，怎能干那些荒唐事呢！这样吧，丽珊，我承诺奚刚，等公司这段危机度过了，我会如数将他的承包款支付给他。"胡亚东说。

"这样好，我赞成。不过要说到做到呀。"丽珊说。

"一定，一定，你放心。丽珊我们也好久没见了，大家也都很想你，我看，今晚我们一起吃个饭庆祝一下好吧？"胡亚东红着脸说。

"哦，吃饭就算了，一是我身体也不方便，另外，这点事没必要弄这么大排场。"丽珊笑着说。

见丽珊很坚决，胡亚东没再强求，只是拱手作揖表示感谢。

离开了亚信，丽珊直接回到家里。身怀有孕的她今天真的有些累了。刚坐在沙发上，电话响了，是晓楠打来的。他告诉丽珊今天晚上要加班，不能回家做饭了，只能给她点了陌上人家餐馆的外卖。

有了丈夫精心的呵护，有了朋友的信任，丽珊觉得自己是世界上最幸福的人；此刻，她觉得一个幸福的人不是拥有很多的财富，而是心底里的那种安闲、愉悦、自在与宁静。

第三十二章

公司业务的快速发展，对资金的需求更大了。云姐和众人的投资基本完成了公司的基础建设，公司的迁址、装修及市场宣传投入，下一步公司的主要事情依旧是融资。

身体已经开始笨拙的丽珊决定再次对外进行融资，今天一早，她独自一人驱车来到了位于市中心的宏洋大厦，来拜访之前她曾经见过面的梧桐资本的CEO林总。

与林总见面后，丽珊没有太多的客套，开门见山地说出了自己的来意以及目前公司的业务发展情况，林总听了她的叙述之后，一再表示非常感兴趣，但是要开董事会会议之后再做决定。

与林总交谈之后，丽珊离开了宏洋大厦，她打算再去见一下衡山资本的女董事长单姝。这是个奇女子，多年的商业打拼，多次沉浮，目前已是海都投资界的领军人物，最关键的一点，她曾是丽珊母亲的学生。

单姝一见到丽珊，非常高兴。一见面，她就回忆了学生时代的情景，且流露了一些伤感。之后，见丽珊笨拙的孕身，便问及何时生产。丽珊说："还有三个多月就可以'卸货'了。"

两个女人一番寒暄之后，便进入正题。丽珊说明了来意，单姝说："我投资的领域大部分是电子商务和互联网行业，对于内容传播领域，容我考虑一下，可以吗？"丽珊说："好的。"之后，留下名片，便离开了。

离开了单姝，丽珊感觉自己有些累，便打算直接回家休息一下，毕竟是大龄孕妇，不得不小心。

下午两点，还在午睡的她接到了夏明打来的电话，告知她："梧桐资本的林总打来电话，就投资事宜想跟她进行下一步会谈，让丽珊订个见面的时间。"听了这个消息，她睡意全无，并说："那就一小时以后吧。"考虑丽珊的身体状况，夏明说一会儿来家里接她，陪她一起去，丽珊欣然同意。

丽珊、夏明两人与梧桐资本的林总谈了一个多小时，成果是，可以投资五千万，但是对方占股要在百分之二十以上，且资金分三次投入。

对于这样的结果，真是让丽珊难受，投资不少，但是条件有些苛刻，同意的话可解一时之急，但对未来的发展有所限制，因为目前公司在稀释股份之后，丽珊的股份也只有百分之四十；同意林总的投资，那将来公司的控股将是一个问题。

望着犹豫不决的丽珊，夏明不知说什么。此刻，他看出了丽珊已经疲惫不堪，好像连走每一步都很艰难。他把她送到家中，并给晓楠哥打了个电话，叙述了下午与梧桐资本林总谈话的结果，最后还说了一句："楠哥，珊姐太累了，这两天就让她在家休息吧。"

挂断夏明的电话，晓楠将单位的事情处理完毕后，就回到了家里。推门一看，只见丽珊躺在沙发上愣神，见晓楠回来，她笑着坐了起来。

晓楠换好拖鞋，走到了丽珊的跟前，抓住了她的右手，说："今天累了吧。"

"夏明给你打电话啦？"她问。

"是呀。"晓楠点了点头说。

"没事，总算有点结果。"丽珊笑着说。

此刻，晓楠的心里除了心疼还是心疼，一个大龄孕妇，本应好好休息，却东奔西走，还有操不完的心。想到这些，他将丽珊拥入怀中，亲吻着她的额头。

"楠，明天好像是产检的日子，明天上午得去医院，你有空吗？"丽珊说。

"哦，是的，明天是产检的日子了，明天我陪你去。"晓楠说。

第二天早上，晓楠和丽珊早早地来到了市人民医院的产科门诊，挂了号之后，坐在候诊厅等待叫号。等了大约一个小时，终于排到了。产检的时间不长，也就二十多分钟，丽珊从检查室走了出来，她打趣地说："报告爸爸，一切正常。"

听了丽珊的话，晓楠开心地笑了。

他俩收拾好检查的资料，晓楠搀扶着丽珊，走到了电梯口处。不一会儿，电梯门开了，众人从里面走出。正当他俩要走进电梯的时候，一声"珊姐"令他俩停住了脚步。

丽珊回头一看，一阵惊讶，"阿文！"

"珊姐……"只见阿文怀抱幼儿，斜挎背包，非常吃力的样子。

"阿文，你这是……"丽珊不解地问。

"我带孩子来看病。"阿文悲伤地回答。

"孩子怎么了？"丽珊依旧不解地问。

第三十二章

249

"白血病。"阿文低沉地回答。

"啊……"丽珊惊讶地走到了阿文跟前,想看一眼孩子。

"阿文,你怎么一个人带孩子来看病,孩子爸爸呢?"丽珊问。

"去外地做销售了,为了给孩子看病,好多挣些钱,我只能一个人带孩子。"阿文依旧低沉地说。

"那,那,你的工作呢?"丽珊问。

"辞了。"阿文回答。

看着阿文伤心的表情,再看看阿文怀抱的幼儿,丽珊的心有点痛。她笨拙地走到阿文跟前,抱过了孩子。晓楠见此状,立刻走上前,他怕用力抱孩子会伤到她的孕身,但是想阻拦已经来不及了,就只好站在丽珊的身边,保护着她。

丽珊吃力地抱着裹着毛毯的幼儿,孩子不胖,肤色很白,一双笑眼,看着丽珊,还在笑着。此刻,丽珊已是泪如雨下,她心疼这个患了重病却全然不知的孩子。

站在一旁的阿文,早已是泪如雨下。

"多大了?"丽珊问。

"快三岁了。"阿文低声说。

"治疗得有效果吗?"丽珊问。

"还好吧,尽量控制发展吧。"阿文说。

看丽珊有些累了,阿文接过了孩子,丽珊依旧心疼地望着孩子。

"珊姐,你好吗?怀孕几个月了?"阿文问。

"快六个月了,我还好,就是忙一点。"丽珊说。

"那你多注意身体。我先走了,还得去化验室取化验单。"阿文说。

"好,你自己也要注意身体,孩子需要你,有事情你就给我打电话。"丽珊说。

"好的,珊姐,再见。"阿文说完,抱着孩子向化验室的方向走去。

都说为女则弱,为母则刚,望着阿文怀抱幼儿斜挎背包的背影,她看到了阿文的坚强,也看到了她的默默承受。这就是母亲,以她的博爱、温情与艰辛哺育子女并呵护其成长。

此刻,丽珊的心里有种说不出的难过,她低下头擦着眼泪。晓楠说:"真是不幸,珊,你不要太伤感,我们能帮就帮她一下吧,回头我帮她找一个专家给孩子看看病。"丽珊点点头,在晓楠的搀扶下,离开了医院。

回到家已临近中午,丽珊的心情依旧不能平静。此刻的她想得最多的是阿文眼下的处境,孩子病得这样重,生活一定很艰难。尽管阿文对她的伤害,依旧存在她的记忆之中,但毕竟她们有过几年的交往,且曾经的感情还很深;况且,一个马上就要成为母亲的人,更能理解一个母亲面对患有如此重病的幼子那份焦灼的心情。

晓楠好像看出了她的心思,便说:"珊,你要是放心不下的话,就给阿文汇点钱吧。"她看看晓楠,点点头,慢慢地站起身,走到了书房,从书桌的抽屉里取出了银行卡,又从手包的记事本里找到了阿文的银行账号,用手机通过网银给阿文汇了五万元。

不一会儿,阿文回了微信:谢谢珊姐,你对我的好,我会铭记并永远感恩,多谢帮助!容我说声:对不起。看了阿文的微信,丽珊感到一丝欣慰。

给阿文转完了款,她的心情似乎好了很多,此时,晓楠叫的外卖已经送到,他俩坐在餐桌前用餐。

一边吃饭,晓楠一边说:"我刚才已经和医院的朋友联系好了,给阿文的孩子找了一位专家看病。"听了晓楠的话,丽珊说:"好的,回头我把联系方式告诉阿文。"

一个上午的奔波,丽珊累了,饭后她在沙发上休息,晓楠去单位上班了。

第三十二章

251

第三十三章

又过了一周,融资的事情还是没有落地,对于梧桐资本的注资,丽珊在思考之后,选择了放弃,因为她不想解决了 A 困难,又出现了 B 困难,她想再联系几家投资公司,毕竟当下公司的业务发展得不错,目前网上会员已经有数十万之多。

由于身体的缘故,丽珊外出谈融资的事情,基本都是夏明或苏梅陪同。这天下午,她和苏梅来到了位于高新区的创投大厦,刚走进大厦,刚好看见云姐和一位男士迎面走来。

"丽珊,你怎么来这里?"云姐看见丽珊,非常亲热地打着招呼。

"云姐,我来这里是想和汇言资本谈下融资的事情。"丽珊笑着说。

"汇言呀,这样,我带你去吧,我是他们公司的常年法律顾问。"云姐说,"常总,你先去忙,我和我的朋友去办点事情。"云姐转过头对陪在一旁的男士说。

"好的，云姐，您如果需要帮忙就给我打电话。"男士说。

云姐和男士握手告别后，便和丽珊、苏梅一起来到了位于十二楼的汇言投资公司。

一见面，云姐先给双方进行了介绍，之后，丽珊向汇言资本的严董事长说明了来意。由于云姐的介绍，双方减少了陌生感，对丽珊的融资想法，严董事长表示明天召开董事会会议进行讨论，这两天就给丽珊回复。

离开汇言资本，云姐又带丽珊来到了十一楼的运达资本，在云姐的介绍下，丽珊和运达资本的总经理魏珅谈得很融洽，并当场表示可以投资，至于投资的数额，待董事会会议商榷之后，告知丽珊。

在云姐的帮助下，一个下午丽珊有了不小的收获，与云姐分开后又回到了公司。她想和夏明商量投资款到位后，业务如何拓展得更合理，更具性价比。

两天以后，汇言资本和运达资本的投资均有了回复，丽珊对两家公司的投资意向进行了比较，并召开了公司的董事会。到会董事一致认为无论是投资数额及占比，汇言资本的投入更加符合公司今后的发展，会议形成决议同意汇言资本成为公司的合作伙伴。

A轮融资终于有了着落，丽珊给云姐打电话，一是感谢她的鼎力相助，二是公司打算请各位股东一起庆祝一下，云姐非常高兴地答应了丽珊的邀请。

庆祝会于周六的晚上在会昌大酒店的贵宾厅举行，汇言资本的严董事长带领公司的三名高管出席了晚宴，云姐在丽珊和严董事长的簇拥下，走上讲台发表了简短且热情洋溢的讲话，她说："今天是新生代公司迈向新征程的开始，我希望在未来的合作中，大家鼎力相助，合作共赢。"

有了新资本的投入，公司的业务发展很顺利。

时间过得好快，转眼之间，又是三个多月过去了，丽珊已经进入临产的状态。此时已是初夏时节，道路两旁的树枝慵懒地摆动着，阵阵微风，让处于炎热季节的人们有了一丝凉意。

由于丽珊是大龄孕妇，为了安全，医生建议她提前入院待产。这天，晓楠的姐姐也从上海赶来，并和晓楠一起送她来到医院。细心的晓楠，将她的日常用品都拿到医院，还将丽珊的笔记本电脑也拿到了医院，方便她工作。

在医院住了七天之后，丽珊还没有临产的迹象，医生检查胎儿已经脐带绕颈，建议立即剖宫产，晓楠同意了医生的建议，在签字之后，丽珊便被推进了产房。

一个多小时后，女儿降生了。此时的晓楠非常激动，拉着姐姐的手都有些颤抖。不一会儿，手术室传来了不好的消息，丽珊产后由于出血过多，需要输血。晓楠急忙问："现在血库有血吗？"医生回答："正在电话联系。"

此时的晓楠，心已经提到了嗓子眼，在焦急地等待着医生回复的时候，他拿出电话联系在血库工作的朋友，以备不时之需。

还好，医生传出话来，由于医生处理及时，丽珊出血不是太多，血库里现存的血能满足丽珊的用血需求，一个小时以后，丽珊的状况终于稳定下来。

又过了好一会儿，丽珊被推了出来。见丽珊出来了，晓楠急步走上前去，一把抓住了丽珊的右手，并用另一只手轻轻地抚摸着她的脸颊。丽珊看见晓楠，含着泪笑了，这笑容灿烂、温馨、温暖，此刻的晓楠也是泪眼蒙眬，他动情地说："珊，谢谢你。"

第三十三章

在晓楠姐姐无微不至的照顾下，丽珊顺利地坐完了月子，满月这天，丽珊请了云姐、子璇、嘉萍、苏梅、夏明等人，在家里举行了小型庆祝的宴会。

晚宴上，云姐问："宝宝的名字起好了吗？"

丽珊兴奋地说："起好了，姐姐起的小名，叫甜果；晓楠起的大名，叫慧诗。期望孩子将来不仅秀外慧中，而且生活像诗一样美妙。"

"这名字真好听，不仅浪漫而且有内涵。"子璇高兴地说。

"好，让我们举起酒杯，为未来慧诗美好的生活祝福。"苏梅笑着说。

之后，众人举杯，为宝宝的未来祝福着。

晚宴之后，姐姐担心丽珊累着，便让她回卧室早些休息，对姐姐的照顾非常感激，此刻，她深情地望着姐姐，伸出双臂给了姐姐一个温暖的拥抱，并说了声"谢谢姐姐"。

姐姐也被这瞬间的温情打动了，她用手抚摸着丽珊的脸颊，说："我也要谢谢你，为林家生了个女儿。"

动人的场面感动了站在一旁的晓楠，他伸开双臂将姐姐和丽珊拥入怀中，此刻的画面不仅温馨而且令人感动。大千世界，天地之间，世代更替，唯有家庭永续留存，这不仅是因为血脉相连，更是爱的传承。

亲情是温暖的，亲情是无私的，亲情也是伟大的；她有时像春雨，润物细无声；有时像沙漠中的一汪清泉，帮助你渡过难关；有时像是一艘巨轮，载你启程远航；有时更像一个港湾，令你疲惫的心灵得到慰藉。

亲情，淳朴自然，甜蜜温婉……

第三十四章

产后的丽珊已经开始复工了,为了能让丽珊和晓楠安心工作,晓楠的姐姐让自己家雇用多年的住家保姆搬来海都,给丽珊他们当起了保姆,照顾孩子和家庭。对姐姐周到的安排,丽珊非常感动。送走了姐姐,迎来了保姆,丽珊便投入到工作中去。

创业期的公司是艰苦的,丽珊每天都会面临新的挑战。A轮融资的成功让她度过了公司最难的时期,目前已注册的线上会员超过一百万,每天活跃的会员也在八十万以上,这些成绩都是大家努力的结果。

目前公司的发展虽然喜人,但是,下一步的困难依旧困扰着她,因为要想突破一百万的瓶颈,还需要进一步加大宣传力度,同时需要加大技术的研发力度,要想完成这些目标,就需要再一轮的融资，而再融资的难度不是简单的几句话就能成功的。

前几天，她和夏明讨论工作的时候，谈到下一步的融资问题，夏明提出了向银行贷款的想法，对于夏明的想法，她不是没有考虑过，但是一想到贷款带来的巨额利息，就让她感觉透不过气来；再有就是他们这样缺乏固定资产的企业，由于没有抵押物，要想从银行贷到款，需要有担保方来担保，手续相当繁杂。想到这里，她否决了这个念头，因为她不想给银行打工。随后她提议召开一次董事会，让大家共同决定，得到了大家的认同。

董事会上，大家对丽珊暂不考虑银行贷款的想法比较赞同；引进新的资本进入，也存在一个新的问题，因为公司目前的股东人数比较多，如果再有新的资本进入，有可能控股权就不在这些原始股东的手里，那样势必对今后公司的决策会有影响，她希望大家商议这件事情。

几天来，没有结果的思考让她感到有些心烦，她决定出去散散心。下班了，她给晓楠打了电话，告知对方她要去丹怡百货商厦给女儿买纸尿裤，顺便散散心，让他不忙的话，早些回家。

在商厦里逛了一会儿，她感觉有些累了，便走进了位于商厦二楼的咖啡店。就在她坐在座位上等咖啡的时候，"珊姐。"一个男士的声音从她背后传出，她回头一看，有点惊讶，是她在亚信公司曾经的同事——方哲。

没等到丽珊与他打招呼，方哲已经端着咖啡坐在了她的对面。此刻，他俩都有些不自在，面对着丽珊惊讶的眼神，方哲低下了头。

"你好吗？"丽珊问。

"还好，不过我早已离开亚信了。"方哲说。

"为什么？"丽珊问。

"怎么说呢，你走了以后，我就遭到了众人的攻击，尤其是奚刚，简直就要把我骂死了。这还不算，主要是我的工作基本没人配合，大家都恨我，我这才知道，光靠我一个人是无法完成一个项目的。后来在胡亚东的关照下，大家才勉强配合我把收购的事情完成了。完成之后，我觉得胡亚东看我不顺眼，就选择了好自为之，辞职了。由于我是自己提出的辞职，公司也没给我任何补偿。别提了，挺心酸的。"方哲非常低沉地说。

这时，服务员已将咖啡送到丽珊面前，她端起咖啡，抿了一口，说："你现在怎么样了，在哪里工作？"

"辞职以后，我又到了一家民企，不知怎的，总是感觉不爽，工作没多久就提出了辞职，目前还赋闲在家。今天在家里待得有点烦，出来遛遛，刚巧，遇到你了。"方哲一边低头摆弄手中的咖啡杯，一边低沉地说。

"珊姐，我总觉得对不起你，其实……其实……我当时也没有别的意思，只是这么一说，没想到胡亚东就……"方哲非常难为情地说。

"算了，事情都过去了，不过，我还真得感谢你，没有当时的那一幕，也没有现在的我，真是像古人所说的那样：福祸相依。"丽珊笑着说。

丽珊的话刺痛着方哲的心，此刻的他特别想解释，可是他不知怎么解释才好。

"其实，我觉得我这个人心理有问题，总觉得自己有能力，总是不想和别人合作，有时又过于自信，常常在伤害别人的同时，也伤害着自己。"方哲说。

"你不必太自责，人嘛，没有十全十美的。我觉得是只要能总结出经验，就已经是一大进步了。其实，你的个人能力确实挺强的，没必要怀疑自己。人嘛，都是在不断的失败中长大的。"丽珊语重心长地说。

听了丽珊的话，他点了点头，之后，又低下了头。"珊姐，我知道，你不爱听我说对不起，但是，我还是想跟你道个歉，请求你的原谅。"方哲说。

丽珊笑了。"好了，我接受你的道歉，从现在起你不要再自责了，以后的路还很长，赶紧打起精神来，先去找个工作，真的没必要一辈子为一件事所累，谁也不是圣人。"

"这样吧，你如果现在真的想找工作，我的闺蜜是一家外资猎头公司的总经理，我告诉你联络方式，你去找她吧，让她给你推荐一份合适的工作，你不能这样颓废。"丽珊说着，找咖啡店的服务员要了一张便笺，将嘉萍的电话号码写在了上面，然后交给了方哲。

方哲接过便笺，有点控制不住自己激动的情绪，丽珊递给了他一张纸巾，让他擦擦眼泪，并说："方哲，过去的事情就让它过去吧，一切都成为历史了，打起精神来，好吧。"

这时，家里保姆打来电话告知孩子有点感冒，丽珊急忙告别了方哲，赶紧回家了。

甜果感冒了，丽珊和晓楠带着她去医院看病。医生说："可能因为换季有点着凉，吃点药就可以了。"回到家里，晓楠按照医嘱给孩子喂药、喝水，一夜未眠，那份细心的样子，丽珊自叹不如。人们说女儿是爸爸前世的情人，也许是上一辈子没有爱够，这一生更是加倍地呵护宠爱。

病愈后的甜果已经开始认人了，首先认识的不是妈妈而是爸爸。当女儿伸着小手要求爸爸抱的时候，晓楠的心都要融化了。

爱，是无言的，虽然无法细诉，却是深情永远；父爱，虽然不像母爱那样细腻温柔，却在不知不觉中，渗入女儿的心房。

第三十四章

第三十五章

一晃几个月过去了，融资的事情依旧没有下文，虽然大家同意将自己的股份拿出一部分，用于 B 轮的融资，但是合适的投资方还是没有找到。由于公司已经有了一定的利润，业务的推进依旧在进行中，只是因为所有的钱都放在业务的拓展中，员工的薪资没能按时调整。

又要跨年了，夏明提出，今年的元旦来个跨年年会，一则，答谢会员，另外继续增加公司的知名度。对夏明的提议，丽珊表示非常赞同。

为了做好这次跨年年会，公司开会对人员进行了分工。年会的地点选择在市体育馆举行，会上除了丽珊做跨年演讲外，还邀请了三名资深的职业经理人作为演讲嘉宾，上台演讲；会议还安排了抽奖环节，并为每一位参会人员准备了一份伴手礼。

还有两个月就到元旦了，准备的时间有点紧，大家都在各司其职，忙碌着自己手头的工作。

丽珊今年演讲的题目是：《不要让未来否定你的今天》，她期待通过她的演讲，给职场的同仁们新的启发，让身在职场的年轻人在奔向未来的路上走好当下的每一步。

在筹备跨年演讲的这段日子里，大家都非常辛苦，加班是常有的事情，有的员工甚至是吃在公司，睡在公司，在辛苦之余整个团队不仅按时完成了工作，同时增加了团队的凝聚力，这是让丽珊感到最欣慰的地方。此刻，在她的心目中，好像赚钱已经不是她创业的唯一目的，结交这样的同事，并同他们一起完成一份事业才是她真正的初心。她感谢这个时代，感谢她所遇见的每一个人，是他们给了她动力，给了她信心。

时间过得好快呀，转眼之间，跨年夜已经到了。从上午开始，夏明就带着公司男员工进行舞台背景的布置，一直忙到下午四点左右，所有的装台工作均已完成。

晚六点，丽珊准时来到现场，见到有些疲惫的员工，她深深地鞠了一躬，感谢大家的付出和努力。员工们也被她的行为所感动，大家一起喊出了"加油，努力，我们一定能成功"。面对如此振奋的场景，丽珊的眼睛有些湿润，这样的团队是公司最大的财富，她更加坚信，他们的未来一片光明。

晚七点三十分，跨年演讲会按时开始，体育馆里座无虚席。会议的主持人聘请的是海都电视台经济节目的主持人夏唐，会议开始，先是夏唐的一段独白，之后夏明上台，阐述了本次跨年会议的主旨，并介绍了演讲的主要嘉宾，之后，丽珊上台开始了她的跨年演讲。

今晚，本就美丽动人的丽珊，经过稍微修饰之后更加光彩照人，她身着一套粉红色西装，同色系高跟鞋，一头蓬松的秀发挽成发髻，尽显她的知性和妩媚。

"大家好，非常欢迎你们的到来，我今天演讲的题目是——不要让未来否定你的今天。"在一阵掌声之后，她开始了自己的演讲。演讲的主要内容是启迪当下的职场人，要活在当下，放弃虚无缥缈的幻想，脚踏实地地走好职场的每一步，通过自己的努力实现自己的梦想。在演讲最后，她说道：

"同仁们，职场是我们赖以生存的地方，多少职场人期待它能百花芬芳，阳光普照，而现实中，它总是秋风瑟瑟，充满悲凉，满目沧桑。

"职场人虽然祈祷职场的每一天都能平平安安，奋斗在职场的每一个人对自己的前程都有美好的向往和良好的期待，而现实中，身在职场围城中的人们，都在情愿与不情愿之中扮演着各种不同的角色，愤怒、哀怨、苦涩、酸楚、委屈充斥着职场人的每一天；每个职场人都梦想自己能早一天衣锦还乡，为此他们不停地奔波、穿梭在茫茫职场。

"在我近二十年的职业生涯中，曾经历过山重水复，也有过峰回路转。人生就是这样，跌宕起伏，也许这就是人生的魅力，你永远不知道明天将发生什么！有多少幸运会光临你的命运！

"在职场，我们每一个职场人都不可避免地经历无数的伤痛，而就是这无数伤痛的积累，才成就了我们的职业梦想。

"古人说：人生如逆旅。职场也是如此。在职场，我们不仅要以平凡之心看待职场的人和事，还要以坚定的信念，面对职场所有的困难，才能到达超脱的彼岸。俄国作家屠格涅夫说：你想成为幸福的人吗？但愿你首先学会吃得起苦。

"在职场，没有谁不向往成功，没有谁想让理想之舟搁浅，为此，我想对职场的同仁们说一句：未来是靠今天的奋力拼搏得来的，不是在幻想和迷惘中等来的。人的一生就是一个不断积累的过程,我们积累经验、积累人脉、积累财富;事情也总是这样,从量变到质变,当你的人生积累到一定程度的时候,自然就会有丰硕的结果。

"当下的社会物欲横流,充满着各种诱惑,很容易让人产生浮躁与焦虑的心理。但是我认为,越是在这样的环境中,为了实现我们的梦想,越应保持内心的宁静,因为宁静的心能让我们保持清醒的大脑。

"一个人获得成功,不仅需要孜孜不倦的努力与勤奋,更需要专业的知识、良好的执行及良好的机遇,甚至是运气;尤其在你努力之后遭遇挫折、失败,更需要你有良好的心态,那种一夜暴富的浮躁心理,在面对挫折与苦难时,只会让你心神不宁,焦虑无比。

"作为年轻的职场人,在你实现梦想的道路上,千万不要好高骛远,甘于从点滴做起,脚踏实地,不能有任何急功近利的想法,否则你的未来可能是一事无成。我想说,尽管当下的你还是一条无名的小溪,没有大海的浩瀚,没有江河的奔腾,但是有一天,以你们的智慧及辛勤的劳动,一定能编织绚丽多彩的大地,并让其迸发出勃勃生机。

"在这个世界上,每个人都怀揣不同的梦想,是梦想让我们充满了想象力,为我们的创造提供了原动力,我们也因此而拥有充沛的活力,为了未来的梦想努力着。

"职场,不仅让我们领略了冬日的凌霜傲雪,也让我们感受了夏花的温馨绚烂;当你以初恋般的情感拥抱她的时候,必将回馈你甜蜜与激情。

"同仁们,今天让我们举起双手,高呼一声:万岁,职场!

"最后,我想用唐代大诗人李白的两句诗结束今天的演讲——长风破浪会有时,直挂云帆济沧海。让我们以诗人的豪迈、平和的心境，潇洒地面对我们的工作。谢谢大家！"

她的话音刚落，场馆爆发出雷鸣般的掌声。伴随着掌声，台下的观众纷纷起立，向她表示敬意。此刻的丽珊，向大家鞠躬表示谢意。

在丽珊的演讲之后，邀请的三位资深的职场人士，先后就个人的经历给到场的职场人分享了更多的人生启迪。

在大家的共同努力下，跨年演讲会得到了空前的成功。会后，大家欢呼雀跃，互相拥抱，他们以各自的方式祝福着公司的未来之路一马平川。

第三十六章

已经过去一周了，跨年演讲会的蝴蝶效应依旧在扩散，这两天丽珊接到了几个投资公司的电话，并流露出投资的意向，这种势头对于公司的发展无疑是非常好的预示，她想抓住这个契机，找到公司下一步发展的持续动力。

正当她在思考与哪家投资公司联系的时候，前台的畅畅来敲门，并说："有一位出版社的女士，想跟您见一面。"

"出版社？哦，好吧，你请她进来。"丽珊说。

不一会儿，畅畅引领一位个子不高的年轻女士来到了她的办公室，丽珊微笑着起身请女士坐在沙发上，并让畅畅给女士倒水。

年轻的女士，白净的面孔，大眼睛，樱桃小口，长得灵动且可爱。女士自我介绍说："您好，孟老师，我是海都文艺出版社的编辑，我叫孟莎，和您一个姓氏。今天来的目的是因为一周前参加了您公司的跨年演讲会,聆听了您的演讲,受益匪浅,我跟社领导汇报之后,打算请您将您的职场经历写一本书,我想应该能受到当下职场人的喜欢。"

孟莎的一番话,好像点亮了她内心的一盏灯,她忽然觉得,出书是非常好的提议,但是她担心自己没有时间。当她把心中的顾虑向孟莎讲出的时候,孟莎说:"没关系,我们可以等,相信只要您把写书当成您想做的事情,就一定能完成的。"

与孟莎愉快地交流了一个多小时,她询问了一些出书的细节之后,便初步同意了出书的计划,只是接下来要仔细斟酌书的内容以及要表达的思想,至于书稿完成的时间,让孟莎等待她思考之后再议。

送走了孟莎,她的思绪依旧活跃着。她冲了一杯咖啡,一边品尝一边回忆着曾经的过往。

她二十三岁踏入职场,从职场小白到今天的职场精英,近二十年职业生涯她经历了太多的坎坷与苦涩。

近二十年的职业生涯里,虽说不上"风云变幻",但也算得上"风生水起"。她曾有过"初生牛犊不怕虎"的倔强,也有过"巾帼不让须眉"的辉煌,也有过"痛并快乐"的时刻,那"靠山山倒""靠水水流"的磨难日子依然历历在目,不忍回想。回望来路,履痕处处,虽然深浅不同,但凝聚了往日的喜怒哀乐;串串的脚印也承载了岁月的沧桑,沉淀下来的是如梦如烟的记忆。

蓦然回首,如今的她懂得了淡泊明志、宁静致远。在过往的岁月里,也许是太过稚嫩,也许是太过年轻,在人生的旅途中留下了道道抹不去的伤痕,虽有懊悔,却难以忘怀。这也许就是人们所说的成长的代价吧!

想着,想着,她的眼睛又湿润了。

时光总是这样,走得太过匆忙,很多感悟还来不及体会,就随风散落。生命中收获的朋友和财富,不经意间流逝的友人及过往,如今都成了过客或人生的插曲。是呀,没有谁,可以演绎一曲人生完美无缺的歌!

古人说:"宠辱不惊,看庭前花开花落;去留无意,望天空云卷云舒。"这也许是她此刻最想表达的心情吧。

"珊姐,有个叫单姝的女士打来电话,问您何时有空,想约您见个面。"前台的畅畅打电话对丽珊说。

"单姝,她挂电话了吗?"丽珊问。

"没有,我给您转进来?"畅畅说。

"好的,转进来吧。"丽珊说。

"单董吧,我是丽珊,好久没听见您的声音了,还好吧……好,就这样,我明天上午去您那里,好,明天见。"丽珊挂断了电话。

单姝的电话,让丽珊在感到意外的同时,增添了一阵欢喜,之前,她就希望能和她合作,只是机缘不对,擦肩而过;此刻,她期待明天会有一个好的结果。

一天的忙碌,让她似乎忘记了自己,忘记了家,但是一想到女儿,她立刻欢喜起来,女儿是她和丈夫的希望,也是他俩的未来。下班的时间到了,她走到大厅要大家不要再加班了,回去好好休息,以免伤害身体。

回到家,吃过晚饭,晓楠和保姆在整理厨房,她抱着甜果坐在沙发上,女儿已经七个月大了,长出了四颗乳牙,还能发出"爸爸"的乳音;此刻,她陪孩子玩着玩具,嘴里还不停地念着笠翁对韵的声律启蒙:"天对地,雨对风。大陆对长空。山花对海树,赤日对苍穹。雷隐隐,雾蒙蒙。日下对天中……"

不知不觉中,孩子依偎在她的怀里睡着了,她小心翼翼地

第三十六章

271

将孩子抱起,放到了卧室的小床上。有人说:人世间最幸福的时刻,就是看着孩子熟睡的脸,听着孩子均匀的呼吸声,此刻你将忘记尘世所有的烦恼和浮躁。

丽珊看着像幸福天使一样熟睡的女儿,眼前还浮现出了母亲的音容笑貌,她好像看见了幼时的自己……

夜,静谧、安然、祥和。

早上,丽珊用过早餐后,亲了亲尚在睡梦中的女儿,跟保姆打过招呼后,拿起手包和车钥匙,与晓楠一起走出了家门,奔向各自的岗位。

按照约定,她今早要去拜访单姝。虽然之前与单姝有过接触,但丽珊深知此次拜访依旧有着很大的不确定性。虽然单姝曾是母亲的学生,但是,人在商场,利益为先,作为本市投资界"大姐大"的单姝,更看重投资的有效性和当下的既得利益。此行,丽珊已经做好了准备,不仅要展示公司当下的收益,更要让其看到公司的成长价值和可持续的发展。因为她坚信,公司的明天将是一片锦绣。

她来到了地库,开启车子之后打开了音响,此刻《蓝莲花》的音乐在车内回荡……

没有什么能够阻挡

你对自由的向往

天马行空的生涯

你的心了无牵挂

穿过幽暗的岁月

也曾感到彷徨

当你低头的瞬间

才发觉脚下的路

心中那自由的世界

如此的清澈高远
　　盛开着永不凋零
　　　蓝莲花
　　　……
伴随着脍炙人口的歌曲，她迎着朝阳驾车向前驶去。

第三十六章